時代的行動者

反修例運動群像

時代的行動者

反修例運動群像

李立峯 編

Oxford University Press is a department of the University of Oxford.
It furthers the University's objective of excellence in research, scholarship,
and education by publishing worldwide. Oxford is a registered trade mark of
Oxford University Press in the UK and in certain other countries

Published in Hong Kong by

Oxford University Press (China) Limited
39th Floor, One Kowloon, 1 Wang Yuen Street, Kowloon Bay,
Hong Kong

First edition published in 2021

時代的行動者
反修例運動群像
Actors in the Contention of Our Time:
Portraits of the Anti-ELAB Movement

李立峯 編

ISBN: 978-988-87479-5-5

This impression: II

目　錄

作者簡介

李立峯，香港中文大學新聞與傳播學院教授，國際傳播學協會會士。研究範圍包括新聞學、政治傳播和社會運動。著作包括*Memories of Tiananmen: Politics and processes of collective remembering in Hong Kong, 1989–2019* (Amsterdam University Press, 2021) 以及*Media and protest logics in the digital era* (Oxford University Press, 2018)。

梁俊勤，專題記者，亦以筆名阿果撰寫文化評論，著有《失聲香港》。

夏霜(筆名)，學者。涉獵政治分析、社會變遷及當代史。

善日(筆名)，記者，曾於傳統報章及網上媒體工作，報導香港政策及社會大小事，亦喜歡訪問各式各樣的人。

曹儒樺(筆名)，學者，熱愛閱讀、聽歌、追劇，最近學習種植。對香港各範疇均有興趣研究，包括政治制度、社會變遷、普及文化等等。

趙雲(筆名)，記者、編輯、城市研究者。

鍾曉烽，香港中文大學新聞與傳播學院碩士，「民間學院」共同策劃人，研究興趣包括社會運動、公民社會、社區研究。

陳潤南，香港中文大學新亞書院畢業，主修政治與行政學系。現為外媒駐港記者，曾在本地媒體任偵查組副採訪主任，專責調查及專題報導。曾獲亞洲出版業協會「卓越新聞獎」、中大新聞獎等獎項。

馬嶽，香港中文大學政治與行政學系副教授，研究範圍包括香港的議會及政黨政治、選舉、民主化、社會運動等。著有《反抗的共同體：二〇一九香港反送中運動》(左岸政治出版，2020)。

海生(筆名)，社會科學研究者、自由身記者。

蔡玉萍，香港中文大學社會學系教授，研究興趣包括性別、家庭、遷移及社會運動。

夏木(筆名)，跑不快的香港記者，報導曾獲人權新聞獎、亞洲出版協會(SOPA)新聞獎，鍾意性別和政治哲學研究，迷戀二次元，熱愛恐怖片。

鄭思思，調查報導記者，曾於《東方日報》、無綫電視，有線電視，《香港01》，香港電台鏗鏘集工作。

林奕山(筆名)，政治社會學博士，留學英國和法國，專注研究媒體、文化與政治。

鄭佩珊，記者，香港中文大學新聞與傳播學院畢業，曾於《明報》、有線電視、《端傳媒》等媒體工作，獲多個新聞獎項。

閭丘露薇，香港浸會大學傳理學院助理教授。加入學術界前在電視新聞媒體工作超過二十年，採訪了阿富汗反恐戰爭，伊拉克戰爭，阿拉伯之春，印尼海嘯，日本地震，四川地震等，亦曾採訪多位中國國家領導人。她是2006年哈佛大學尼曼學者，賓州州立大學大眾傳播博士，香港浸會大學大眾傳播碩士，上海復旦大學哲學學士學位，研究領域包括威權國家的審查和宣傳制度，以及媒體和社會運動。

導言：網絡社會運動中的行動者

李立峯

對熟悉香港民主運動和社會抗爭行動發展的人而言，粗略地重整2019年反修例運動的背景脈絡並不太難。自世紀之初以及2003年七一大遊行後，香港逐漸進入「社運年代」[1]或成為一個「社運社會」[2]：集體行動數量上升，參與及組織集體行動的團體越見多元，越來越多市民願意參與遊行集會或至少認同遊行集會是正常和合法的意見表達方法。同時，隨着民主化進程停滯不前，社會資源分配不均問題持續惡化，政府施政亦未能有效地吸納和回應社會上的多元聲音，抗爭的手法和力量也越見激烈。在2014的雨傘運動中，百萬香港市民輪番走上街道，佔領道路，實踐公民抗命[3]。不過，雨傘運動未能逼使中央及特區政府在民主化問題上讓步，進一步觸發了香港社會運動在意識形態和行動模式上的激進化，其體現包括本土派的冒起、各種「光復行動」、2016年旺角衝突的發生，以及港獨思潮[4]。在2015至2019年間，政府以取消參選人和議員資格及取締港獨組織等強硬手段應對社會運動，表面上逼使社運進入休憩狀態(abeyance)，動員能力大

1 鄭煒、袁瑋熙編(2018)《社運年代》香港：香港中文大學出版社。

2 李立峯、陳韜文(2013)〈初探香港「社運社會」：分析香港社會集體抗爭行動的形態和發展〉。張少強、梁啟智編，《香港・社會・文化》香港：牛津大學出版社。

3 Lee, Chingkwan and Sing Ming (eds.) (2019). *Take Back Our Future*. Ithaca: Cornell University Press; Lee, Francis L. F. and Joseph Chan (2018). *Media and Protest Logics in the Digital Era*. New York: Oxford University Press; Pang, Laikwan (2020). *The Appearing Demos*. Ann Arbor: Michigan University Press.

4 Lee, Francis L. F. (2018). Internet alternative media, movement experience, and radicalism: the case of post-Umbrella Movement Hong Kong. *Social Movement Studies*, 17(2), 219–233.

滅，無力感瀰漫，不少市民甚至有迴避新聞和政治的傾向[5]。但事實上，市民對民主化的追求和對政府的不滿並沒有消失，同時，社會運動組織者亦以各種方式建構及保存了社會網絡和資源，為下一波社會動員提供了基礎。

2018年12月，筆者為《明報》訪問社會學家李靜君。她在訪問中說：「在缺乏民眾參與渠道的社會，社會衝突和不滿不能在制度內得到解決，就很可能在一個不能被預測的時候爆發。所以，我的預期是，(像雨傘運動)這種eventful protests會再發生。」[6]

這個「不能被預測的時候」很快就來了。不出兩個月，《逃犯條例》修訂爭議出現，不出半年，eventful protests就真的再發生了。

反修例運動毫無疑問將成為香港歷史中又一起關鍵事件，港區國安法的成立、新移民潮的出現、激烈行動的「常態化」，以及其他政治及抗爭文化的轉變等，都直接或間接屬於反修例運動觸發出來的連鎖效應。學界極需為這一場規模龐大、結構複雜、行動多元，而且變化多端的社會運動進行分析及整理，讓大眾能夠更了解這場運動的緣起、其力量的來源及局限，以及它對未來香港社會和政治的影響。

不過，這本書並不打算全面回應以上種種問題。本書目標較為簡單，一場社會運動始終是由參與者組成的，反修例運動的特點不單止在參與人數眾多，隨着行動模式和抗爭方向的多元發展，不少市民或以既有的社會身份(如社工、醫護、中學生等)參與運動，又或通過行動獲取了運動中的獨特身份(如前線、守護者、國際線參與者等)，本書嘗試以這些以不同身份和在不同崗

5 阿果(2020)《失聲香港》香港：突破出版社。

6 〈甚麼人訪問甚麼人：國家力量在香港的裂縫〉《明報》2018年12月9日，星期日生活。

位上的參與者為切入點，一方面展示參與者的能動性如何塑造整場運動，另一方面通過不同類別參與者要面對的狀況，探討反修例運動中出現的各種現象和問題。

在此之前，我們需要先對反修例運動的組織形態作一個整體描述，以解釋本書的結構和為不同章節的分析打下一些基礎。

「無大台」的社會運動行動者

還是得從「無大台」說起。傳統上，一場社會運動會有其中心領導者和機構，負責籌劃和舉辦運動中大部分和最重要的集體行動、就運動關注的議題提出集體行動框架、統合和分配資源、擬定行動策略、在有需要的時候代表運動與政權或其他運動目標進行談判，並在形勢變化之中就運動的發展方向進行決策。一般而言，一個運動的領導者或機構也是運動的人際和組織網絡的中心，是社會動員過程的出發點，在西方社會的很多集體行動中，往往有六成或以上的參與者份屬正規社會組織成員[7]。而當一場運動出現內部衝突和鬥爭時，涉及的往往就是去爭奪由中心領導機構所代表和掌握的權力。

反修例運動經常被形容為「無大台」，簡單來說，就是指這場運動沒有以上所形容的中心領導者或領導機構。在2019年3月至6月初，跟逃犯修例爭議有關的最主要的集體行動——包括3月31日、4月28日和6月9日的大遊行——都由民陣舉辦，而跟民陣關係密切的民主派政黨和議員則負責在議會內進行抗爭。但民陣從來不是一個有嚴謹架構和豐厚資源的組織[8]，民主派政黨

7　Anduiza, Eva, Camilo Cristancho and Jose M. Sabucedo (2014). Mobilization through online social networks: The political protest of the indignados in Spain. *Information, Communication & Society, 17*(6), 750–764.

8　Francis L. F. Lee and Joseph Chan (2011). *Media, Social Mobilization and Mass Protests in Post-Colonial Hong Kong*. London: Routledge, pp. 129–144.

和議員的公信力也向來不高[9]，再加上香港社會的集體行動向來有民間自發的傳統[10]，在6月9日百萬人大遊行過後，反修例運動高速進入「無大台」的狀態，雖然民陣仍然是舉辦6月16日二百萬人大遊行、6月26日愛丁堡廣場集會、7月1日大遊行，和8月18日流水式集會等最大規模的集體行動的單位，但它沒有提出集體行動框架以及擬定整場運動的行動策略的能力。相反，對運動走向影響深遠的6月12日金鐘包圍立法會行動和7月1日衝擊立法會行動，都沒有傳統組織在背後策劃。同時，各種行動和「戰線」湧現，無論是網絡上的文宣攻勢、7月至8月間的地區遊行、機場靜坐、8月23日全港拉人鏈行動、後期的商場集會、各區「和你lunch」，和黃色經濟圈等，很多都是由一般運動參與者通過網絡平台倡議和組織的行動，而這些行動對反修例運動的聲勢和持續性，相對民陣舉辦的大遊行至少是同樣重要的。

放眼全球，沒有中心領導者的社會運動在過去十數年並不太罕見，最為人熟悉和受到最多研究者關注的包括美國的佔領華爾街行動、在多個中東國家發生的阿拉伯之春，以及西班牙的憤怒者運動等。在學術上，社會學家Manuel Castells提出網絡社會運動的概念[11]，指出這些運動具備去中心化和自發性強的特徵，運動並不由傳統的正規社運組織主導，其主體是「由網絡所組成的網絡」(networks of networks)。另外，政治傳播學者Lance Bennett和Alexandra Segerberg則提出連結型行動邏輯的説法[12]，他們認為，在當代資訊和社會環境下，集體行動再不一定需要由社會組織進行資源動員。取而代之的是由每一個人的表達意欲出發，加上簡

9 李立峯(2014)〈誰能代表民意：傳媒代議功能的弱化和重建〉《明報》2014年8月28日，觀點版。

10 Lee and Chan (2018). *Media and Protest Logics*.

11 Castells, Manuel (2012). *Networks of Outrage and Hope*. New York: Polity.

12 Bennett, W. Lance and Alexandra Segerberg (2013). *The Logic of Connective Action*. New York: Cambridge University Press.

單而包容度高的個人行動框架在數碼媒體上廣泛地被傳播，大規模的集體行動可以由下而上迅速地出現。[13]

網絡社會運動或連結型行動的出現建基於幾個社會和技術條件。首先，數碼媒體的普及化大大減低了資訊和溝通成本，而社交媒體的出現，更使人與人之間更容易及緊密地連結起來。不同的社交媒體有其各自的能供性(affordance)[14]，意指每個社交媒體平台因着其結構和設計特徵，會傾向鼓勵或容許某些用途和行動，同時不鼓勵或不容許另一些用途和行動。通過善用適當的社交媒體，運動參與者可以有效率地傳播跟集體行動相關的資訊及動員相識者參與其中，亦可以自發組織個人化或以小組為基礎的各式各樣的行動。第二，網絡社會運動和連結型行動也建基於社會上業已存在的對自發參與的重視。Flesher Fominaya在探討西班牙憤怒者運動時就指出，西班牙以至很多西方國家向來都有自主運動(autonomous movements)的傳統。自主運動的特徵是強調橫向結構、多元性、自我組織、參與民主和直接行動[15]。這些成為了當下網絡社會運動和連結型行動的文化和意識形態基礎。第三，網絡社會運動缺乏長時間的醞釀和較完整的集體行動框架的建構，所以它也需要建基於社會上業已存在和共享的不滿。當現存不滿廣泛地存在時，簡單的個人行動框架也能夠觸發人們的參與意欲[16]。

---

13 過去數年，學界出現了不少連結型行動的個案研究，如Parsloe, Sarah M. and Avery E. Holton (2018). #Boycottautismspeaks: Communicating a counternarrative through cyberactivism and connective action. *Information, Communication & Society*, 21(8), 1116–1133; Stefania Vicari and Franco Cappai (2016). Health activism and the logic of connective action: A case study of rare disease patient organisations. *Information, Communication & Society*, 19(11), 1653–1671.

14 Tufekci, Zygnep (2017). *Twitter and Tear Gas*. New Haven: Yale University Press.

15 Flesher Fominaya (2020). *Democracy Reloaded*. New York: Oxford University Press.

16 一些社會運動研究者也早就指出過，當廣泛地共享的不滿存在時，媒體可以取得社會組織成為動員的基礎。Stefaan Walgrave and Jan Manssens (2000). *The Making of the White March: The Mass Media as a Mobilization Alternative to Movement Organizations. Mobilization*, 5, 217–240.

Manuel Castells以及Lance Bennett和Alexandra Segerberg分別指出過網絡社會運動和連結型行動的優點。如Castells認為，一場運動沒有中心領導會增加政權打壓的難度，因為要打壓的目標並不明確。Bennett和Segerberg則指出，連結型行動中的個人行動框架所具備的開放性，讓更多人願意參與其中。同時，普通參與者可以通過網絡動員和個人化或小組式的行動，以自己喜歡或擅長的方式參與一場運動，這一方面讓更多人有動力積極參與運動，另一方面亦令運動更能夠把參與者的材能和創意聚合起來。

這些網絡社會運動的特點，在雨傘運動時已經有所體現。雨傘運動雖然有「雙學三子」作為中心領導，但警方在佔領行動首天施放催淚彈，打破了佔中三子之前的計劃，並激發了大量市民上街[17]，在領導者和參與者無法直接有效溝通的情況下，參與者即場發揮，結果出現了多區佔領的局面，令整場運動往去中心化的方向發展。當局勢穩定下來後，無論是佔領區內如自修室或臨時教堂等建設，抑或是如在獅子山頂掛直幡等佔領區外的行動，以至佔領區被清場後的「鳩嗚團」和「添美新村」等，都是參與者自發進行的。研究亦顯示，自發行動的可能性在一定程度上強化了參與者對運動的投入程度[18]。

到了反修例運動，網絡社會運動和連結型行動有更重要的體現。這一方面是因為反修例運動的確再沒有中心領導組織，也沒有長期佔領固定區域這個中心行動模式。相反，在6月至7月1日幾場大遊行完結之後，如何把運動延續下去成為了逼切的問題，在無大台的情況下更需要參與者自行發揮。同時，普通參與者所進行的一些較成功和矚目的行動，例如6月底由網民自發組織起來的全球報章廣告行動或7月初的地區遊行，可以啟發和鼓勵其

17 Tang, Gary (2015). Mobilization by images: TV screen and mediated instant grievances in the Umbrella Movement. *Chinese Journal of Communication*, 8(4), 338–355.

18 Lee and Chan (2018). *Media and Protest Logics*.

他人嘗試創製其他的參與機會。於是，不少參與者趁機會各展所長，例如在運動早期令人刮目相看的各種文宣，背後往往由設計和廣告行業的工作者操刀，一位探討運動藝術創作的記者曾對筆者說，她的一些被訪者甚至覺得，沒有了商業考慮和客戶意見的限制，他們自覺才華在替社會運動出力時比在平常工作中有更大的發揮空間，所以也特別落力。

於是，反修例運動出現了另一個特色，就是上面提及過的，很多參與者不只是以「一般市民」或「公民」的身份參與，同時亦會以自己的職業身份或社會角色參與到運動之中，這包括為被捕人士提供法律支援的律師、在抗爭現場進行救護工作的急救員、在前綫安撫情緒的社工和牧師、組成「守護孩子」的家長、多次以舉辦「和理非」集會的方式支持運動的「銀髮族」等等。另外，反修例運動的行動多元化，形成了運動支持者口中的不同的「戰線」，如工會戰線、國際線等，參與者亦可以根據自己的能力、意欲、客觀環境等，集中參與到不同的戰線中。反修例運動是一個近乎全民參與的運動，不只是因為曾參與過相關行動的市民人數眾多[19]，也是因為它動員了大量社會身份和角色，以分工合作的方式推動一場運動。

不過，在解釋無大台是甚麼之餘，我們也需要指出無大台不代表甚麼。首先，無大台不代表傳統以及較正規的組織及其成員在運動中沒有重要的作用，雖然在新的科技和社會環境中，普通市民可以更容易進行自發動員，但既有組織往往具備一些如組織行動的經驗、人脈關係、社會知名度、現存的傳播網絡、在公眾和媒體眼中的可信度等重要資源，會較有能力處理某些工作或籌劃某些行動，例如在反修例運動中，當要舉辦最大規模的遊行集會時，民陣的知名度是難以被取代的。在各地區舉辦遊行集會

19　根據中文大學傳播與民意調查中心在2020年6月進行的電話調查，在1574名被訪者中，44.8%指自己在2019年6月和調查訪問期間曾經以某種形式參與或支援反修例運動。

時，一些社區組織也起了重要作用。部分專業團體能更有效地動員和組織專業人士參與運動。在「國際線」上，海外港人團體也是動員結構的重要組成部分。「無大台」只是指沒有正規組織作為整場運動的中心領導，並不是指沒有正規組織參與到由Castells所說的「由網絡構成的網絡」之中。這一點，本書的幾個章節都有展現出來。

與此相關，無大台亦不代表完全沒有領袖。誠然，在形容網絡社會運動時，不少學者會提到"leaderless"這個特點。但縱使是一場去中心化的運動，也會出現相對上較具影響力的人和團體[20]，他們可以是網絡上的輿論領袖，可以是特別受到關注的行動倡議者，可以是在個別「戰線」上有特別重要位置和角色的人。他們可以來自正規組織(如香港眾志的羅冠聰和黃之鋒)，可以是成名已久的媒體名人(如劉細良和蕭若元)，也可以是通過運動冒起的「素人」(如組織「我要攬炒」團隊的「攬炒巴」)。這些領袖沒有正規組織賦予他們規範化的權力去統領整場運動，但在運動的動態發展中以及在較為局部的範圍內，他們的意見、建議和行動往往舉足輕重。所以，網絡社會運動一方面沒有中心領導，但另一方面也可以被形容為「充滿領袖」(leaderful)，一些學者則以分佈式領導(distributed leadership)這個從教育研究和管理學而來的概念來形容這種狀態[21]。值得指出的是，這些網絡社會運動中的領袖，其領導地位並不穩定，隨着運動發展和形勢轉變，運動的方向和行動模式不一樣，需要的材能和資源不一樣，受重視的觀點和建議也會變得不一樣，個別人物和機構的影響力可以在不知不覺間慢慢轉變，也可以在沒有預警下急速變化。

---

20 Tufekci, Zygnep (2017). *Twitter and Tear Gas.*

21 Gerbaudo, Paolo (2017). Social media teams as digital vanguards: The question of leadership in the management of key Facebook and Twitter accounts of Occupy Wall Street, Indignados, and UK Uncut. *Information, Communication & Society, 20*(2), 185–202.

總而言之，無大台的格局，鼓勵了大量反修例運動參與者嘗試尋找不同的方式對運動作出貢獻，其中部分人士選擇以特定的職業身份或社會角色參與其中，部分則活躍於不同的「戰線」上。同時，傳統社運組織、政黨、政治人物和不同背景的正規組織在新運動形態中仍然有其位置。期間，不同人物在不同時段和不同崗位起着領導的作用。整場運動就在他們的行動、連結和互動中展開。

內容設計和章節介紹

建基於上述對反修例運動形態的理解，本書選擇了講述八類參與者的故事，從他們的故事，我們可以看到參與者及其他介入其中的人士如何影響及塑造了運動的動態發展，我們也會看到，過去十幾年香港民主運動的發展軌跡，從七一到雨傘到反修例之間的連繫，如何體現在個人的政治生命史之中。我們也可以通過參與者的經歷和視角，去探討反修例運動中出現的各種現象和問題。

八類參與者分別是傳統政黨與社運組織、「前線」抗爭者、社區組織人士、專業人士、「守護者」、中學生、「國際線」的參與者，以及新聞工作者。八個範疇的選擇，是考慮了不同範疇行動者各自的重要性、特殊性，以及各範疇組合起來之後能否盡量覆蓋運動的不同層面。

在這篇導言之後，本書的主要內容會按八個範疇分為八章，每一章由一位學者以及一位記者合作負責，二人合作進行一系列深度訪談。整理後，記者負責撰寫三篇人物專訪，學者再根據訪談內容以及其他研究材料和觀察，撰寫一篇學術分析文章。專訪的目的是展現運動參與者的真實狀況，學術分析則對特定的概念性問題作有理論根據和研究材料支持的探討。「專訪+學術分析」的模式可以進一步強調行動者的重要性，同時，先了解一批行動者的個人背景和「故事」，應可令讀者更容易及恰當地理解學術文章所探討的問題。

第二章探討的是傳統政黨和社運組織。正如前述，縱使是網絡社會運動，也離不開政黨和公民組織的介入。他們往往被媒體視為運動的領袖或中介，媒體和政府可能會假定他們有能力主導運動的論述和策略，但當去中心化的組織及流水式的動員成為反修例運動的主流時，傳統社團如何適應？此章的專訪對象為民主黨的胡志偉、民陣的岑子杰和社會工作者總工會的許麗明，由梁俊勤執筆，三人分別代表着性質頗不一樣的傳統組織。夏霜的分析文章則探討傳統社團怎樣在新社運中找尋定位和角色，闡釋運動如何通過「共同領導」來解決溝通和協調的問題。

第三章的主角是「前線」參與者。反修例運動是香港前所未有的激烈抗爭，而實踐激烈抗爭的群體被稱為「前線」，在「兄弟爬山」的綱領下，「前線」參與者選擇了直接以武力抗爭衝擊體制的角色。善日撰寫三位不同背景的被訪者的故事：一位在雨傘運動期間已一直留守旺角面對激烈衝突；一位是曾在傘運時於金鐘搭建「自修室」的「和理非」；最後一位則於6月12日金鐘衝突中深受打動，才積極參與街頭抗爭。曹儒樺則分析他們選擇擔當前線抗爭者的原因、對「和理非」的看法，以及對運動走向的看法，從而演繹反修例運動持續升級的前因和發展軌跡。

第四章探討社區。經過六月的超大型集體行動，反修例運動以地區遊行和連儂牆等形式走進社區，日常生活中的尋常巷陌突變抗爭空間。不過，在2014年雨傘運動之後，不少社運人士決定「深耕社區」，一場「新社區運動」其實早已悄悄然在香港進行，其中所建立的組織、人際網絡和社區想像，為反修例運動的社區行動提供了基礎，而反修例運動亦鼓勵更多人投身社區行動。通過專訪西環區議員葉錦龍、東九龍社區關注組的陳澤滔，以及《沙燕》社區雜誌成員，趙雲勾勒出三種不同路線的社區想像和具體實踐。鍾曉烽則結合深度訪談和田野考察，從社運休整的角度出發，討論社區運動和反修例運動的關係。

第五章聚焦在專業人士身上。在反修例運動中，不同界別的專業人士運用自己的專業知識及制度內的位置介入運動，以及根據專業精神和價值就不滿意的現象發聲，例如醫護界抗議警暴，律師提供義務法律支援，社工在現場調停及協助等，都在運動中起了關鍵作用。他們介入運動，卻不一定自視為參與者。這一章訪問了公共醫療醫生協會會長馬仲儀，經常在前線嘗試調停衝突，結果被控暴動的社工陳虹秀，以及在理大衝突期間進入理大帶走學生的校長李建文，由陳潤南寫成專訪。馬嶽的分析會先梳理相關歷史脈絡，然後探討不同專業人士如何從自己的專業走到台前，以及其專業位置和介入運動間的張力與掙扎。

第六章討論我們稱之為「守護者」的一群。在反修例運動中，很多年長一輩在自己參與運動之餘，亦深受年輕人的熱情和勇氣所感動，因而組織起來，以「家長」、「媽媽」、「銀髮族」等身份去支持和守護年輕參與者。此章被訪者包括協調家長車隊的「台姐」、照顧「仔女」生活的「家長」，以及「守護孩子」發起人之一陳凱興。海生的專訪展示了他們如何運用人生經驗、社交網絡及經濟資源在後方支援。蔡玉萍的文章則透過這三個個案以及自己的田野考察去理解這些年長的守護人，如何在運動中跨越世代鴻溝，嘗試和年輕運動參與者建立一個跨世代的命運共同體。

第七章討論中學生的參與。年輕人從來是社會運動的重要參與者，但社會通常聚焦在大學生身上。相對過往的社會運動，反修例運動中似乎有更多更年輕的中學生參與其中。他們當中有人積極參與示威，無懼受傷和被捕的風險；有人在校內成立關注組，把運動帶進校園。到底是甚麼驅使中學生如此投入反修例運動？這一章訪問的三組中學生都是校內反修例關注組成員，在鄭思思筆下，我們看到不同類型校園裏的學生各有其獨特個性以及所要面對的處境。林奕山的分析則探討中學生動員在反修例運動不同階段中的角色，特別聚焦在「中學」如何成為年輕人社會動員時的社會資源來源和身份建構的基礎。

第八章談論國際線。近年，中國與西方主要國家的關係出現了重要轉向，2018年中美貿易戰開展，「新冷戰」之說冒起。反修例運動在這國際大環境下發生，不少參與者主動向外國講述香港的狀況，尋求國際輿論支持，甚至遊說外國政府。把運動國際化，也觸動了中國政府的神經。「國際線」是了解反修例運動不能忽略的一環。在這一章，夏木描寫移居德國已十年的石賈墨、在美國長期進行國會遊說工作的前香港眾志成員敖卓軒，以及反修例運動中的輿論及行動領袖攬炒巴劉祖廸的個人故事。李立峯的分析文章則從政治機會、動員結構和身份建構三個層面，解釋為何反修例運動中會有「國際線」的出現。

值得指出的是，首七類人士在本書的出場序也粗略地根據反修例運動的發展而訂。反修例運動最早期仍然主要由民陣和傳統政黨帶動，之後激烈抗爭開始，出現了「前線」的概念。到7月至8月，行動轉向社區。之後，隨着運動的持續激進化，被捕人數不斷上升，專業人士和家長等守護人的角色越見重要。踏入9月，開學時份，中學校門外校服少年組成的人鏈，成為媒體的鏡頭焦點。同時，在之前已經開展的國際線工作，亦隨着海外遊說進入白熱化階段而備受矚目。

本書的第九章聚焦在新聞工作者身上。跟第五章的專業人士一樣，新聞工作者不自視為運動參與者，但他們是運動與廣大市民的中介，能直接影響民眾以至參與者本身對運動的認知。傳統專業理念要求記者保持客觀中立，但記者同時也要捍衛言論自由以及監察權力。前一種理念令記者要跟抗爭者保持距離，後一種理念使記者和抗爭者有某種意識形態上的親近性。在這種複雜的處境中，不同背景的記者如何自處？鄭佩珊的專訪文章展現了傳統報章記者、網媒立場新聞總編輯鍾沛權，以及城市大學學生會CBC的記者謝朗及王樂行的想法，閻丘露薇則結合外國文獻和本地狀況，討論示威運動中關於新聞工作的幾個重要議題。

需要指出的是，因為空間及資源限制，本書希望對反修例運動中的各類行動者作盡量全面的探討，所以沒有對反對運動的行動者或警察進行分析。只分析社會動員的一方不代表一種立場上的選擇。事實上，就算是反修例運動的一方，本書仍無可避免地未能對另外一些重要行動者或「戰線」作出探討，例如參與文宣工作的人士、大學生、政治消費的倡議者、新舊工會的組織者等等。不過，本書觸及的行動者類別已經頗為廣泛，結合起來，應該能呈現反修例運動中行動模式和參與者身份的多樣化。不同角色身份的參與者在他們的行動或崗位中往往要碰上特定的難題，分析他們如何解決這些難題以及在處理這些難題時出現的限制和困難，我們也可以了解反修例運動本身碰上的一些難題以及在處理各問題時出現的局限。

最後補充的一點是，一場運動的命名，往往附帶着作者對運動的判斷和理解，又或者顯示着作者希望強調的地方。2019年的運動，曾被稱為反修例運動、反送中運動、自由之夏、反威權運動、逆權運動、流水革命等，當然也有媒體稱之為暴亂、黑暴，中國政府官員説過它有顏色革命的特徵。本書的書名及筆者個人仍用反修例運動，但其他作者可根據文章需要或自己的判斷使用其他名稱。不過，可以肯定的是，2019年至2020年初在香港發生的，不只是一件甚麼「社會事件」，而是一場需要認真面對和理解的社會運動。

第二章

社運組織

社會運動離不開政黨和公民組織的介入。他們普遍被視為運動的領袖或中介，主導運動的論述和策略之餘，更擔當接觸政府和傳媒的責任。反修例運動的最早期，政黨和社運組織仍可說是身處運動的中心。但在六月的大型遊行示威出現之後，去中心的組織及流水式的動員，成為主流。傳統社團以及政治人物如何適應，轉化的得失為何？我們可以如何理解「無大台」運動中社會組織和主流政治人物的角色？

本章節梁俊勤專訪民主黨前主席胡志偉、民間人權陣線前召集人岑子杰和香港社會工作者總工會總幹事許麗明，他們代表着以組織參與選舉進入制度為基本目標的主流政黨、負責籌辦大型集體行動的社運聯盟和以代表專業界別為定位的工會。無論在個人抑或團體層面，他們面對的問題同中有異。夏霜的分析文章則探討傳統社團怎樣在新社運找尋定位和角色，並透視他們在轉變過程中和不同群眾、思潮和策略之間的張力。

兄弟爬山的運動裏，做好民陣這個台

梁俊勤

2014年，岑子杰更喜歡旺角佔領區——與金鐘相比。

當年他是民陣副召集人，戴耀廷在公民廣場對出宣佈提前佔中時，他就在台上做司儀。運動正式爆發後，岑子杰改去了離家較近的旺角，在亞皆老街彌敦道十字路口，與群眾一同設置了另一個台。

這個台沒金鐘那麼大，也沒甚麼大人物發言、演唱，阿貓阿狗只要有話想說，到台前排隊就可拿咪講話。他形容，這是旺角佔領區的特色，「甚至連『大波Man』都用過支咪去講嘢。」

相反是金鐘佔領區，大台主導的文化為人詬病。「點解所有人發言要大會批准？點解今晚行動與否，是由個台的人宣佈？所有人像是聽一場演唱會，聽一日演講，然後各自回營帳睡覺。第二日又出來繼續仰望高台。」岑子杰原屬大台一分子，卻不諱言：「大台的錯不在於台，而在於大。大的意思是霸權。」

四年後，他成為民陣召集人，接掌這個被視為大台的傳統組織。再過了幾個月，一場比雨傘運動更波瀾壯闊的社會運動，正式爆發。

他要怎樣做？

沒有疲勞的餘地

2018年再上任民陣召集人，岑子杰本以為，自己的首要任務，是籌錢。

他與民陣的淵源始於十多年前。當時他中學畢業不久，因同志身份，及有志於推動同志平權，遂加入民間組織「彩虹行動」。由於彩虹行動是民陣成員團體，他於2008年開始協助民陣工作，例如做遊行、集會的司儀。

他相信同志運動與民主運動關係密不可分，漸漸在民陣承擔愈來愈多責任。2015年，社運正值傘運後的低潮期，民陣召集人一職出缺，他接手燙手山芋，任內卻沒受太多關注。三年過去，香港繼續處於同一低潮裏。即使有一地兩檢等重大議題，上街遊行的人卻明顯愈來愈少，而且來來去去，好像都是同一批中老年人。

在此環境下，他再次出任民陣召集人。

社運低潮，意味着依賴遊行籌款作收入來源的民陣亦陷入財政拮据。當時民陣戶口結餘只剩三十萬元，剛好處於前輩定下的警戒線。若情況持續，就連每年七一遊行也將不夠錢搞。

上任後民陣第一個行動是十一遊行，大會公佈參與人數為一千五百人，竟與警方所指的一千二百五十人相差不遠。期間有個小風波——一名持港獨標語的遊行人士遭行政署保安拒絕進入「公民廣場」集會，惹來其他示威者不滿，一度與警方爆發衝突。

翌日岑子杰在電台重申不認同港獨，但表明不認同不同政治立場的人因其主張而被禁止展示標語，「如果今次容許行政署以行政決定說不容許(上述做法)，明日(政府)又可以叫康文署下一個決定，後日地政署下一個決定，即是全香港都不需要搞遊行，因為我無辦法阻止任何港獨的人去遊行。」這個回應，如今應被歸納為「不割席」。

原本遭財困與社運低潮夾擊的民陣，卻因2019年初政府提出修訂逃犯條例而重新活躍。3月31日，民陣舉行第一次反修例遊行，這亦為這場運動裏第一場大型公眾行動。

岑子杰憶述，當時民陣就議題辦遊行源於民主派議員的邀請，嘗試在即將崩坍的議會戰線外，於街頭另闢戰場。「他們似乎是汲取了一地兩檢的經驗，假設了議會最終會頂唔住，單靠民主派搞唔掂，搵埋民陣會否搞到呢？」

第一次遊行最終一萬二千人出席，已是半年前十一遊行人數的八倍。「這人數令我們相對覺得，似乎有得搞。」於是開始協調不同政黨出傳單，做街站，認真打好這場仗。第二次遊行是4月28日，碰上佔中九子案宣判後大眾不滿情緒爆發，結果十三萬人參與。龍尾在銅鑼灣東角道遲遲未能起行。

此後民陣開始聯絡傘後組織，擴大組織面，繼續宣傳。第三次遊行是6月9日，決定再辦遊行前，岑子杰被不少民主派中人勸阻，理由是怕出現「動員疲勞」，「已經十幾萬，見好就收啦，係咪人數回落才肯收手？」他不解，「條例都未withdraw，搞遊行不是為人數嘛，而是為遊行訴求嘛。」

「現在是抵抗式的運動，人哋打埋嚟你就要應戰。好似打守城戰，唔通話動員疲勞呀，第一防線唔守喇，去第二防線啦！」

6月9日晚，岑子杰代表民陣宣佈遊行結束，並稱有一百零三萬人遊行，創下香港上街遊行的紀錄。「6.9遊行為整場運動打下最強的強心針，你諗下，係由一萬二千到十三萬再到一百萬，是2003年七一的一倍。」

割席與否，是個問題

6.9遊行後，岑子杰在家裏左思右想，徹夜難眠。

當晚民陣宣佈遊行結束後，香港眾志及學生動源等組織均宣佈留守立法會外。晚上11時許，政府發稿回應遊行，指認同並尊重市民對廣泛議題有不同的意見，但表明草案將如期於6月12日恢復二讀辯論。

未幾立法會示威區爆發衝突，有人推倒鐵馬及向警員擲水樽，警方多次施放胡椒噴霧，手持盾牌和警棍的防暴警察及速龍小隊其後增援，一路將示威者驅散至中環及灣仔。十九人被指非法集結及阻差辦公被捕。

看了一晚新聞，他已料到翌日見記者會被問到甚麼——作為民陣召集人，會否譴責使用武力的示威者？會否與「暴力」割席？

於是他想了一整夜。

岑子杰自認價值觀傾向「純血左膠」，接受不了傷害別人的行為，然而，當晚遊行結束、政府發聲明後，他在現場曾與留守者交談，親身感受到對方的憤怒與絕望。「那份痛是，已經一百萬人出來，你話如期二讀，咁那班人點算？」當一些人做了我接受不了的東西，是否代表就要被譴責？岑子杰又想起自己的同性戀者身份，「如果我係一個直人，接受唔到肛交，那麼別人肛交我是否要譴責？」他開始整理好思緒，「點解唔可以佢有佢價值觀，我有我的？當佢做了某些行為，而要自己面臨後果，那我是否仍要譴責佢？」

翌日記者會上，他激動地站在年輕示威者一方：「對於昨晚的行動，與其做策略分析，談他們好不好、對不對，行動是否正義，不如問一個問題：點解我們的政府可以咁殘忍？我作為民陣召集人，我會做好我的本份，繼續組織最多人出來為香港發聲，但我真的狠不下心，去說那班年輕人的不是。」

若說6.9大遊行後的勇武衝擊，預視了整場運動的抗爭形態，岑子杰這番發言，正是運動裏「和勇不分」主旋律的開端。

他也開始反思和平抗爭的局限，「我成日話民陣係衰過戴耀廷，戴耀廷都鼓勵非法集結，民陣連咁都唔會。它是一種道德高地，是有道德力量，同時也是行動限制……合法和平的遊行是一個維穩工具。」由此路進，武力抗爭似乎並非不能接受。他認為，當和平示威都被政權大力打壓時，自然會有人選擇武力抗爭，這並非不能接受。

這種覺悟，影響了岑子杰對民陣於反修例運動裏的定位。

6月12日，修例草案原定於立法會二讀，民間號召包圍立法會。民陣事先向警方申請在龍匯道中信大廈外設台辦集會，岑子杰早上七時抵達金鐘後，卻與民陣副召集人陳皓桓吵了一場架。陳皓桓認為，應把大台改設在公民廣場對出位置，「因為那是最危險的地方，民陣應該守住，這是我們的責任。」

岑子杰卻堅持把民陣集會場地設在遠離警方防線較遠的龍匯道，「因為這個場的人不是民陣的支持者，他們有他們自己的行動，民陣只是其中一個參與者。如果其他人有自己行動，我們是否可以企後一點，不頂在他們前面？」

他甚至想像，假如民陣把台設於警方防線前方，一旦示威者衝擊立法會，作為只搞和平集會的組織，民陣只能呼籲大家留手，保持和平克制，甚至要群眾解散。「你明唔明？如果選了那個位，就會落入這條故事線。」

也就是雨傘運動裏，大家對「大台」的抨擊。

結果今次民陣沒有成為「大台」，而是在多核心的運動裏成了支援角色，「我們守住和理非那班人，你坐喺度，我們就守住這個台。這就是和勇不分、兄弟爬山的雛形。」

就像當年他在旺角佔領區的初衷。

「到了這場運動，我要做一個台，但不要大的。不要成為唯一正確、唯一真理、唯一的行動指揮。我只代表這場運動的某一部分，當其他部分出現時我仍堅持我只是某一部分。」

如果民陣是一條艦隊

待在民陣十年有多，岑子杰深明這個組織的能量：只要堅持搞和平、合法、安全的遊行集會，就可以動員大多數。

「大佬，你一二三就衝入立法會，好難有個媽媽推住BB車衝入去嗰。如果參與運動的門檻被推到咁高，是否所有BB照顧者就要自絕於運動當中？民陣的角色似乎就是維持低門檻參與的角色，哪怕是推着BB車、坐着輪椅、扶着拐杖的人，都可以參與。這就是民陣的崗位，我就守住這件事。」

但另一方面，他比誰都更了解民陣的缺點：路線太溫和、立場太保守。這無疑是結構問題，畢竟民陣是個聯盟，由民間不同成員團體組成，當中包括最溫和的政黨、團體。

他以艦隊比喻，「一條艦隊的速度往往取決於最慢那條船，但如果我們不照顧最慢那條船，艦隊就會潰不成軍。這是民陣最大的優勢，也是最大的缺點。最大優勢是三教九流乜都有，發動到最闊層面的影響力，但同時因為佢有最保守的團體，亦無辦法行在最前方的位置。當整個社會只有民陣時，當然是一往直前。但當大風大浪、不同力量興起時，民陣注定被拋在運動的大後方。」

這也是過去十年隨着社運激進化，外間對民陣的最大批評。

岑子杰說起一件往事。2011年七一，他為民陣任「咪手」，遊行結束後，卻換了衣服，跟着社民連在中環干諾道中堵路，「我們都覺得民陣那種『行完就散』不是好事。」

「我都鬧民陣的，但鬧的同時，你唔做唔緊要，咪鬼阻住我哋做就得。」那一夜，警方拘捕二百三十一人，包括岑子杰。他被控非法集結，罰款一千五百元，留有他人生第一個案底。「幾有趣，有甚麼事發生，最後民陣都幫我們搵律師。」

那時他就覺得，和平遊行與激進抗爭之間，未必是甚麼路線之爭。反而好像發射火箭一樣，各個部件其實可以是層層遞進的關係，民陣負責的大遊行，是第一層推進，完成了就脫落；然後第二層爆發，脫落，再到第三層。那麼，火箭就可以射到很遠，很遠。

當時應該未流行「兄弟爬山」的說法。

九年後的岑子杰總結：「每個人都要做自己最擅長的東西，這場運動就可以行下去。」

光環之後，依然動輒得咎的民主黨

梁俊勤

民主黨主席胡志偉身穿寫着「撤回引渡惡法」的黑色T恤，緩緩踏前。路上只剩下他一個人。

「噗！」一枚催淚彈在他右邊兩米爆開。刺眼的煙霧瀰漫。

臉上只有外科口罩，而且還被拉到下巴，胡志偉卻好像沒有半點影響，他繼續前進，伸出右手，指着警方防線，用力呼喊：「我要見指揮官！」走了十多步，又有催淚彈在腳邊爆開。

他繼續前行，繼續歇斯底里地喊叫：「我要見指揮官！我係立法會議員！」

時為 2019年6月12日，金鐘添美道上。這片段瞬即在網上廣傳，YouTube上最多人讚好的留言是：「和理非都可以在勇武前擋，衝衝子都可以共同進退，鍵盤戰士可以打國際戰線……我哋更要一齊走落去！」另一個熱門留言是：「白鴿變雄鷹……民主黨終於向政府企硬」。

胡志偉事後回想，其實一切都是順理成章、有跡可尋。6.12當日他的動怒如是，整場反修例運動中民主黨的強硬，如是。

之後民眾對民主黨回復不信任，也如是。

反枱是理所當然

約胡志偉在議員辦公室談反修例運動，訪問期間，立法會繼續在開會。黨友林卓廷突然在辦公室門口出現，問胡志偉：「你會唔會落咪兜講兩句？」

這是立法會議員的日常。在議會戰線被消失之前。

訪問中胡志偉多番強調，無論他本人，抑或整個民主黨在反修例運動的參與，全部都很natural，沒大家所想那麼多計算、策略。

回到 2019年2月20日，特首林鄭月娥出席立法會答問大會。此前一星期，香港政府以引渡陳同佳為由，宣佈提交修訂《逃犯條例》草案，在政壇開始引發一場風暴。答問大會上，胡志偉質疑，修例用意是打開區隔中港兩地司法制度的後門，又將林鄭喻為「吳三桂」，「吳三桂就為了陳圓圓(引清兵入關)，你又為甚麼要做一國兩制的吳三桂？」

民主黨與林鄭月娥的關係，此前尚算正常。民主黨多次邀請對方出席黨慶，2018年林鄭更在民主黨黨慶晚會贊助三萬元，引起民主派陣營內巨大爭議。

但 2019年政府修訂《逃犯條例》，在胡志偉和民主黨眼中，卻是無法容忍的惡行。他說，這等同要除去民主抗爭的基石。「我和所有同事都覺得，這是根本地動搖我們眼中的兩制、高度自治。當這個building block要被取去了，如果我們還有猶豫的話，那你就可挑戰民主黨的創立會否出現根本問題 —— 否則一切都很natural，當我們的立場定了，之後的事是很自然地發生。」

之後「很自然發生」的事，包括3月民主黨決定不再邀請林鄭出席黨慶，4月該黨擬向林鄭提出不信任動議，還有5月初另一次特首答問會上，胡志偉上前直斥林鄭月娥「你唔死都冇用呀八婆！」然後被逐。

連民主黨主席都被逐，很多人嘩然。因為在外界眼中，民主黨作風溫和，少作肢體衝突。

胡志偉解釋：「民主黨爭取民主的信念，建基於基本法許下的框架、法制的區隔等基本價值存在，但如果這個基礎有任何移動，其實民主黨反抗是很自然的一回事。」他續道，「有些討論很奇怪——『你民主黨根本就係唔會抗爭的政黨』—— 這是很多餘的說法。民主黨由創黨開始，都是抗爭型的政黨，只不過在不同歷史時空裏，用不同方式去做。無絕對的對與錯。」

他的意思是，當社會主流尚未能接受較激烈的肢體衝突，他們就用別的方式，到社會準備好而議題又重要，他們就做了，順理成章地。

成功不必有民主黨

反修例運動於2019年6月真正爆發之前，坐擁七個立法會議席的民主黨，打的主要是議會線。這是胡志偉及其黨友的所長。

然而隨着6月9日晚上，政府宣佈如期把法案提到立法會二讀。這場運動，已在議會外的街頭一觸即發。而民主黨必然參與。

2016年底接任黨主席的胡志偉形容，經歷過雨傘運動，一早接受了民主黨不再是香港民主運動的中軸，「不會在運動裏面由龍門到前鋒都打晒，lead住隊波。」

民主黨成立至今28年，現時黨員數目亦有數百，胡志偉說，在新形式的社運裏，民主黨有其局限。「始終是一個相對大的組織，有歷史包袱，有些東西當然不夠靈活，這是很自然的。但不代表我們無用嘛。」在他眼中，既然民主黨成立已久，亦較有經驗，「我們就好明白，我們是成場運動裏面的中流砥柱，去到最後有啲嘢需要你去頂的，你就去頂。」

有關民主黨在反修例運動的角色，他提出三點：「一、不用爭出風頭，二、你有自己的角色和功能，三、華叔(司徒華)成日提醒我們，『成功不必在我，功成其中有我』，那就夠了。」

反修例運動初期，不少民主派議員都出現在抗爭最前線，或喊着「我要見指揮官」，或作為示威者與警方之間的緩衝。雖然有過勇悍挑戰警方的時刻，但胡志偉形容，性格使然，自己在抗爭場合通常甚少走在前線——不像黨友許智峯。

「(抗爭者)決定撤退的時候，我通常站在撤退隊伍最後的位置，『大家退喇退喇』，但那個不是很明顯的角色。我也不追求有同事影我相，所以你好少見到我。但我好肯定自己在現場的時刻不比任何人少。」

在無大台無領袖的社運裏，最為人注目的注定是最前線的勇武抗爭者，但胡志偉強調，勇者後面，還有不少人有所貢獻。而這正是民主黨上下最擅長的身位。「例如怎樣利用議會的空間，暴露政府的不是；議會外我們的同事怎樣在前線做緩衝。」

他說，黨內從沒有明確分工，例如誰負責站前線，誰不用；但每個人會盡量補位，「總之有任何位置需要自己，自己貢獻到咪做囉。」

他以上任主席劉慧卿為例，「你唔鍾意佢都好，佢做了好多國際的訪問，亦將香港的事情expose出去，馬丁(李柱銘)也是。」

充滿「個別例子」的大黨

自從2010年政改一役走進中聯辦談判，民主黨在網上輿論環境一直形象低迷。

2019反修例運動之初，卻出現罕見現象，多位民主黨立法會議員在不同場合相繼獲群眾認可——胡志偉有6.12「我要見指揮官」的「勇武」時刻，令人震驚；涂謹申在立法會逃犯條例法案委員會企硬，令人意識到「資歷」原來也是重要的；鄺俊宇在金鐘太古廣場對出為梁凌杰流淚，教人動容；林卓廷在7.21元朗西鐵車廂受傷，不少觀眾看着直播恨得牙癢癢；還有許智峯，因為在大小抗爭前線的英勇表現，一早被網民冠以「許智勇」的稱號。

胡志偉感覺到大眾對自己及其他民主黨同事的態度變化，

「係有鬆動到」，但他強調，諷刺的是，群眾對黨內個別人物的觀感，卻根本從未轉化成對整個民主黨的支持。

許智峯受訪就曾形容，「我做啲咩都好似唔入民主黨數，總之好嘅就唔入民主黨數，但唔好嘅嘢就會。」作為黨主席，胡志偉有相同觀察，「我們個別人物的表現，好容易被剔出來，視為個別例子。但整個黨在有些人眼中，就是不能接受，不容繼續存在一樣。」

他又用「動輒得咎」來形容民主黨的處境——雖然時任民主黨主席是胡志偉，而不是劉慧卿、李柱銘，但是「你見有時卿姐、我們的前輩說的話，比較是上一輩的價值觀，但都會被說成，『你民主黨就係咁架啦。』」

所謂「民主黨就係咁」，明顯源於一套論述：「因為有民主黨，而他們箍住一班『淺黃』的支持者，民主黨的存在，令整個黃營不能全面進化。所以要令整個黃營激進化的話，首先要殲滅民主黨。」胡志偉說，這套論述將民主黨形容為「習慣出賣社運」的政治組織，而它成形後，局內人根本無法辯駁。即使反修例運動中，不少民主黨人都有異一般定型，「但大家無從這個角度，畀返credit (民主黨)。之後所有討論就變成，係囉，你民主黨咪係咁囉，你都無進步過。譬如一到(延任)去留問題，咪藉此來攻擊我們民主黨。」

「我們這些經過傳統運動，特別是對老共的思考方式有多些經驗、從而成長過來的一班人，總會覺得，對住共產黨，它最想就係所有人打散晒，每個組織都打散，等你可以好開心、好喜悅地在無大台的狀態，和佢個大台玩。」

對於民主黨動輒得咎，胡志偉不覺強烈失望，因為他和黨內所有同事一早知悉此現象，也相信要經年累月才能扭轉局面。而面對未來明顯更嚴峻的政治環境，他坦言只能做好對未來的準備。「個人可以有不同選項，但組織，除非我們摺埋，否則無得揀。我們很清楚知道，要面對專權，我們的黨訓是只能靠組織和它鬥長命……」他再想起已故黨鞭司徒華的教誨。

組織庇蔭下保持獨行拚勁

梁俊勤

2019年6月12日，香港社會工作者總工會(社總)在金鐘中信大廈對出設了街站，向社工發罷工證明書。位置是總幹事許麗明有份選的，「在民陣大台旁邊，實穩陣，無事。」

誰料到那個下午，警方清場，催淚彈直接打在社總的帳篷上。社總的旗幟都不知吹到哪裏去。

但當時許麗明不在那裏。那天早上，她聽見龍和道那邊有人撬磚，本想找同事一同過去了解情況，但大家都較傾向留在大台附近，她只好獨自前往。後來又聽到示威者口耳相傳下午行動升級，作為社工，她決定留守添馬公園一帶，因為她對這個地方有情意結。

整場運動，許麗明盡可能與前線抗爭者待在一起。她笑說，有時連尿急也不敢離開半步。

像七一立法會外，警察凌晨清場的消息傳開，現場氣氛猶如末日倒數。有社工討論着去留，有人說，「有危險咪走囉！」許麗明不同意，因為她的信念正是相反：「有危險先要留呀！」

不再是單打獨鬥的時候

許麗明今年五十歲，自小喜歡獨來獨往，很少依附甚麼組織。讀大學的時候，只會聽人開會，不想「上莊」；後來大小遊行，她傾向一個人去，像打游擊，「覺得自由一點」。

直至2015年。

她曾任教師，2010年轉職社工，任職沙頭角中心小學。其後戴耀廷提出「佔領中環」，她感興趣，遂走去當商討日促導員，又加入「傾偈隊」輔導情緒受困的市民。其政治參與及後被校方發現，要求她辭職，「校長跟我說，是中聯辦要我走。」

一個人的力量不夠，她只能求助。2015年4月29日，許麗明在社總協助下開記者會，談及被辭職的經過，激動落淚。又成為了新聞人物。

是發了聲，但結果不變，許麗明依然離開了原本工作崗位。自此卻對「組織」多了認同。「好多人覺得社總無乜用，畢竟香港的工會在政治因素外，都不太幫到手。但這件事後，睇到香港愈來愈差，要入組織才可以做到啲嘢。」她說。

「你無辦法再單打獨鬥。」

2017年許麗明正式加入社總任總幹事，理事會同時改朝換代。舊人淡出，新加入的人經歷過傘運洗禮，在「業界」以外，更關注社會公義，於是滿腹大計；每月一次的理事會會議，不時由晚上八點開到凌晨一兩點。許麗明形容，此後社總愈來愈vocal，曾就康橋事件等議題主動召開記者會。

「開始明白，有些事需要透過一個被承認的組織去做，倡議政策，講自己理念。」

就如許麗明自身的經歷，傘後香港社會的紅線，肉眼可見的，無形的，慢慢增多；政治打壓，在各行各業愈來愈普遍。在此環境下，組織對個人的掩護，日漸重要。「有些議題，例如恩恤安置，我們會參加社署的諮詢會，以關注組名義，一次寫三十個同事的名，社署就不會追究誰是誰、哪裏工作。」又例如歷年的民陣七一遊行，社總代表都會上街拉banner，總吸引一些不方便以機構名義參與遊行的社工，一齊行。

「任何社工都有責任出來爭取公義、維護人權，但當大家都覺得有條紅線，不敢行，如在社總的umbrella下，他們就願意行出來……我們一路會用這個方法。」

站在示威者警方之間

2019年6月9日，民陣第四次反逃犯條例修訂遊行當日，社總預備了一幅九呎乘六呎的大橫額。看似很平常，許麗明卻說，這意味着一次決志。

原因是那張banner很大張，要很多社工幫手拉。

之前的遊行，不論五一或七一，社總雖然每次派代表出席，但那個代表通常都是總幹事一個人。許麗明多次獨自舉着社總直幡遊行，試過有人過來開玩笑，「得你一個咋？」她沒好氣。

「可以用社總名義去，都係好重要。」

2019年初政府提出修訂逃犯條例，許麗明從一開始就關注，「因為這件事對整個香港有好嚴重的影響。」儘管如此，運動正式爆發之前，社總介入方式其實跟以往其他議題相若——例如派人出席民陣遊行及發言(都是許麗明)，例如與社福界選委合辦講座，例如拍「懶人包」短片，向大眾講解修例壞處。

6月9日大遊行則是轉捩點，那張大橫額標誌着轉變。「今次有無人嚟拉？唔理喇，盡call，call得幾多得幾多。」結果那個下午，橫額圍了很多人，有現職社工，也有社工系學生，「大家都覺得own到件事。」

許麗明終於不用一人代表社工界遊行。

隨着街頭運動爆發，許多社工雖然都參與其中，但每個人願意立足的位置都很不同。有些社工傾向保守一點，站得較後，遇到危險就離開；堅信「有危險更要留低」的許麗明，卻往往走到衝突最前線，拿着大聲公，當示威者和警方之間的「緩衝」。有時會勸警方勿急於推進，情急之時索性呼喊「唔好打」。

6月21日，示威者首次包圍警總至深夜，留下來的人不多，防暴警察突然步出，許麗明像《風之谷》少女娜烏西卡一樣張開瘦弱的雙臂攔住，白衣警員見狀轉身離開；又有某次衝突，有警員手持胡椒噴霧衝前，她大聲喝止，對方只拋下一句「點解香港變成咁」就離開，抗爭者成功撤退。

「最初是有點用的。」她慨嘆，「當時其實都幾美好，揸住社工證就無事。」

許麗明不喜歡出鏡，卻因為屢屢走在前線，和社總理事陳虹秀，漸漸成為運動初期外界印象最深的兩張社工臉孔。但靠個別社工單打獨鬥，始終不是辦法。6月中，許麗明和陳虹秀決定於社總成立「陣地社工」小隊，「唔好散件去做，保護也大一點。」事前社總提供培訓，說明工作原則，包括不參與及不會干預抗爭者的行動。不少人一聽到這裏就卻步，「覺得背住『陣地社工』個名，好大包袱，咩都唔做得，人哋(抗爭者)走，你又唔走得。」

兩三小時的簡介會，幾十人興致勃勃地出席，但最終留下入隊的，每次只有三四人。

但想付出的人還是不少，「陣地社工」最後招了幾十人。至2020年中出隊共五十三次，合共1,195人次參與。每次出隊前，「陣地社工」都做好準備，一旦被捕，其他人會聯絡律師、家人，甚至向社工任職機構代為請假。

「陣地社工」在現場的成效，隨着衝突武力升級而漸漸減少，但這個團隊至少對成員本身帶來一些衝擊。

許麗明形容，不少社工原先覺得社總是業界內的傳統組織，又悶又老套，卻因「陣地社工」的成立而改觀，「他們大多有嘢想做，只是一直苦無方法。」街頭運動開始式微之後，不少成員開始積極參與「陣地社工」以外的社總事務，例如幫忙組織罷工公投。2020年社總理事會改選，也有幾位「陣地社工」加入。

時代太壞，由單打獨鬥轉型為守望相助，許麗明說是很自然、慢慢走的路。畢竟這條路，她也走過。

「下個應該到我」

訪問期間，許麗明說起一個情意結。

2014年雨傘運動尾聲，雙學呼籲圍堵政總，行動失敗，不少示威者在添馬公園被警察打得頭破血流。

許麗明當時就在現場⋯⋯附近的幾百米外，於金鐘佔領區帳篷裏睡覺。外面的事她懵然不知，直至醒來後看新聞知道事件，只覺懊惱。「如果我在場，就算阻止不到整件事，起碼都救到一些人。我甚麼都沒做到。」

「我過唔到自己。」

這種悔疚，模塑了這個社工的行事風格。

五年後的社會運動，她不想再錯過抗爭任何一刻。於是6.12當日她決定留在添馬公園一帶，於是之後那麼多場衝突，她往往站在最前線。示威者未退，她也不退，直至最後。

像她這樣走得那麼前，站得那麼義無反顧的社工，其實並不多。

運動裏有社工被捕。第一個是劉家棟，7月底在元朗被指阻差辦公拘捕；然後是陳虹秀，8月31日在銅鑼灣被捕，控以最重的暴動罪，立即提堂。望着同伴被審，許麗明已在盤算着，「下個應該係我。」

一語成讖。不足一個月後的9月29日，她於太古廣場對出金鐘道被捕，後被控以襲警。

「我OK的。你問我有無好大擔心，信律師囉。因為坦白講，我條罪好輕，最高刑責六個月。」她半開玩笑，「唔夠讀一個學位。」起碼她已作好心理準備，「驚係一定有，但可以處理到。」

不太害怕，可能因為「陣地社工」出隊前，成員們都早已有被捕的準備，也可能因為在許麗明眼中，社工爭取公義根本只是一件份內事。

她徐徐背出香港社會工作者註冊局「工作守則」第四條：「社工有責任維護人權及促進社會公義」。她說：「我們成日講，如果見到社會上不合理的事、弱勢的人，我們需要出手幫忙。」

又如社總有四大目標，「團結同工、爭取權益、改善服務、支持正義」，許麗明的信念是，一個社工若眼見不義而袖手旁觀，有違工作守則，「別人真的有權投訴我們，吊銷牌照，可以有這樣的步驟。」

網絡時代的領袖和社運形態

夏霜

社運研究的顯學強調社會結構、政治機會等層級，而不太關注代理人(agency)的作用。相對而言，資源動員理論(resource mobilization theory)已經較為關注組織的功能。這套理論認為，社會中怨氣多寡，個人義憤是否填膺，這些結構性和心理因素並不是社會運動發生的關鍵。[1] 這理論源於社運的特徵是罕見和不按常規的，並滋生於弱勢團體。這些欠缺社會資源和組織能力的團體，很難憑一己之力動員群眾。社運組織的資源和菁英的背書，才是轉化怨氣，導致集體行動的要素。這套理論在六、七十年代歐美的抗爭浪潮中，找到不少佐證。再者，社運的目標不單純是動員群眾，也包括推動政策改變。政黨和社團擁有廣泛的政治渠道和政策經驗，故而不可或缺。

數字科技的發展，卻改變了全球抗議活動在2010年以來的形態。這波網絡社會運動強調多中心聯運、通過在線商議找尋共識、依靠橫向網絡動員個體，並以佔用城市空間吸引關注。[2] 相比起傳統社運有組織領導，並有明確論述，這些「聯結型行動」(connective action)，更強調個體化架框、集體情緒和傳播抗爭文化。[3] 這種傾向，是因為其參與者批判的是全球化、分配不公或政治威權等制度問題，沒有具體的政策目標，也就欠缺討價還價

1 Klandermans, Bert. "Mobilization and Participation: Social-psychological Expansions of Resource Mobilization Theory." *American Sociological Review* 49.5 (1984): 583–600.

2 Castells, Manuel. *Networks of Outrage and Hope: Social Movements in the Internet Age*. John Wiley & Sons, 2015.

3 Bennett, W. Lance, and Alexandra Segerberg. *The Logic of Connective Action: Digital Media and the Personalization of Contentious Politics*. Cambridge: Cambridge University Press, 2013.

的空間。加上社交網絡的擴散，令群眾更容易聚集，社運組織的領袖角色也就為淪為次要。

但何謂運動領袖？傳統意義的領袖有兩大元素：代表群眾的合法性，以及推動策略的執行力。當網絡能夠快速集結大量互不相識的個體，運動領袖的代表性與執行力之間就產生了張力。[4] 不少文獻指上述理想模型，已難以解釋社運的動態。事實上，運動領袖不一定被參與者認可，也不一定擁有指揮權；同一運動中常有不同類型領袖，有些透過組織施加影響，而另一些非正式領袖則藉論述主導運動走向。[5] 換言之，我們要理解社運組織的角色，不應執著他們是不是領袖。而是探討他們在不同的網絡的位置，其實際功能，以及如何跟群眾互動。

本文的分析主要根據深處訪談，受訪者包括泛民政黨成員、社運人士和專業組織成員。訪問目的是理解他們組織在運動之中的定位和策略考量。筆者同時引用四位學者，在遊行集會採集的現場調查數據，[6] 以分析參與者的經歷和動機。根據文獻，2019年的大規模動員可以視作一場「共同領導運動」(leaderful activism)。[7] 這種運動沒有傳統意義上的領袖，但各組織在動員網絡中相互依存，在實際行動中自發分工。這種組織結構容許不同派別，在意識形態和街頭行動上保持差異，同時維繫陣營間的團結。因此策略創新變得可能，運動的韌性也相應提升。

---

4 Cheng, Edmund W. "Movement Leadership under a Polycentric Protest Structure." In Thomas Gold and Sebastian Veg eds. *Sunflowers and Umbrellas: Social Movements, Expressive Practices and Political Culture in Taiwan and Hong Kong*. Berkeley: Institute of East Asian Studies, 2020, 17–41.

5 Earl, Jennifer. "Leading Tasks in a Leaderless Movement: The Case of Strategic Voting." *American Behavioral Scientist* 50.10 (2007): 1327–1349; Freeman, Jo. "The Tyranny of Structurelessness." *Berkeley Journal of Sociology* (1972): 151–164

6 Lee, Francis L. F., Samson Yuen, Gary Tang, and Edmund W. Cheng. 2019. "Hong Kong's summer of uprising: from anti-extradition to anti-authoritarian protests." *China Review* 19(4): 1–32.

7 Raelin, Joseph A. "We the leaders: In order to form a leaderful organization." *Journal of Leadership & Organizational Studies* 12.2 (2005): 18-30.

先行者創造的政治機會

傳統社運組織和政黨的獨特作用，是擔當集體行動的先行者，挪動本來封閉的政治機會。雨傘運動後，香港公民社會的動員能力低迷，議會陣線成了反對派的最後堡壘。即使面對收縮的政治空間，民主派政黨和社運組織始終是輿論關注的焦點，大型遊行示威仍要依賴他們的平台協作。

當香港特區政府於2019年2月12日提出《逃犯條例》修訂案時，社運組織隨之發動一系列示威。早在3月15日，法案初讀時，香港眾志成員就在金鐘政府總部舉行靜坐，並一度衝入政府總部東翼大堂，最終九名成員被捕。這些專業社運人士採取相對高危，甚至要負上刑責的行動，目的是推動社運動量(protest momentum)。當年青人被捕，輿論開始聚焦法案的影響，民眾儘管未必認同他們的抗爭手法，但會不期然究問示威者為甚麼要這樣做，導致民間對議題有嶄新認知。

民陣在3月31日和4月28日接棒，組織了兩次遊行集會，據報分別有一萬二千人和十三萬人參加。後者是雨傘運動後，最大規模的示威活動。根據其年報，民陣在2019年只剩下不足二十萬的現金結存，是有紀錄以來最低，要滿足不反對通知書內有關路線、糾察隊和音響佈置等要求，無疑捉襟見肘。這説明資源動員論不能有效解釋早期動員，香港的集體行動，從來不是由個別組織或領袖主導，而是依賴公民社會的配合。

儘管這些抗議活動的規模，不足以令政府回心轉意，卻為體制內的抗爭創造了政治機會。法案在4月3日由立法會大會提上法案委員會，民主派議員以拉布或質詢的方式，令法案委員會無法選出主席，因而無法進行審議。民主派的拖延戰術，體現了社運研究中的政治機會結構理論(political opportunity structure)。政治機會結構指政治體制的開放程度，以及政治菁英的內在矛盾，會促使或者限制社運發生。原本香港的獨特憲制架構約束了建制派的分歧，傘運後反對派遭遇接連打擊，政治空間日益收縮。但另一派學者認為，威脅(threat)反而會令社會運動在政治機會收縮的情況下爆發。民眾感到自身利益受到打擊，或者新危機迫在眉睫，可能會以集體行動，奮起一搏。[8]

民主派的拖延戰術，某程度創造了新的政治機會，並成功傳播威脅架框(framing)。一來，立法會的僵持令某些商界人士和其政界代理人可以藉機透過發表聲明、訴諸司法覆核和提出反建議等方法表達不滿，迫使政府再次修訂法案條文。二來，拉布策略令政府在5月20日決定繞過法案委員會，直上立法會大會二讀表決。這個舉動原先是想快刀斬亂麻，但結果是關閉了體制內的迴旋空間，令街頭抗爭成為反對派和不少市民的僅餘選項。

尤為影響深遠的是，社運組織確立了「反送中」的架框。「反送中」有雙重含意：第一重是反對修例容許政府將疑犯送往大陸受審，第二重則是反對將香港現狀斷送，並和內地司法制度接軌。雖然這個口號的來源眾說紛紜，但眾志的宣傳和民陣的採納，令這套論述得到廣泛迴響。輿論開始討論法案對香港金融體制、公民權利和司法獨立可能造成的衝擊。隨着市民了解法案細節，民間反對聲音日增。四位學者在6月9日和6月16日兩次大遊行的現場民調發現，有超過90%受訪者認為，對現行公民自由和司法獨立的威脅，是他們參加集會的主要動機。換言之，資深社運組織的行動，提高了人們對引渡法案的認識，在組織資源不足的情況下，製造了新的政治機會，並加劇了政府與公民社會的對立。

8 Ho, Ming-sho. "Occupy Congress in Taiwan: Political Opportunity, Threat, and the Sunflower Movement." *Journal of East Asian Studies* 15.1 (2015): 69–97.

運動經歷和群眾基礎

在上述基礎上，5月下旬出現了一系列由公民社會發動的線上請願，令民情進一步升溫。請願書始於中學網絡，多由其學生或校友撰寫。這些請願書中經常引用學校的座右銘，向位高權重的校友陳情。至此，這場輿論動員迅速蔓延到不同行業和社交網絡：律師、銀行家、會計師、新聞工作者、社工、醫生、護士和科技人員都加入；父母、家庭主婦、海外移民和居民團體也紛紛效仿。這些請願書聯署參與成本並不高，但卻將引渡法案與各個團體的價值和利益聯繫起來，並展現民間的巨大能量。

大數據的分析顯示，截至6月初網上已經流傳了四百八十七份請願書，收集了近二十七萬個簽名。其中中學佔55%、大專院校佔16%、小學佔10%、專業人員佔9%、社區組織佔5%、宗教團體佔3%，海外網絡佔2%，平均每份請願書有五百六十人簽署。絕大多數請願發起人，並無在社運組織或政黨中擔任職務，只是普通公民依靠社交媒體和社會網絡動員。

誰簽署了請願書？根據現場民調顯示，以往參加過大型抗議活動的人，比沒有參加過的人，更有可能簽署請願書。反國民教育運動的參與者傾向於通過他們的中學或大學網絡。七一遊行的參與者則主要通過他們的大學或專業網絡簽署請願書。雨傘運動的影響尤其強烈，超過75%的參與者通過其大學或專業網絡簽署請願書。六四晚會的參與者，有超過五成人透過社區團體或協會簽署，積極性尤其突出。數據說明，切身的運動經歷，會令個人往後以不同身份，持續參與政治。

根據香港中文大學在2020年5月進行的民調，香港居民中分別有42.2%參加和57.6%支持反修例運動。參與者中自稱泛民支持者有48.6%，本土派有37.1%，中間派有13.8%，建制派有0.6%。參與群眾雖以泛民支持者為主，但光譜溢出了其傳統支持者。

抗爭者的概況顯示出社運組織要不斷審視其位置和角色。首先，運動的主要組織者是民陣、學生組織和支聯會。這些資深社運參與者某程度認同或接受這些社運組織的功能，社運組織的平台依然有先天優勢。雖然香港被稱為示威之都，但是上述大型示威(除佔領中環有待商榷外)，大多是「防衛型」，[9] 旨在守護現行體制或價值觀。正因缺乏計劃和綱領，香港社運的爆發總是依靠「民眾自發動員」，由群眾集體建構論述。[10] 由於事出突然，各組織和團體要臨時建立一種「多中心動員結構」，依存於公民社會網絡，而不是靠個別組織的號令或資源。[11]

當我們訪問社運人士，傳統組織和新組織代表答案不盡相同。傳統組織和政黨人士，總會強調數十年的風雨和堅持，他們的對照點往往是切身的運動經歷和香港特有的制度框架，這令他們相對保守持重。令筆者印象最深刻的是幾個被訪者，不約而同的引述司徒華的座右銘「成功不必在我，功成其中有我」自況。這裏表達的是他們不計較一時得失的自我定位，同時也是對激進派別批評的妥協，擔心動輒得咎，不願也無力做「大台」。

新社運組織或傳統組織的年青領導層，社運記憶和抗爭願景，卻明顯有異。他們憶及在傘運時要在金鐘發言猶如過關斬將，對大台深存反感，更強調旺角佔據區的平等互動。他們對旺角騷亂後傳統組織的切割，不以為然，對照點是2014年烏克蘭的廣場運動的多元抗爭手段、和陣營內的團結。

可是，社運組織某程度約制了世代和經歷差異帶來的影響。有受訪者表示過去自己在同志運動的經歷，令他明白要社會意見

9 Ma, Ngok. "Civil society in Self-defense: The Struggle against National Security Legislation in Hong Kong." *Journal of Contemporary China* 14.44 (2005): 65–482.

10 Lee, Francis LF, and Joseph M. Chan. *Media, Social Mobilization and Mass Protests in Post-colonial Hong Kong*. London: Routledge, 2010.

11 Cheng, Edmund W. and Wai-yin Chan. 2017. "Explaining Spontaneous Occupation: Antecedents, Contingencies and Spaces in the Umbrella Movement." *Social Movement Studies* 16.2 (2017): 222–239.

之多元，要推動政策倡議，就要令走得最慢的一條船也不至於調頭。另一位受訪者則是傳統泛民政黨的領導人，他明白政黨是一個整體，要維繫集體意志打持久戰，但也樂見個別黨員走得更前，發揮自我優勢爭取資源。來自專業人士工會的受訪者就指，當下不再是單打獨鬥的時代，不時要以制度創新，去平衡團體內部有關專業章程和個人身份的矛盾。換言之，傳統社運組織要小心翼翼，要不斷研判其定位和策略，平衡不同步伐和取態的群眾。

依存網絡下的策術研判

經過一浪接一浪，體制內外的宣傳和線上線下動員後，反對修例運動已逐步擴展民意基礎。在5月底，兩所學術機構進行了民意調查。港大民研調查發現69%被訪者「反對把香港人引渡去內地受審」；中大新傳調查則發發現45.7%被訪者「反對政府提出的《逃犯條例》修訂草案」，支持的只有24.8%。首先，無論是那一個調查，民意已經是2003年七一遊行已來最為懸殊。另外，兩個調查恰恰説明社運組織的論述取得成效，突出了市民對中國司法系統的不信任，透過觸及他們最深層的恐懼，令民間當日不滿難以逆轉。

鑑於反修例運動勢頭越來越大，民陣對於何時、如何安排和怎樣定位群眾集會，經過幾次激烈的內部辯論。由於法案定於6月12日進行二讀，反對派的時間有限。有政黨擔心短期內接連動員會導致民意疲勞，結果可能是示弱。另一些政黨則認為民意可用，而社運組織要認清現實。辯論最終得出在六四集會後舉行的結論：

> 參加六四晚會的人，肯定會參加反修例集會。這是一群在關鍵時刻鐵定會現身的民眾。我們必須依靠六四集會的人數，打一支強

心針，讓雪球愈滾愈大。所以，「反送中」遊行只能是安排在六四晚會之後，沒有理由安排在六四前。

及後的動員軌跡，印證了傳統組織者的策略研判。2019年是六四事件三十週年，本就具備特殊意義。結果當日的燭光晚會吸引了近十八萬名參與者，是近十年最多。2020年5月底進行的民調發現，參與六四晚會的人士積極參與反修例運動，在不同組別中比例最高。換言之，專業社運人士的組織經驗，令他們更能掌握民情，將抗議勢頭提到新的高度。

6月12日政總出現激烈衝突後，民陣最終決定在6月16日舉行另一場大型集會，儘管有幾個政黨對出席人數和資源調度表示擔憂，但其中一個民陣領袖解釋他的邏輯：

只有民陣才有組織大規模集會的信譽和人力。即使我們不號召，集會仍然會發生。但肯定會採取另一種形式，可能涉及更多直接行動，參與者也會減少。我們要認識自己的定位，並隨着運動的尋找自己的角色。前線年輕人在6.12的犧牲，令我們退無可退。

他的說法正好印證了共同領導的特徵。首先，傳統社運組織認識到與其他民間團體和前線抗議者相互依存的關係。多年來，社運組織者和公民團體之間已經形成了牢固的網絡。現場民調表明，當人群於6月16日在維多利亞公園再次集會時，至少有153個專業、社區和政治組織參加了集會。這些民間社會組織成為行動的樞紐。然而，6月12日政總外的突發衝擊，有可能令「和理非」和「勇武」陣營重蹈雨傘運動後的分裂。不過這次泛民政黨雖然依舊反對訴諸暴力，但論調是不分化和不割蓆，並抗議警方使用不對稱武力。

這種自我定位並非基於社運組織與參與者的從屬關係。相反，它來自資深社運人士對公眾情緒的即時評估和反應。這個決定被政府視為一丘之貉，卻快速維繫了反對派陣營的團結。[12] 事實上，這個決定先於「如水」等運動邏輯出現。往後，網上平台，逐漸建構的一系列運動倫理和守則。這些倫理和守則並不能憑空想像，而是建立在現場行動和社運組織的言行上。

分工合作下的多元戲碼

如果說「齊上齊落，一個也不能少」呈現了互相依存的運動倫理，那麼「兄弟爬山，各自努力」則開創了分工合作的行動守則。

反修例運動的流水動員結構，克服了全球連結性行動普遍面對的「戰術凍結」(tactical freeze)。[13] 這句也有點怪，因為out of context from Tufekci的個案，突然提到到達廣場，讀者可以會有點不明所以.不同團體更會因意識形態和策略分歧，逐漸難以團結起來。類次情況出現在2011年席捲全球的佔領運動，也發生2014年的雨傘運動。

社會學家Charles Tilly認為，抗爭戲碼不單純是手段和策略，還要運動參與者之間的共識，令他們產生共鳴，並逐漸社會接納。[14] 正因如比，戲碼一旦確立，也可能會產生限制，因為建立新共識需時。但是，歷史學家William Sewell持相反意見，他認為在特殊時刻，抗爭邊界可以被激烈地挪動，社會認知能力會被快速激活。[15] 反修例運動的發展，呼應了Sewell的觀點。不少暴

12 Lee, Francis L. F. "Solidarity in the Anti-extradition Bill Movement in Hong Kong. *Critical Asian Studies* 52.1 (2020): 18–32.

13 Tufekci, Zeynep. *Twitter and Tear Gas: The Power and Fragility of Networked Protest*. New Haven: Yale University Press, 2017.

14 Tilly, Charles. *Contentious Performances*. Cambridge: Cambridge University Press, 2008.

15 Sewell Jr, William H. *Logics of History: Social Theory and Social Transformation*. Chicago: University of Chicago Press, 2005.

力衝突場面成為日常，闖入立法機關、在機場候機樓靜坐，癱瘓公共交通，都沒有疏遠公眾支持。筆者認為，其中關鍵是運動動員架構，各人因應其經驗和運動的演化，從中不斷找尋定位，摸索大組織和小群體的相對優勢，分工合作。

現場民調數據顯示顯示反修例運動經過六七月的高潮後，共同領導如何維繫多樣化和具彈性的抗爭戲碼。儘管此期間，當局加強了對人群的控制，但示威者仍然致力各式各樣的活動。這些戰術創新不僅揉合創造力和專業知識，還需要大量資源和後勤。最常見的抗議手段是杯葛藍店和幫襯黃店，在兩次實地調查中皆有超過80%受訪者恆常參與。另一個熱門的策略是簽署請願書和轉發抗爭資訊，兩次調查中亦有大約80%受訪者表示經常參與。另外兩次調查亦有近60%受訪者表示曾貼連儂牆和參加人鏈。最少人參與是阻止警方推進，在10月20日時只有不足10%，但到12月8日時升幅接近一倍。民間社會團體和線上網絡通過分工，得以協調並維持動力。

透過結合公民社會網絡，社運組織的身影均出現在不同風險程度抗爭戲碼。在六七月間，民主派政黨成員走在示威前線，嘗試利用其立法會議員身份為現場降溫。這些行動令不少民主黨人重新和群眾連結，並發現自己的獨特位置。在警民衝突白熱化前，他們不時在現場維持秩序避免示威者受傷。不過，議員為現場降温，也會引起前線不滿，最明顯是七一當日幾位議員嘗試阻擋示威者衝立法會，最終被勇武示威者趕離現場。

與此同時，不同公民團體紮根於其專業資本和技能，貢獻資源和後勤：醫療人員在現場急救，社會工作者提供心理支援，律師為被捕者保釋等。相比社運組織，專業團體會受到較多專業守則和團體身份的約束。即使某社工組織代表表示會方認為合乎追求公義的宗旨，會方的大部分社工主要只提供情緒輔導和住宿支援。有會員就以個人身份臨時成立組織，以擺脱組織的枷鎖，以方便自己走在最前線 (見本書第五章)。

另外一些新成立的社運組織也加入，延展抗爭的空間和維度。其中最具代表性是本土派在九龍舉行群眾集會。在接下來的幾個月中，這些社區動員將地方問題與不民主的政制聯繫起來，拉近了與受眾的距離。他們的互動還幫助激進主義者和和平示威者分享知識並協調戰術。在運動期間批准的120個公眾遊行中，有60%以上是由資深政客或有組織背景人士申請的。這些專業活動家，在抗議路線上與警方協商、準備足夠的糾察隊員，並承擔遊行期間的任何不當行為。他們的專有技術和擔當，令申請不反對通知書的機率大大提高。其中一個社區集會的組織者，描述了這種高度分工，但又互相依賴的動員結構：

> 我們驚訝各人的熱情和紐帶。集會獲得批准後，我們先在連登發帖和Telegram招募助手。我們只花了一個晚上就僱了兩百名糾察隊員。其中一些來自我們的內部圈子。但是大多數是陌生人。我們還創建了一個內部電報組來安排職責，並創建了一個公海組來傳播信息。公海組的人數達到五千人。

這種分工合作有賴於各個社運組織和公民團體，根據自己的比較優勢做出貢獻，從而採取了一系列自發式和協調性的行動。7月30日，連登廣泛散佈許多年輕抗議者三餐不繼的消息。第二天，成千上萬的市民迅速在不同地區排隊捐助優惠券。一位幫助收集和分發優惠券的社工透露，他的小組不到一週就收到了超過數十萬港元的優惠券。而反應之熱烈，有賴數以百計由政黨、地區組織和素人瞬間成立的街站和平台，以及市民對這些團體的信任。

在地和線上網絡同時支援遍佈十八個區的連儂牆和及後的黃

色經濟圈。而前線示威者，用網絡特點和動漫術語，也發展出一系列角色：如「冷氣軍師」、「文宣組」、「家長」、「哨兵」、「急救師」、「魔法師」和「義士」等等。

事實上，市民的眾籌捐助，也是通過嵌入式的公民社會網絡實現。其中最具代表性的6.12人道救援基金，便是由資深政黨和社運人士創立。該基金旨在為受傷、被捕或其他受影響的示威者提供醫療、心理輔導、法律諮詢和財務援助。截至2020年5月31日，該基金已收到1.315億港元，其中73%來自小額捐款；他們為一萬四千多人提供服務，並使用了儲備金的80%以上。相比由素人成立的星火基金戶口，迅速被警方以洗黑錢為由凍結。由於「6.12基金」採取更為嚴謹的核數準則，至今依然能夠運作。

群眾情緒下縮窄的空間

雖然社運組織依然在不同的領域分工合作，但到了運動的中後期，其角色和影響力已經逐步被邊緣化。根本原因是運動激進化後，社運組織的作用明顯下降。除了專注「國際線」的個別團體外(見第八章)，傳統社運組織一直未能贏取參與者的廣泛認同，並展示其獨立貢獻。以「手足」這個在連登平台，出現得最頻繁的身份為例。這個詞表面上是概括所有認同「五大訴求」的同路人，但筆者的訪談發現，受訪傾向用這個指涉前線示威者，尤其是受傷或被捕人士。當筆者要求他們舉例時，社運組織及其核心成員幾乎永遠不入流。換言之，團結是建立在道德義務和受傷害程度。因此，表面上是和勇不分，但網上和年輕人的論述，更傾向同情付出了更高昂代價的激烈抗爭者，和勇不分的內涵是後者不和前者分道揚鑣。

一些大數據分析，也顯示社運組織欠缺回應群眾情緒的方法。筆者分析了數十萬則連登的貼文，以了解集體情緒和關鍵事件的關聯。總體而言，負面情緒和現場衝擊；而正面情緒則與和平示威相關。負面情緒，如恐懼、憤怒，普遍在衝擊示威之後一日蔓延，並在數天內促成下一波的集體行動，說明情緒主導行動。負面情緒的最高點，負面情緒的最高點，為7月21日及8月12日，前者有上環的衝突和元朗事件，後者則是一名女士右眼被流彈打中的翌日。自此以後，連登平台基本由負面情緒主導。

上面提到，立法會議員和社工在早期嘗試站在前線示威者和警方中間降溫。但到了八月，他們在前線已經起不了作用。一方面是群眾不希望他們阻礙勇武示威者的行動，另一方面警方也認為他們阻撓人群控制，有民主黨和民陣成員據稱被警棍或催淚彈打中，也有社工被捕。而警方在八月尾陸續否決發出不反對通知書的申請尤為關鍵。警方一系列的人群控制手段增加了扶老攜幼參加遊行的成本，令示威人數大幅減少。但其界外效應卻是令傳統社運組織，不能再通過組織合法遊行去平衡勇武派。「和理非」難以像六、七月間，以參與人數展示他們對運動的貢獻，並約束勇武派採取更激烈、甚至無差別的抗爭行動。社運組織於在地網絡和線上平台的能力落差，和論述能力的不足等問題，也就再次浮上水面。

小結

反修例運動的爆發過程，與社運必須依靠政治機會結構或豐富的組織資源才能有效動員的假設相違。運動持續近一年，以簡單的威脅架框連結普羅市民，以各種創新戲碼吸引全球目光，以空前的內部團結維繫公眾支持。這些現象不單是香港社運史上的特例，在世界各地也十分罕見。

本章通過以「共同領導」的視角，為上述現象提供另一種解釋。這種動員結構，有助解決當代社會運動的溝通和協調問題。

首先，筆者認為共同領導是一種分配式和多中心的領導架構，深植於香港公民社會脈絡，而雨傘運動後反對派的共同困境，更為各陣營的合作提供現實基礎。傳統社會組織，與網絡世代催生的非正式領袖，皆明白大家是相互依存，故此願意放下歧見，謀求共識達致協調，而不是追求個人或組織的威望或權力。

筆者的分析與李立峯和陳韜文早前的觀察一致：雨傘運動的邏輯，其實混合了社運組織驅動的集體行動，和數字化時代的聯結型行動。[16] 不過，反修例運動的張力和範疇更形複雜。當群眾負面情緒開始發酵，政府壓制加劇，傳統社運組織和其「和理非」支持者，已經欠缺發揮作用的空間，集體行動也就陷入僵局。這種建立在平衡和互動的動員架構，最終出現內捲化。

16 Lee, Francis L. F. , and Joseph M. Chan. *Media and Protest Logics in the Digital Era*. New York: Oxford University Press, 2018.

第三章

前線

2019年6月，一百萬人、兩百萬人相繼走上街頭，反對修訂《逃犯條例》，那時候，那些人被稱為「遊行人士」。後來，反修例活動愈演愈烈，走上街頭的被稱作「示威者」，然後，部分示威者堵路、掟汽油彈、與警對戰，被外界視作「前線示威者」。

一直無人能夠清楚界定何謂「前線」，因各人心中自有一套標準。有人說每個走上街頭抗爭的人已屬「前線」，但部分走上街頭的人卻說不敢以「前線」自居，深怕自己會貶低了「前線」之名，有人則認為只有曾經因抗爭而被捕，或者曾在示威現場與警察激烈對壘的人才算「前線」。

本章由善日專訪三位會以「前線」自居的示威者，有因為「救人」而走上前線的Archery、深信街頭勇武抗爭可帶來改變的Max、由抗爭者演變為行動策劃人及支援其他抗爭者的Nobody，他們不約而同經歷過6月12日立法會外的示威、多場地區抗爭、中大與理大之役等，但各有不同的體會及反思。曹儒樺則以前線示威者為個案，分析他們的思考理念、在反修例運動中的角色，以及對運動的影響。

前線「守護者」

善日

在反修例示威期間，經常有說「有和理非，附近就會有勇武，勇武會保護和理非」，Archery大概就是這樣的一個時刻希望守護同伴的前線示威者。從沒街頭示威經驗，他在2019年6月12日初次踏足金鐘添馬公園的集會，只為「救人」，幫助其他示威者免被警察拘捕，往後他多次落場，亦是為了守護同路人。

* * *

二十三歲的Archery (化名)是個身型偏瘦的青年，初次見面，他略帶靦腆，自我介紹是一名大專生，亦是一名喜愛看日本動漫的「毒男」。

「毒男」社運初接觸

以往寄情二次元世界，他的社運經驗值是零，但家中一對父母皆親中，母親更是親建制組織的職員。2014年雨傘運動時，父母千叮萬囑他別踏足旺角、金鐘、銅鑼灣等佔領區，當時仍是中學生的他亦有聽話。但他的思想沒有因父母「染紅」，反而早在本土論述仍相當冷門時，他已在網絡世界悄悄追看葉政淳、陳雲等所寫的本土派的文章。

2016年農曆年初一爆發旺角騷亂，他和母親當晚安坐電視機前看新聞報導，母親破口大罵示威者破壞公物，他默默盯着電視熒幕，一如往常保持沉默，心中卻認為是政府趕盡殺絕小販檔，示威者掟磚亦屬情有可原。他原以為立法會議員「長毛」梁國雄抬棺材，已是香港最「激」的示威行為，但那夜，他透過新聞片段，首次看見香港有示威者掘磚、掟磚，對他而言是一大衝擊。

2018年，他與朋友到上水逛模型店，遇上專門針對內地水貨客的示威，示威者在商場內四處亂竄，高呼「唱紅打黑，驅逐大陸人」。他至今無法定調這種示威是好是壞，亦不知是否有效，只是發現了原來香港有這樣一班人，有這樣的一種行動，令他的思想受到另一大衝擊。

他向來不相信遊行可帶來改變，因此2019年4月起民間醞釀反修例運動，他並沒上街遊行。直至6月9日的反修例遊行結束後，警方對待示威者的手法，徹底扭轉了他的想法。「我覺得警察瘋了，見人就拘捕，晚上看電視片段時，我和朋友的情緒起伏很大，全部人均覺得警察過火」。朋友透過通訊媒體問大家6月12日要不要到金鐘政府總部外集會，他即一口答應。

隨朋友一同到金鐘添馬公園，事前已知道當中有些人計劃衝擊警察，有人則打算守在後方，他原本屬於後者。豈料到場後，朋友多了一組頭盔、眼罩、保鮮紙、手套，他因此臨時變成「衝衝子」的一員。各人將身份證、手提電話、背囊交給一位打算留在後方的女生。後來才發現當大家沒有電話在手，根本無法掌握整體情況，而那女生揹着幾個背囊不利逃跑，險些被捕。他回想只怪當時實在缺乏抗爭經驗。

他當時與幾位「衝衝子」朋友在添馬公園，其中一人突然聲稱自製了「煙霧彈」，從高處擲向警察附近，但「煙霧彈」並無冒煙，只是令他們吸引到警察的注意。他事前並無任何計劃，只知道要引開警察注意力，減少警察拘捕示威者的數目，「我當然想撤回(修訂《逃犯條例》)，但那不是我那刻要做的事，我那刻能做的只是救人」。

野餐與初心

全力「營救」其他示威者的同時，他看見添馬公園有一班人野餐，屢勸不走，直至警察射催淚彈到公園的草地上，野餐的人才慢慢散去。別人看那是和理非式的抗爭，但他卻非常不齒那些人大難臨頭仍野餐，更發晦氣說以後不再出來抗爭了。

隨後整個6月，他無再參與示威，卻非常鬱悶。直至7月1日前夕，朋友一言驚醒：「你一開始時亦說過6月12日不會走出來(示威)，結果你都出來了啦！」他思考自己當初為何走上街頭，然後想到即使有人野餐，亦與他的初心沒有衝突。

7月1日，他中午過後出發到立法會大樓外，以鐵枝等雜物砌「攻城器」。晚上大批示威者攻入立法會大樓，他入內逛了兩層，覺得大樓內人手充裕，他就走到龍和道砌路障。

因此，示威者破壞大樓內的設施時，他並無參與，但他認為理應盡量破壞，務求令議員無法開會，「即使不是修訂《逃犯條例》，都是填海、大白象工程，都是亂花錢、官商勾結的項目，拿來維修立法會大樓的錢，根本及不上任何一個工程的款項」。

他整晚在龍和道戒備，眼見部分人去而復返，大家只為守護「煲底」的示威者可順利朗讀「金鐘宣言」及五大訴求，再支撐至身在立法會大樓的示威者全部撤出。接近凌晨時份，警察將幾枚催淚彈射到龍和道，他嘗試上前倒水滅煙，結果被煙嗆至差點倒下，迷迷糊糊之間被兩位陌生女子扶着離場，再乘巴士回家。那夜，他感覺香港人終於有點人性。

從脫韁野馬到組隊

接下來的7月，他不用上課，每星期有三至五日返兼職，另有一至兩天上街示威。他形容當時在示威現場如同脫韁野馬，不時做出一些「傻瓜」行為，有時突然衝前向警察擲物或舉中指，要旁人急急抓住他往後退，而他記得有次大伙兒在中環示威後退期間，有一名少年喊「很辛苦，很想回家嘆汽水」。他看示威現場有很多「傻瓜」行為，反而有組織的隊伍卻不多。

他經常獨自在路旁拆鐵欄，每每有人勸他別破壞公物。有次，他在元朗一所學校旁拆鐵欄，一位女士義正嚴詞說「現在是和平集會，你別做一些血腥暴力行為」，他不好爭辯，靜靜走到別處繼續拆欄。「我不期望和理非參與或做甚麼，只希望他們別阻止我們做事。」後來示威者漸漸有了默契，高舉「和勇不分」，有人勸阻前線別燒垃圾，指燒垃圾會釋出有毒氣體，即有人反駁「催淚彈都有毒，你又出來示威？」

示威的驚險場面亦愈來愈多，7月21日，他的朋友在上環被「海綿彈」射中，回家後身體瘀了一大塊；在屯門示威時，他與警察僅距兩、三個身位，險些被捕；在上環與警察對戰時，他眼見有物件迎面飛來，手中的盾牌發出嘭、嘭、嘭聲，然後有物件飛彈開去，他只記得很多冒煙的物件從頭頂、腳邊飛過，記得自己當時真怕會死。他感覺，擲汽油彈也好，掟磚也罷，示威者所用的武力對比警察的依然是很低限度。

直至8月中，他意識到需要找一些更安全的方法抗爭，於是決定與友人組隊。隊伍分為行動組和後勤組，各有十人，前者全是早已相識的朋友，各人落場後隨機應變，後者則是各朋友在示威時認識的同路人，負責過濾有用資訊及通報。隊伍曾在黑社會經常出沒的地方，欲趁機伏擊「白衣人」，又曾在港鐵站制服阻止青年跳閘的人士。他說：「我們隊伍有共識，打『狗』(示威者對警察的稱呼)或所謂最衝突的工作，已經有其他人做，不如我們隊主力做支援，制服一些可能干涉到行動的『廢老』。」

非主流「同路人」

在11月中的中大守衛戰及隨後理工被圍堵之役，他的隊伍並無入這兩個校園防衛，轉而到各區「開花」。他經歷了最辛苦的一個多星期，那時他疑因催淚彈引致皮膚過敏，需服抗敏感藥，但他仍堅持輾轉去了六個地區「開花」抗爭，希望可營救滯留在理大內的人。後來，他開始思考：有學生才叫大學，保住校園裏面的人才是最優先，示威者當初是否太盲目守校呢？

隊友們自理工一役後已幾近放棄，但他反而視區議會選舉為絕望的主因。縱然很多示威者視區選為一場勝仗，但他認為當時理工大學仍被警圍堵，政府或警察政治迫害、殘害市民，市民有權不認受政府的政策及選舉。當外國討論要制裁港府，市民應借機表明不服從政府和香港警察。在此環境下仍如常選舉，則顯得自相矛盾。因此，區選投票當日，他並無投票。

他主張杯葛選舉，但更多人決定以選票表態；他遊行時會舞動美國國旗，希望借美國之力制衡中國，但更多人勸他別唱美國國歌、別揮美國國旗，免招外國反感。大部分示威者會高叫「時代革命」，他不會和應，更從不會跟着喊「香港獨立」，他只喜歡喊「光復香港」。即使行為、口號不同，他認為只要大家目標相同，大家就是同路人。

然而，他在家中沒有同路人。母親曾趁他出門，翻開他的背囊，看見袋內有士巴拿、螺絲批等工具，母親沒有哼聲，只是妹妹悄悄向他報訊。母親叫他返內地鄉下探親，他只冷冷拋下一句「你想我過關後返不到香港，你就叫我返鄉下」。與父母不合，同學間關係亦不算親密，他在運動初期早就豁出去，毋懼被捕，後來朋友知道他走得前，紛紛來關心他安危，半夜三更亦會傳短訊問他位置，一句句的慰問，陪他度過了反修例運動期間的風風火火。

一年後，反修例風波已平息，但他的情緒卻自2020年7月開始爆發。他經常發夢回到示威現場，起床後整天心神不定、鬱悶鼓躁，連他往昔最喜歡的動漫亦看不入腦。走在街頭，他會懷疑前後左右的途人有可能是警察，他要隨時準備逃走或還擊。他不再踏足上環，因他曾在上環與警察激烈對陣，他亦避免到天水圍，因為他提到天水圍就會回想起天水圍警察在警署門縫後向外不斷「無視野掃射」。

「現在的情緒很奇怪，我去年做了這麼多，其實我得到了甚麼？為甚麼呢？」他勉強說是得到了處事經驗，接收物資時、坐「家長車」時，學會與陌生人交流。但就像回看11月中為期一星期的罷工行動，他直搖頭說：「我們付出的成本太高，逾千人被捕，消耗了民眾的行動力、民氣、民意，徹底消耗了，那時大家都很辛苦。」

信奉街頭抗爭的戰魂Max

善日

「我在直播片段看見你……」二十六歲的Max站在反修例街頭示威的最前線時，經常會接到七十歲阿爺的來電，這是最常聽到的開場白，然後阿爺會「教路」，有時提點他「拿路旁的竹枝衝向警察」，有時就提醒他身為「九代單傳」，別衝得太前。但Max自2014年雨傘運動起，已一直走在最前方，他深信街頭抗爭的力量。

* * *

Max膚色偏白皙，架着一副眼鏡，身型算不上健碩，外表看來就如整天安坐在辦公室的上班族。他以往每年回東莞家鄉探親四、五次，阿爺早打算將鄉下的樓房傳給他。他的阿爺以前在鄉下是地主，早年被批鬥，就與阿嫲游水逃來香港，現在阿爺閒時看面書、聽黃毓民的Youtube頻道、看港台直播新聞片段，Max記得阿爺斷言「如果年輕十歲，我都衝(上前線)呀」，兩爺孫同聲同氣。

旺角勇武派

2019年5月，Max辭去地產銷售工作，原本計劃到西藏旅行，兼在神州大地走一圈，殊不知6月爆出反修例運動。他不相信遊行可帶來改變，所以他無成為6月9日一百萬大遊行的一份子，他選擇6月11日到政府總部「守夜」，意圖阻止翌日早上立法會二讀修訂《逃犯條例》。

那時候，大家仍沒有甚麼「前線」的概念，他說「落場後自己搵自己的位置，有人不敢行前，就站在後方，而我就會走到最前」。前方不遠處已有一排警察，他則手空空無一物，僅頭戴一個雨傘運動時遺下的黃頭盔，就捱了一整個下午的催淚彈。

Max事後回想6月12日二讀不成，算是小勝一回，而更大的成功是大家開始醒覺：原來要勇武抗爭。

若將勇武以時間劃分，Max或許屬於年輕一輩之中的第一代勇武派。他的勇武史始於2014年雨傘運動，由於家住九龍，他每天流連旺角佔領區，早上與「藍絲」對撼，晚上應付黑社會「踩場」，練就他成了「旺角勇武派」。

雨傘運動的龍和道一役，Max與一班「旺角勇武派」到金鐘幫忙，當時有人敲破了立法會大樓的玻璃，在場即有人大喊「這與金鐘人無關」，更有人聲稱要報警拘捕他們，他當晚憤怒得與其他「旺角人」斷言之後不再踏足金鐘佔領區。

後來佔領區相繼被清場，Max與部分「旺角人」交換了電話號碼，往後在驅趕水貨客的「鳩嗚團」亦會碰面。他愈來愈堅信抗爭要用「拳頭」，「如果一百萬人出來和平示威，有甚麼意思呢？即使兩百萬人出來了，政府會說還有五百萬人無出來，但如果出來的兩百萬人全是勇武派，政府還夠膽這樣說嗎？」

攻入失落的立法會大樓

但Max心裏清楚香港不可能有這麼多勇武的香港人。6月21日，示威者圍堵金鐘警察總部時，他向警總外牆丟雞蛋，即被人勸阻，亦有人勸他別再挑釁。往後很多次示威，他在前線擲物，亦遭人勸阻，他有時會反駁「那換你上前線吧」，那些人就會收聲，漸漸，示威者不再勸阻同路人擲物。

7月1日，示威者攻入立法會大樓，Max當時亦在「煲底」，他幾乎是首個進入立法會大樓的示威者，手持長盾，準備衝入大樓後與裏面的警察肉搏，殊不知大樓只是一座「空城」。他環顧四周，再看看同場的示威者，感觸得差點落淚，「回想起2014年，我們縱已打破立法會大樓的玻璃，但無人敢入內，但這次不同了，很多人夠膽入去(立法會大樓)。那是立法的地方，若我們不喜歡它立的法，就應該攻佔它，而那天我們確實攻佔了。」

Max當時認為應佔據大樓，以此作為「籌碼」迫使政府回應，複製2014年的臺灣「太陽花學運」，但數小時後各人卻高呼「一齊走」然後離場。7月1日之役令Max有點失望，攻入大樓後沒有留守，被看成「純粹發洩」的行為，但另一方面他亦見到示威運動「邁進了一大步」。他知道這場抗爭不可能就此完結，並預計將愈來愈多機會與警察埋身肉搏。於是，他自掏荷包上網買防毒面罩等裝備，並開始組織自己的隊伍及提供裝備，後來隊員多達70多人。

被警察盯上

Max當初沒想像過警察會「喬裝」成示威者，因此從沒試過「捉鬼」。他與組員每逢週六、週日上街示威，平日就開會商討作戰策略，最記得是7月27日元朗南邊圍一役之前，他開了Google Map向組員講解地形，猶如將軍調兵遣將，他還為隊員準備了防刺背心，以防「白衣人」籐條攻勢。

結果他的隊伍在南邊圍沒有損傷，反而8月11日在銅鑼灣，大批疑似喬裝成示威者的警員拘捕了十多名他的隊員。他形容自此之後，他的隊伍就被警察盯上，在一些事先聲明會有行動的日子前，警察均會率先上門拘捕他們。

8月底，Max與數名隊員在銅鑼灣的酒店房內，為翌日示威做準備，但警察在當天清晨已拍門，搜查房間兩、三小時，然後以搜出一支鐳射電筒為由，指他們涉嫌藏有攻擊性武器，將他們帶回警署扣查四十多小時。9月底，警察上門拘捕Max，指控他涉嫌非法集會，隨後他得知另有十多名隊員亦於同日被搜查。

縱兩度被捕，Max依然沒有退下火線。中大一役，他在二橋與警察對峙，面對密集的催淚彈攻勢，防毒面罩亦已失效，「無想過警察會將催淚彈當子彈，射向人身」，很多與他同樣站在前線的示威者紛紛中彈倒下。

「這場仗，我們輸了」

然後是理工大學之戰，示威者與裝甲車鋭武正面交鋒，「我不得不尊重這班人，很勇敢」，隨後有水炮車出動，Max回想當時被水炮射中後就衝去沖身，一天竟沖了四、五次，第一次的水炮痛感未消，就中第二次水炮。

在理大對出的十字路口，有其中一名示威者趨前向警察擲石，卻被橡膠彈射中，在路中心，當時左邊有水炮車，右邊有裝甲車，但大家毫不猶豫，上前將癱在中間的那示威者拉回陣內。

逾千人一度滯留理大校園內，Max認為滯留者理應宣佈絕食，迫使警察讓他們離場。可是被圍堵令眾人失了方寸，只顧急謀逃生路線，他感嘆「香港人始終未準備好堅持抗爭」。當留守理大的人愈來愈少，他最後與隊員亦決定乘坐救護車登記離開，當坐在救護車上，他想：這場仗，我們輸了。

從理大出來後，Max打算與朋友到外國散心，殊不知在香港機場出境時，卻突然被警察扣查，指他已被通緝。而他指登記離開理大時，從沒說過要拘捕他，更沒提及通緝。經過這次扣查後，他即向媒體「告狀」，事件經媒體報導後，他往後可如常出境。

Max每次被捕後，均會到外地「避風頭」，去過泰國、臺灣、日本，以防被警察追踪。但他依然心神不定，有時會自覺聽到催淚彈和嗅催淚彈味，又因先後兩次被警察爆門入屋拘捕，他晚上經常無法入睡，「少少聲都嚇到整個人彈起，以為警察又來了」，在泰國旅行期間，他睡在酒店床上，稍稍聽見聲音，他即會擔心難道警察又要上門拘捕他。

「我有時覺得勇武派成了condom (被用完即棄)，我們自覺付出最多時間、被打、被捕，但我們未放棄，我們不介意在前方抵住警察、擋子彈，為何和理非反而怕，反而因為害怕而放棄上街呢？」Max雖然他不認同遊行可帶來改變，但他認為和理非不上街，無人數掩護，勇武亦無法走出來。

數支勇武小隊在網上論壇宣佈解散，Max明白勇武退場是情有可原，他只希望大家「靜靜贏，靜靜走」，別打擊士氣。

1%勇武

2019年計劃的西藏之旅，Max恐怕以後都不可能成行，日後甚至不會再踏足內地。2020年7月1日，《港區國安法》正式實施後，家人勸他離開香港，國安法雖說沒有追溯期，但他相信警方會將反修例期間的被捕者資料交國家安全公署跟進，他亦預計會被秋後算帳，心中不免恐懼。

但Max不太想離開香港，因他從沒想過放棄抗爭，「很多手足仍在獄中，我當然會堅持，否則怎對得住他們？」他自言現時社會是需要一個「爆破點」，才有望再鼓動民眾，扭轉劣勢。至於何謂「贏」，他從沒想過要香港獨立，他只希望警察被控告、被判入獄，「或許就像烏克蘭革命那樣，警察要跪地認錯」。

其實，勇武的勇氣從何來呢？「你如果在前線看得多，你就不可能會無膽，因為你會很氣憤，那些勇氣可能是源於你的憤怒。」他親眼看到倒在地上的示威者被警察打，見過有人心口被催淚彈射中，肋骨斷了，仍堅持留守抗爭，要其他示威者推上救護車。

Max指有隊員原本亦是「和理非」，後來在前線見過太多示威者被警察打，發覺在後方遊行根本無用，漸漸亦變成「勇武」，所以他希望示威者「企前些」，看多了，慢慢變勇。他不時會幻想，如果兩百萬示威者中，有1%能夠變成勇武派，情況或許就大大不同了……。

由前線抗爭到開店「養」手足：老闆Nobody

善日

2019年6月，他站在反修例運動的最前線，與警察對壘，兼組織車隊堵路、接載及援助其他抗爭者。一年後，他已籌組了一間初創公司及一個外賣平台，聘請約三十名本地抗爭者及七名流亡臺灣青年，以及組織數名抗爭者開了一間汽車美容店。甫見面，他即遞上咭片，自稱為Nobody，他只是一個二十歲出頭的青年，因為這場運動令他有太多愧疚，令他要加倍努力設法「養活」一班同路人。

* * *

認識Nobody多年，在2014年的雨傘運動時，他還是個中學生，從新聞片段中看見警察打學生，出於義憤，他違抗了親建制的父母，晚上獨自跑到金鐘佔領區。後來他在佔領區見很多學生低頭溫習，他拿起路邊一塊木頭，搭建了佔領區「自修室」的第一張木枱。他在「自修室」獲在場的導師指導，他由原本二十六個英文字母亦唸不出，慢慢學懂了一些英文詞彙。直至警方12月清場，他形容「我的烏托邦被粉粹了」。

為警察撐傘、遞飯盒的「左膠」

回想那些年，Nobody後悔自己曾是個支持愛與和平、不用暴力抗爭的「左膠」。當年在佔領區遇見警察，會主動上前關心對方「餓唔餓」，且會細心遞上飯盒；下雨時，他亦會為站崗的警察撐傘。他當時關心警察，是出於愛與和平的心態，體諒警察只是打份工。

傘運後，Nobody讀了許多社運書籍，深切想要了解這個社會正發生甚麼事，因他不希望外界老是覺得青年不懂政治，他希望日後被質疑時，可以與對方辯論。那時候他看見新聞報導反水貨客的「鳩嗚團」，會覺得那些示威者踢籠，行為太過暴力，亦不明白為何要嚇到在場的阿嬸及小朋友。

但Nobody這種「愛與和平」的思維，在2019年反修例運動中徹底瓦解了。回想6月9日上街遊行，他進入「18區總公海」的Telegram群組，看見各人商討行動，卻無人定下結論，於是他整合各人意見，建議投票，結果各人決定依從他策劃6月12日的堵路路線。

Nobody清楚講明當天車隊三大目標是阻塞交通、堵截警力、攔阻貴價車作「肉參」。根據他的指示，動用30輛車，癱瘓金鐘道、夏慤道及愛丁堡廣場對開路段，他形容這成就了他人生中一大「戰績」。後來警方在示威開始前，早已封鎖相關路線，間接令車隊無用武之地。

勇武「家長」

於是，Nobody 7月21日開設了一個「接仔女」的Telegram群組，號召車手將示威現場的抗爭者送回家。此後，他在示威現場與警察對壘、扔汽油彈，成為「勇武派」，示威過後卸下裝備，就化身「家長」在現場送其他抗爭的「仔女」回家。

8月31日，Nobody與十多個勇武示威者在銅鑼灣維園遇見一名作示威者打扮的疑似警察。他憶述當時該警察不斷挑釁叫「過來吖」，示威者沉不住氣一擁而上，警察先射橡膠子彈，示威者中彈仍沒後退，直到警察用真槍，並將槍口指向他們。那一刻，他第一次感覺到自己可能會死。

最終Nobody與其他示威者成功脫身，但他深切感到上前線抗爭要有赴死的心理準備，於是寫下了遺書。「做前線(示威者)要有勇有謀，知道自己的價值，知道自己貢獻、犧牲、用處，有需要時燒盡自己，換取最大的目標。」他形容有衝動型、助攻型、領導型的前線示威者，他要求自己做到有勇有謀，時刻清楚做哪些事是推進民主運動，哪些事是純粹宣洩個人感情。

2019年10月，Nobody因為經常出門抗爭，加上接送示威者的油費，一度欠債兩萬元。一次，他坐其他「家長車」時，談及自己的經歷，對方在臨別時贈他二千元，「兩個男人在車內，拿着四張五百蚊，都哭起來了」。但他不敢獨佔那些錢，遂放上Telegram群組「限時促銷」，幫助其他有金錢需要的示威者，結果半小時內已將錢派光。事後不少人私訊他，希望出錢援助青年，於是他的頻道開始收集有心人捐款，再向有需要的青年「派飯錢」。他在後來一年多，陸續發放逾一千二百次資助，金錢上幫助過逾二千名示威者。

中大、理大之役修復父子情

每次有危就有機，中大守衛戰時，Nobody在二橋捱了整天催淚彈、橡膠子彈，但他感受到抗爭者之間的團結和默契，大家決心保衛校園。他在二橋睡了一夜，留守了兩、三日，感受中大校園始終是中大學生的「主場」，於是他計劃退場，並故意致電「紅底」父親「求救」，叫父母開車幫忙運走一批避彈衣及數名示威者。待他成功誘使父親來到中大後，他帶父看示威者如何試掟汽油彈、駕駛校巴，向父證明示威者之中其實沒有甚麼「外國勢力」。

至理工大學被圍堵時，他與另外九名隊友被困校園內，多次逃走失敗，兼終日擔心警察潛入校園，加上滯留者之間的猜忌，令他心理壓力瀕臨「爆煲」，他甚至想到校園內的閉路電話已全數被毀，警察可隨時會入校內殺人。他在理大校園每食一餐，就當作是人生的「最後一餐」，滯留數日後，他致電父親哭訴已經受不了，可能要向警察投降。他記得當時父親說「你這不叫輸，不叫作投降，你光明正大走出去，警察可以說你甚麼呢？」這是他人生中第一次感受到父愛。

理大一役的意外收穫是他與家人之間的關係。以往他自覺與父母理念不同，無法得到他們的理解和支持，家人關係疏離，從沒感受到父愛或母愛，但在理大被困時，與父親的一通電話讓他感受到父母對他的認同，加上經歷過以為日後無法再見的心情，因此自逃出理大後，他變得更重視家人，亦多了與父母傾偈。

化內疚為推動力

結果，Nobody一隊人之中，連同他只有三人成功逃出校園，另外七人則登上救護車登記離開。他不願透露自己如何逃出理大，只道與隊友在理大分別時，猶如經歷了一場生離死別。隊友從沒怪責過他，倒是他事後經常因此寢食難安，更先後確診抑鬱症、創傷性後遺症及焦慮症，經常怪責自己當初帶隊入理大，最終連累到一班隊友，又經常會思考為何不是自己被捕。

他形容理大一役是「港殤」，是一段無人願意詳談的慘痛回憶，而他事後避免到理大、尖東一帶，即使事隔一年，偶然一次駕車駛至理大外的十字路口、近玫瑰堂外，他亦會突然無法呼吸，需要將車泊在路旁歇息。

他更難忘一位在抗爭路上認識的朋友，因抗爭而辭去原有工作，只要在網上見到有青年說要尋死，即會趕出去勸解。而他從多次與對方在前線合作之中，已視對方如同手足，但對方則因為試圖營救理大被困者，在佐敦被捕，而他記得對方的夢想是開一間洗車屋。

對隊友和朋友的愧疚，成了一股無形的推動力。他與三位朋友在2019年底成立了一間初創平台，然後四出尋找投資者，並乘着「黃色經濟圈」聲勢，建立了一個外賣平台，現聘請了逾三十位抗爭者做兼職員工，並僱用約七位流亡臺灣的抗爭者，每日營業額逾三千元，假日則有約九千元。

同時，他與朋友着力籌組洗車屋，2020年初成功為朋友達成夢想。最初兩個月他們艱苦經營，店內兩人兩個月只領五千元薪酬，猶幸由於早前車隊的Telegram頻道有車主網絡，才令該店漸上軌道，開業半年已收支平衡，現該店聘請四人，亦全是抗爭者。

社會運動如同營運初創

當同齡的青年愁搵工難，Nobody則為尋找投資者、出糧、交租而煩惱。他形容，社會運動就如營運初創公司，少不了要考慮錢，而他認為社會矛盾的根源是資源分配不均，政府屬壟斷的一方，決定了資源的分配，因此需要思考如何建立一個可與之對抗的勢力，才可以有話語權。他的目標很遠大，因此在追尋的過程中經常有落差，令到情緒不時起伏，有時他低落得將自己鎖在沖涼間數小時，現在只能嘗試專注做好手頭上的事，一步一步慢慢來。

對於抗爭的聲勢似乎大不如前，他反問為何大家這麼執著街頭抗爭，他認為，既然那些抗爭畫面已喚起國際關注，國際制裁來到了，就要做好國際線，國際線打過後，最重要是公民充權，普及市民大眾的政治知識。

《港區國安法》實施後，抗爭的代價很高。他認為可從擴大

「黃色經濟圈」做起，以這些成本較低的方法，維繫抗爭情緒。「每人均以自己相信的方式抗爭，靜待時機成熟，未知(社會情緒)會何時爆發，現在尚未是好的時機，大家未浮面。贏了才知道哪個方法可行，現在未贏，誰有資格説哪方法是對是錯？」

反修例運動期間，示威者經常提到「兄弟爬山」，Nobody説那已是2019年時的口號了，2020年看到的倒是黃色經濟圈內的商店互罵，原來兄弟爬山各有方法，更有可能是各自爬了不同的山。他形容「喜歡批評」是香港人的劣根性，若港人想以一個民族自居，要先去除這種劣根性；在他心目中，這場運動沒有完結，只是以另一種方式繼續，所以他希望「兄弟」們記得要各自努力呢。

從「前線」視角看激進化的脈絡

曹儒樺

「激進化」一直是研究香港社會運動其中一個重要課題。回顧過去十幾年的抗爭事件，大致上就是一個社運激進化的歷程。2006年的時候，示威者以「直接行動」闖入天星碼頭地盤，阻止工人清拆碼頭； 2010年反高鐵，示威者包圍立法會，在當時都已經是十分激烈的抗爭。到了2012年「反國教」運動，示威者佔領公民廣場，及北區反水貨客的激烈衝突，都點滴累積，影響2014年雨傘運動爆發的形態，及對傘運持不同信念的示威者之間的互動。回顧傘運期間，「勇武」與「和理非」彷彿是兩條難以兼容的路線，在整個傘運中互相拉扯、角力。兩者的張力，既體現於旺角與金鐘兩個佔領區截然不同的氣氛，並於11月30日晚上於衝擊立法會的動員中激化。

而2019年的反修例運動，自從6月9日一百萬人大遊行後，隨着政府表示不會撤回修例，運動於三日後迅速升級為激烈抗爭。由6月12日政總外的示威開始，在一種不明確的共識下，不同示威者分別在現場擔當認為適合自己的崗位。往後在「兄弟爬山」、「和勇不分」等信念支持下，前線、「和理非」及其他示威者共同構成了整個抗爭群體。

急速而持續的激進化是反修例運動最廣泛討論的特點。而且激進化當中，又包含了普遍「和理非」對激進示威者的團結和認同，及激進化中的自我設限，都豐富了分析反修例運動激進化的理論內涵。例如，李立峯等學者以宏觀角度切入，指出反修例運動激進化，並不是單純因為政府沒有回應訴求，示威者就把抗爭升級的直接關係。他們指出，反修例運動激進化的過程，涉及各個行動者在四方面的互動關係：(1)示威者從過往和平示威作用成疑的經驗，和反修例當下的迫切性(法案於6月9日遊行後幾天就會在立法會審議)所認知的政治機會，認同採取激烈行動；(2)警察把鎮壓武力升級，激起部分示威者採取更激烈反抗，並加深和平示威者對勇武示威者的同情心；(3)建制派的反動員(counter-mobilization)及黑幫介入，令反修例運動出現了另外一些具體的「敵人」，令「裝修」等激烈抗爭形式適時出現；(4)示威者從過去的社會運動，見證了長時間的路線分歧，在幾個月的反修例運動中，建立了情感連繫，格外重視團結性[1]。

另一方面，Clifford Stott等學者則從動態社會心理的角度，指出警察6月12日立法會外處理失當，至7月21日元朗事件引起的爭議，都令到警察作為維持和恢復秩序的單位失去了正當性，也令支持運動的市民減低了抗拒激烈抗爭的規範[2]。上述分析角度好處是，它們有助我們回顧和重組反修例運動激進化過程中涉及的各種因素，甚至可以把這場運動放到過去十幾年香港社運激進化的宏觀環境，了解反修例運動背後涉及不同力量之間的張力。但是，如果要更全面地了解反修例運動激進化的脈絡，我們同樣不能忽視前線示威者作為實踐激進化的主體。尤其是，當公共輿論往往把所有前線示威者歸類為統一群體的時候，他們的個人背景、抗爭經驗、參與情感、對局勢的理解等等，在不同人身上，其實可以發揮着不同的作用。透過組合不同前線抗爭者的個人故事，我們可以更具體地了解，在一個「無大台」而持續了超過半

1 Francis L. F. Lee, Samson Yuen, Gary Tang, Edmund W. Cheng, and Hai Liang. (2021). Dynamics of tactical radicalisation and public receptiveness in Hong Kong's Anti-Extradition Bill Movement. *Journal of Contemporary Asia*.

2 Clifford Stott, Lawrence Ho, Matt Radburn, Ying Tung Chan, Arabella Kyprianides, and Patricio Saavedra Morales. (2020). Patterns of 'disorder' during the 2019 protests in Hong Kong: Policing, social identity, intergroup dynamics, and radicalization. *Policing: A Journal of Policy and Practice*. Doi: https://doi.org/10.1093/police/paaa073

年的抗爭運動中，不同示威者是怎樣懷着不同的個人經歷和情感，自發地成為運動激進化的一分子。

本文的分析材料，來自本文作者跟四位在反修例運動站在前線的年輕示威者的深入訪談。Max和Nobody在6月12日當天已經在前線擔任領導角色。Archery初期比較疏離，後來逐漸自發地趨向勇武。至於亨利，他大部分時候支援前線，卻一次巧合地站到衝突最前方[3]。作為質性分析，我會集中在三方面敘述他們的經驗，從而描繪出行動者如何促使運動激進化：(1)前線示威者過去參與雨傘運動的經驗、(2)他們對「和理非」的看法、(3)他們在反修例運動中分工和協作的經驗。

從雨傘運動到反修例運動

雨傘運動是反修例運動爆發前的大規模動員。傘運之後，香港的社會運動進入了大概五年的休止期。這五年裏，有一些在傘運期間高度參與的示威者轉為沈寂，也有人受到傘運啟發，投入社區深耕細作，在抗爭場域以外從事社區營造[4]。當然，我們也不能忽略傘運後的激進化抗爭，尤其是本土派論述在傘運後變得熾熱。傘運後，香港各區的「光復運動」多了肢體衝突。同時，關於「勇武」的論述，在傘運後更加圓熟，更加令人接受「勇武抗爭」為「非暴力抗爭」以外的選項[5]。2016年的旺角衝突，既是傘運後香港社運激進化的先聲，它同時為日後的激烈抗爭訂下了抗爭範式，例如「掟磚」、燃燒雜物作為路障等在反修例運動常見的抗爭方式，都是在2016年的旺角衝突中「預演」。到底雨

3　四位受訪者的化名均由他們自行建議使用。篇幅所限，亨利部分未收入本書。

4　鍾曉烽(2021)〈初探「社區深耕運動」：後雨傘香港的城市社會運動與日常實踐〉，載張少強、鄧鍵一、曾仲堅(編)，《香港．格局．變異》，香港：匯智出版，頁108–144。

5　李祖喬(2018)〈勇武抗爭：知識分子與武力/暴力的觀念〉，載鄭煒、袁瑋熙(編)，《社運年代：香港抗爭政治的軌跡》，香港：中文大學出版社，頁207–221。

傘運動能否算是成功，人言人殊。客觀上，如果爭取推翻「人大八三一」被視為傘運的唯一目的，這場運動的確無功而還。但是，也有人認為傘運是很多香港人的政治啟蒙，有難以量估的積極影響。參考李立峯等學者於2019年6月17日於示威現場進行的問卷調查，如果以1至10分評價雨傘運動是否成功，79.2%受訪者的評分都是4至7分的範圍內，即是說當天的示威者整體上對傘運是否成功沒有明顯的取態。但如果比較溫和民主派和本土派對傘運的評價，後者(4.0分)明顯比溫和民主派(5.1分)對傘運的評價較低[6]。同樣地，也有外國的研究觀察到，有些行動者會因為對大規模動員沒有成效而感到失望，從而趨向認同和參與更激烈的抗爭[7]。

我們也可以在幾位受訪者身上觀察到類似的因素。不過綜合幾個前線示威者，尤其是Max、Nobody、Archery的故事，傘運後令他們認同勇武抗爭的，並不在於傘運的成敗，而是傘運的經驗，或當中一些情景，令他們對何謂適合的抗爭有一番體會。

Archery自言傘運的時候不太留意政治，但他都留意到在旺角佔領區有人有打麻雀、打乒乓球、打邊爐等等。這些都令他感到，傘運似是一場嘉年華多過抗爭運動。當然，如果回到傘運的時候，有抗爭者認為在公共空間另類實踐也是一種抗爭，甚至是在意識形態層面更徹底的抗爭[8]，但不能否認，對一名旁觀者來說，這是欠缺抗爭意志的表現。反而，Archery認為新界北區的「光復運動」才是他對社運感到興趣的啟蒙。在偶然情況下，他出現在「光復運動」的抗爭現場。「踢篋」、直接指罵內地水貨

6 該次調查的樣本數目為717。關於現場問卷調查的取樣方法，見袁瑋熙、鄧鍵一、李立峯、鄭煒(2019)〈示威現場：香港反修例運動的現場調查方法〉，《臺灣社會學》(第38期)，頁163–174。

7 Wayne A. Santoro and Max Fritzpatrick. (2015). "The ballot or the bullet": The crisis of victory and the institutionalization and radicalization of the civil rights movement. *Mobilization: An International Quarterly*, 20(2), 207–229.

8 Laikwan Pang. (2020). *The appearing demos: Hong Kong during and after the Umbrella Movement.* Ann Arbor: University of Michigan Press.

客等抗爭行為，都令他大開眼界。雖然Archery強調，他當時對「光復運動」的抗爭行為不存喜惡，但他承認，那次之後，他對本土派的意見領袖和觀點都感到興趣。他開始在社交媒介追隨本土派意見領袖的專頁，及閱讀陳雲寫的書。

至於Max和Nobody雖然以不同形態參與傘運，但同樣地，傘運都令到他們對何謂必要的武力抗爭有所體會。從傘運剛開始，因為居住地區之便，Max大部分時間留守旺角佔領區，也逐漸適應了旺角的節奏和抗爭氣氛。

> Max：旺角每晚都會有事情發生，很多時候晚上瞓瞓吓覺就會聽見有人打人，大家就馬上起來衝晒過去⋯⋯
>
> 訪問者：面對那種情況你驚唔驚？
>
> Max：我哋又唔驚，因為大家都清楚知道，留守旺角的示威者不會站着畀你打，我哋會還拖。

從旺角看金鐘，Max笑說「有名你叫『夏慤村』，裏面的人都是村民，是順民。」他強調，「勇武派」並非始於反修例運動。在旺角佔領區，他們每天都在面對警察、面對黑社會進行勇武抗爭。從他經驗所知，反修例運動初期的整個勇武派，其實2014年在旺角已經成形。所以6月12日當天，曾經在旺角佔領區有抗爭經驗的示威者，都已經很自覺要全副裝備。甚至乎，Max說七一當日在前頭衝入立法會的不少示威者，都是他在旺角佔領區已經認識的夥伴。對他來說，傘運的成敗沒有影響到他是否變得勇武；武力抗爭是他在旺角佔領區已經累積下來，已經認同的路線，只是當時整個社會仍未覺醒。

Nobody跟Max相反。從傘運開始，Nobody就在金鐘。他毫不違言，傘運時候他還是一名「左膠」。他十分嚮往金鐘佔領區那種烏托邦的氣氛，他有份在金鐘搭建自修室，甚至曾經為警察撐傘擋雨。不過，11月30日晚上龍和道一役，Nobody意識到「和理非」抗爭應該是有條件的。當一個「和理非」的場合被「踩場」的時候，他們需要勇武還擊：

> 在大原則大方向上我支持愛與和平，但是在小目標下需要勇武。我當時的主張是，我不主動打你，但是當你來踩場的時候，我就要還拖……一班人在和平地爭取民主，大家都在等待政府回應，而你(指警察)卻走來disturb一個公民不合作運動，你即是對家，即是來踩場。

然而，整場雨傘運動並沒有令他完全走向激烈抗爭的路線。畢竟，金鐘佔領區帶給他很多寶貴的回憶，而他的確在「夏慤村」的自修室，在其他示威者指導下認真學習，應付當時即將要面對的DSE。不過，被「踩場」就要還擊的想法已經十分深刻。2016年的旺角衝突，他當時在家中，沒有參與示威，但對於食環和警察連農曆新年的小販夜市都容不下，他很能夠感受到香港市民被「踩場」所爆發的義憤：

> 在電視看見有人掟磚的時候，覺得很大衝擊，十分衝擊，但過了幾秒，我就覺得可以理解……年初一至初三旺角朗豪坊的夜市是全香港最fabulous的情景，有人busking，滿街都是香港地道小食，和有香港特色的東西，那是個好靚的香港；但另一邊廂，卻是食環和警察在搞事，在那一下，我的想法真的twist咗：不是我哋搞亂香港，係你哋班執法者。

2016年新界東立法會補選，是Nobody第一次投票，當時他要在楊岳橋和梁天琦之間選擇。理性上，他認為楊岳橋勝算較高，楊也比較像一位議會政客。結果，出於認同梁天琦的抗爭路線和理念，他選擇了梁天琦。

前線與和理非組成的示威群體

高度團結是反修例運動其中一個普遍關注的題材。回顧過去，傘運時候兩個佔領區象徵着不同的抗爭路線。在各個激烈抗爭的情景都會惹來溫和派是否要「割蓆」的爭論。在2016年立法會補選的網台節目，梁天琦問楊岳橋，為甚麼本土派每次激烈抗爭都會被泛民「割蓆」[9]。在長期以來的路線分野下，反修例運動中「和理非」和前線的高度團結更顯得觸目。不能否認，這種高度團結有一部分來自經過6月12日激烈抗爭後，才有政府決定暫緩修訂「逃犯條例」這個客觀效果。同時在運動論述上，「和勇不分」、「核爆都唔割」等口號在網上廣泛出現，也為各種疑質勇武抗爭手法的說法帶來壓力[10]。網上論壇也有說法指，在反修例運動中，其實是勇武派沒有跟「和理非」「割蓆」才對。雖然這種說法以迷因(meme)形式表述(圖一)，令它的感覺比較輕鬆，沒有冒犯性，但也正好反映出，有一些運動支持者認為，在過去幾十年和平抗爭都不奏效的前提下，前線以激烈抗爭，成功把運動逐步推進，所以前線才是反修例運動的主體。

對Max來說，「和理非」對前線的看法，以至連登網民的輿論，都不在他的考慮之列。自運動開始，Max已經視整場反修例運動為一場戰役。幾乎每個星期一至五，他都忙於跟夥伴視察下一次示威的現場、設計佈防、擬定撤退路線等等。他認為，香港過去由「和理非」主導的社會運動幾十年來都沒有成功過，反修例運動是一場由勇武派主導的戰役。他直言，連登的網民都是「冷氣軍師」，連登的輿論沒有參考價值。他很反對示威者呼喊「港獨」等激烈口號，認為這會給予政府口實把運動定性為港

9　見毛記電視(2016年2月23日)，《新東補選 毛記校際時事常識問答比賽》，網址：https://www.tvmost.com.hk/201602222108_video_mostnews_nte_by_election_03

10　Francis Lee. (2020). Solidarity in the Anti-Extradition Bill Movement in Hong Kong. *Critical Asian Studies,* 17(2), 219–233.

獨運動，並招致中共出手鎮壓。他也反對"be water"，認為前線抗爭者應該是一個整體，要有紀律，才可以互相保護，人人都"be water"變相很容易被警察逐個擊破。Max在理工大學被圍困的時候，甚至曾經力排眾議，反對讓未成年的示威者離開校園，他主張全體示威者應該於理工大學內集體絕食，認為這樣才可以令政府陷入兩難。無可否認，Max象徵着前線示威者當中最激進的一群。我們問他，覺得要達到甚麼結果這場運動才算是贏。他回答說：「要班狗(指警察)都跪在我面前認錯。」雖然反修例運動被視為香港「最勇武」的抗爭，但Max在實踐勇武同時，他對整個運動的看法，反而跟大眾普遍理解整場運動的目標顯得格格不入。

雖然Archery強調自己大部分時候都是支援角色，到了很後期才組織自己的小隊，但撇開程度差異，Archery作為勇武的一分子，他對「和理非」的看法，其實跟Max大同小異。問Archery如何理解勇武與「和理非」的關係，他直接說：「他們不要阻止我哋已經足夠。」甚麼是「阻止」呢？就是來自「和理非」示威者的指責：

> 在新界區的示威，有好多次，我在拆鐵欄的時候，他們跑來跟我講：「請你不要破壞公物」。曾經有「和理非」教訓我：「我們正在進行和平理性的集會示威，請你不要做一些暴力血腥的行為。」然而當時我只是在扭鬆鐵欄的螺絲……我唔會同佢哋嘈，也不會對他們存有期望，只是希望他們不要阻住我哋。

雖然Archery在反修例運動之前並不參與社會運動，但他剛剛投入，已經對一些非抗爭性的參與很有意見。例如他很在意6月9日遊行之後，網上呼籲群眾6月12日到添馬公園「野餐」，竟然有人真的到那裏野餐。Max和Archery的共通點在於，作為勇武派，他們對何謂抗爭場合有一種很具體的理解。從雨傘運動累積下來的印象，他們已經認定「和理非」不成大器。「兄弟爬山，各自努力」，對他們來說是很實在的事情，因為他們真的不太在乎「和理非」在幹甚麼。

當然，勇武派對「和理非」的看法也視乎他們本身在運動當中的崗位。Nobody負責處理來自「家長」的物資安排。他會感受到公眾對運動的觀感，會對支援前線有實質影響。不過，他認為在顧及公眾觀感之餘，勇武應該在行動方向上有主動性，不應該被「和理非」的看法左右：

> 我當初也很concern第一粒火魔會幾時出現，公眾會有甚麼反應。後來我發覺這些顧慮是晒氣的，沒有意思的。因為隨着運動升溫，有些行動就會出現，社會有幾能夠接受，不是我們決定的。而有第一個人做了，就會有個勢，其他人順住個勢，就會有第

二、第三個人做，大家的思想都會變得更勇武。當然，公眾輿論要考慮，media的風向要考慮，但最重要的是，行動做了出來，能夠產生了幾大影響，不是其他人怎麼看。

前線作為自發的分工和參與

一個「無大台」的動員如何做到統籌和分工是近年研究社會運動的其中一個主要課題。在操作層面，很多學者都曾經探討社交媒介在自發動員的統籌角色[11]。但是，反修例運動其中一個特點在於，每個運動支持者都會因應自己的能力，主動發掘適合自己參與的崗位，從而形成沒有統籌下的分工。李靜君指，在各人自發分工，為運動貢獻的過程中，香港人的社群意識進一步強化，她形容為「實踐的共同體」[12]。勇武示威者往往被視為一個特定群體，但很多時候，除了個別小隊之外，勇武抗爭是一種情景化的自發參與。

亨利是本文較少提及的受訪者。他多次強調，自己是前線，但說不上勇武。他稱自己膽小，大部分時候擔當傳送物資等支援角色，直到8月5日「三罷」當天，在後退的人群當中，他變成了站在最前，眼前就是防暴警察。他形容，就只是那一下的情緒驅使他在最前方設置路障。在往後幾次示威，他都有在前方設置路障，但同時，他一直在尋找最適合自己貢獻的崗位。他有做過哨兵，中大一役他有送物資到校園。他雖然不是站在最前的勇武抗爭者，但他代表了很多介乎「和理非」與勇武之間，希望從旁協助勇武的示威者。

11　例如W. Lance Bennett, Alexandra Segerberg, and Shawn Walker. (2014). Organization in the crowd: Peer production in large-scale networked protests. *Information, Communication & Society*, 17(2), 232–260.

12　李靜君的發言來自她於「2019臺灣社會學年會」的專題演講。內容摘要見《風傳媒》(2019年12月1日)，〈「觸動靈魂深處的反送中革命」社會學解析〉，網址https://www.storm.mg/article/2010112

> 我覺得前線不是一個特定的角色，任何人不甘於純粹遊行，希望為運動貢獻更多的時候，他們在示威現場，都總有機會分擔到一點前線或協助前線的工作，所有人都可以是前線。

雖然Nobody隨着運動推進，自己也站得越來越前。回顧6月12日，他只是追隨一位有抗爭經驗的朋友，「要去現場看看有沒有需要救人」。那天，他們沒有完整的裝備，只帶了幾個Nobody形容為「好流」的煙霧彈扔向警察，希望引開他們注意。那天之後，Nobody甚至懷疑自己有沒有能力為抗爭者作出貢獻，整個六月都沒有參與其他示威。直至七一，他決定單獨到立法會外支持示威者，幾乎全身沒有裝備。

> 我當時覺得需要做的是，或者有人需要幫助，或者有人需要傳遞物資，或者要砌盾牌之類，我就去幫手。

當天晚上，大批示威者衝入立法會後，Archery見證着很多人從各方趕到金鐘，要保護在裏面發表宣言的示威者。Archery深受感動，更積極參與之後的示威。他本來定位自己負責「工程」，即是負責拆鐵馬、製作盾牌等等。後來Archery眼見愈來愈多示威者會自備工具分擔「工程」的工作，隨着示威現場衝突加劇，Archery為了輕裝上陣，遂放棄「工程」崗位，每次都只携帶武器，並開始組織小隊跑上前線跟防暴警察交鋒。

在四位受訪者當中，Nobody自言比較有謀略，比較有全局觀。6月12日，Nobody在小隊中負責佈局，從高處俯瞰現場情況，通知夥伴。在幾位受訪者當中，他對不同崗位的分工最有清晰想法：

> 胡亂爆破，胡亂出火魔是沒有作用的，我不是那一種。然而，我

> 做不了最high function那些，他們很well-organised，很well-planning，調配做得叻，我未到那個level。他們很清楚自己的角色。其實，對每個前線來說，最辛苦是找到自己的角色、定位……「攪炒巴」就是十分high function。他們有想法，而且執行得靚……其實每個人都可以在自己的崗位畀到output，拍好一幅照片，做好一個專訪等等，都是output。

至於他自己，他由最初的統籌角色，慢慢發覺，夥伴們傾向聆聽並跟隨他對行動策略的看法，他變成了領導角色。到了運動中段，Nobody感覺到自己比較擅長處理物資和行政事宜，所以負責管理「家長」捐贈的物資。運動靜止下來後，Nobody經營了一盤小生意，並聘用「手足」。他說，現在每月要不斷跑數，以達到足夠營業額來維持僱員團隊。很吃力，但盡量做。

總結討論

本文透過反修例運動中，四位前線示威者的故事，嘗試藉着加入行動者的經驗和視角，豐富反修例運動迅速激進化的內涵和脈絡。有幾點觀察，有助我們從概念層面加深了解這場運動。首先是雨傘運動與反修例運動的關係。正如研究本港和外國運動的文獻都有提到，對一次大型動員有沒有達到成果的觀感，會影響到示威者往後的參與型態和路線。幾位受訪者的故事都大致上印證了這個說法。但是，從他們的經歷，我們更需要指出，雨傘運動帶給幾位受訪者的烙印，才是影響他們往後參與路線的主要因素。袁瑋熙的研究文章提到，金鐘和旺角兩個佔領區，分別代表了兩類抗爭者的身份認同[13]。Max的經驗正好指出，這種在雨傘

13 Samson Yuen. (2018). Contesting middle-class civility: Place-based collective identity in Hong Kong's Occupy Mongkok. *Social Movement Studies*, 17(4), 393–407.

運動種下的身份認同會延續至反修例運動產生更大影響。同樣地，龍和道一役令當時身為「左膠」的Nobody體會到，在個別情況下必須勇武，而這個想法會帶到2016年旺角衝突時候更加鞏固。谷淑美指出，雨傘運動是一個抗爭舞台，突顯出新世代作為抗爭主體，跟前人的差異[14]。受訪者的經驗可以再補充一點，雨傘運動這個舞台，除了當下的展示作用之外，整個經驗的不同部分，會在一些示威者甚至旁觀者(例如Archery)身上發酵，令他們覺得理所當然地質疑非暴力抗爭。

第二點是關於團結性。從香港過去幾十年崇尚非暴力抗爭的「傳統」，大眾面對勇武抗爭，前設的視角總是大眾，特別是「和理非」是否接受武力抗爭，從而指出「和」「勇」是否團結。例如何明修提到，雨傘運動對反修例運動的啟示在於，它給行動者各種教訓，包括讓行動者明白到一場運動要兼容各種抗爭型式[15]。然而，幾位受訪者不約而同指出，他們並不關心「和理非」對勇武的看法。對他們來說，他們關心的議程是眼前一場場「戰役」，並非公眾對運動的看法。當然他們也認為「和理非」的參與對整場運動十分重要，在示威現場的「和理非」人數多寡，對在場勇武能夠做到幾多始終有關鍵作用。但透過加入勇武的視角，我們也值得留意，整場運動，整個示威群體激進化的過程，更大程度上，是由勇武主導，帶動大眾學習去面對一個已經轉變了的抗爭情景。李立峯曾經借用「團結路徑」(solidaristic path)的概念來解釋運動激進化沒有帶來民意逆轉[16]。從一些勇武毫不在意「和理非」看法的狀況來看，這種團結性或者涉及更具

14 谷淑美Agnes S. Ku. (2019). In search of a new political subjectivity in Hong Kong: The Umbrella Movement as a street theatre of generational change. *China Journal*, 82, 111–132.

15 Ming-sho Ho. (2020). How protests evolve: Hong Kong's Anti-Extradition Movement and lessons learned from the Umbrella Movement. *Mobilization: An International Journal*, 25(5), 711–728.

16 李立峯(2019)。〈和理非看武力抗爭和運動激進化的「團結路徑」〉，《明報》(7月18日)，頁A23。

體的過程：那是勇武因應政治機會轉變而愈趨激進，同時帶動「和理非」學習面對新抗爭環境的共同演化過程。

最後是關於分工。眾人自發分工是整場運動最浪漫的部分。如果單看「分工」一詞，它給人的感覺是固定的、機械化的。但事實上，除了Max之外，分工在幾個受訪者身上，都是持續地自我探索的過程。亨利上過幾次前線，發現了自己的局限，再發掘不同的支援角色；Archery本來想做支援，卻逐漸愈走愈前；Nobody在運動中慢慢發覺自己能夠勝任領導工作。這個自我探索的過程對前線示威者來說，不單純是為這場運動付出，也是一種自我發掘和超越的過程。在大部分示威現場，一條長長的輸送人鏈，對不少人來說，那是參與前線工作的最低門檻。當中有幾多人從參與輸送鏈開始，往後更投入其他類型的前線工作，我們不得而知。但從受訪者的經驗，我們能夠明白到，為甚麼在大半年的激烈抗爭中，失去了一批前線，很快就有新的前線。可能他們愈來愈年輕，抗爭經驗愈來愈少，但哪個崗位需要支援，就自然會有人補上。換言之，在去中心化的動員，前線、勇武都不是特定的群體。即使在運動期間及運動之後，很多前線示威者被拘捕，或流亡海外，並不代表實踐武力抗爭的群體會從此消失。因為只要在示威的情景當中，需要有人去執行武力抗爭的時候，在情景化的自發分工下，就會有人去嘗試「埋位」。

自從2020年初疫症爆發，反修例運動就迅速靜止下來。同年7月，《港區國安法》生效，是對整場運動一個更沉重的打擊。反修例運動日後會否死灰復燃，是很多人關心的問題。我們當然不可能預知未來。不過，從本文提到的宏觀分析角度[17]，加上前線示威者的參與經驗，我們可以預計，假如現有的政治機會結構沒有明顯轉變，讓溫和抗爭重新「有市場」，整個社運激進化的趨勢持續了超過十年，不會出現轉向的誘因。更重要的是，每次

17　相關文獻見註1。

大規模動員，不論成果怎樣，都會是運動參與者的烙印經驗。「反國教」運動為群眾預演了「佔領」作為抗爭劇目，這個經驗帶到2014年9月26日晚上示威者發起「重奪『公民廣場』」行動，間接觸發雨傘運動。雨傘運動中留守旺角的經驗，又為部分示威者預演了勇武抗爭。反修例運動中，除了堵路、「掟磚」等以往曾經出現的行動之外，也有「私了」、縱火等抗爭方式。即使運動靜止了接近半年後，仍然有很多運動支持者表示接受上述各種激烈抗爭行動[18]。可以說，經過了大半年的參與經驗，不論是勇武或「和理非」，他們對武力抗爭的規範和心理關口都已經大幅下降。事實上，2020年疫症爆發初期，就有粉嶺居民以堵路和縱火，抗議政府計劃以該區新建成的公屋為「隔離營」。換言之，正如剛才所講，除非政治機會結構有明顯轉變，否則當各種激烈抗爭方式已經成為了集體行動經驗的一部分，就能夠於不同議題的抗爭行動中重演。

18　《端傳媒》(2020年6月9日)。〈香港學者追蹤6000示威者：他們信任誰？還參與抗爭嗎？〉網址https://theinitium.com/article/20200609-hongkong-interview-samson-yuen-gary-tang-panel-survey/

第四章

社區網絡與行動

反修例運動讓香港的「社區」不再一樣。自2019年7月初起，先有「連儂牆」在全港多區遍地開花，社區遊行也同步上映。正當街頭抗爭熾熱，流水式博弈從香港人熟悉的城市旺帶，游走到睡房社區。社區公共空間高度商場化，然而行李篋少了跨越深圳河南下，名店外是香港人和你Shop、和你Sing的宣演場所。那些路邊轉角口，黃色小店構成另一道風景。在2019年的區議會選舉，非建制陣營雖然取得前所未有的勝利，但新一屆議會抗爭取向的運作，卻與民政主導的地區行政系統充滿張力。

「自由之夏」之前，香港社區早已不是政治抗爭的避風港。過去幾年的傘後社區「深耕細作」，怎樣走到反修例運動如浪如潮的社區行動？新的社運素人又怎樣想像和營造社區？要深入了解反修例運動的社區面向，獨立記者分別訪問了「西柚辦公室」執委、現任中西區區議員葉錦龍，「東九龍社區關注組」召集人陳澤滔，以及社區雜誌《沙燕》的成員，透視不同政治路線、社區深耕和反修例運動的關係。鍾曉烽的分析文章，結合不同社區行動者的深入訪談，從社運休整的角度分析「社區」由「深耕細作」到反修例運動的社區行動主義，討論社區怎樣成為香港民主抗爭的戰場。

「西柚」葉錦龍

趙雲

高低起伏是社會運動的必經階段。2019年的反修例示威前，學者在談香港社運陷入低潮。以至2019年5月底巨浪湧至將所有人殺個措手不及，那股能量從何而來？

2014年佔領運動之後就有人高舉「傘落社區」的旗幟。人們從各區出走到佔領區，佔領區消散後各自回到自己的社區「深耕細作」，其中一些人成立了地方組織，也有些「傘兵」出選2015年區議會選舉。葉錦龍是2015年區議會選舉中其中一名落敗的傘兵。2019年，他捲土重來參選西環石塘嘴選區，擊敗由1988年起一直連任的建制派陳財喜。這股源於2014年的社區力量如何影響2019年的運動？在西環這個作為中聯辦根據地的老區，如何建立社區網絡？

社區組織分久必合合久必分

眼前的葉錦龍坐在辦事處，自如地發表對政治和社區事務的意見，相比2015年區議會選舉時在街頭一邊拉票一邊受訪老練得多，令人幾乎忘記他的「本業」是日本動漫文化，甚至曾出任動漫電玩展的顧問。

2014年佔領運動完結後，他跟其他兩位金鐘「邊防」的兄弟組成「西環飛躍動力」參選區議會，全告落敗。當時曾訪問「西環飛躍動力」，他們說「即使落敗也一定會留在社區工作」。五年過去，兩人已抽身，其中一人甚至已經離港。這裏沒有價值判斷，傘後組織的去留可說正常不過。佔領是一場動態的運動，在同一地方朝夕相對，衍生感情；當運動告一段落，沒有了警察和政府作為明確的敵人，加上各人都沒有政治組織經驗，各種合作和理念問題便會浮上面。

「落敗後我們商討如何走下去，第一條腿就是繼續社區路線，第二條腿就是立法會路線。社區路線選址西環，並與幾位朋友一起組成『西柚辦公室』，我在那裏做了一年多。」「西柚辦」位於朝光街一個小地舖，跟中聯辦只有五分鐘路程。西環本身有個非常活躍的Facebook群組叫西環變幻時，其中一位發起人是在西環深耕多年的組織者戴毅龍，戴毅龍也是西柚辦的一員，將線上網絡化為線下連結，如舉辦跑步班、攝影班，甚至本地遊到新界東北考察土地問題，也協助街坊回收、漂書等。

後來資金不足，「西柚辦」於2017年6月失去實體運作地點。2018年民主黨區諾軒勝出立法會選舉補選，葉錦龍主動問可否以區的議員名義做點甚麼事，於是成為區的助理。

由落選到西柚辦到議助到議員

社區是甚麼？「我認為是個人與個人的聯繫。插枝西袖辦的旗，讓街坊間中來參與活動，讓大家看見這個排頭。他們會知道你們是民主陣營，令社區出現不同的實驗和變得更好。若你一開始表明只會說民主派的事，那就是把門關上(shut the door)。如你不接受新移民，那他們就不來了。現在有些派物資的街坊也是說國語，有些人是說廣東話但母語是國語，但我不會不回應他們。」

有了人與人的聯繫就會發生另一層的事。2015年，政府計劃拆除堅尼地城加多近街臨時花園，並申請將原址改劃成住宅用地。堅尼地城的居民於是自發組成守護「加園」聯盟保衛公園，如野餐大會、中秋節活動、社區論壇等等。2017年城規會否決政府申請，公園將維持作休憩用地。

「最初關注加多近街臨時花園的只有一班零散的街坊，但他們完全不懂行動和政策倡議，他們找上我們，所以我們和許智峯辦事處一起協助。」街坊沒有找上區議員，卻找紮根西環的明愛莫張瑞勤社區中心及西柚辦這些組織幫忙。

「許智峯負責政策，我們就做行動層面，『守護加園』主要做街站，所謂行社區的道路，我們則是行抗爭的道路，如示威、紮營，更曾在城規會紮營。」

山道的地形巧妙，每年農曆七月在陡峭的斜路搭竹棚看神功戲是城市奇觀，但這個先天舞台卻一直沒有被運用，神功戲也是鞏固幾乎維持一個世紀的網絡的儀式。研究社區的鍾曉烽認為，他們藉着建立新的社區網絡，將社區重新政治化。例如在山道天橋底以政治化的電影《十年》和宣揚本土意識的香港隊足球比賽，聚集一班較年輕的街坊。

兩年前的訪問中，葉錦龍已經有意識將政治融入街站和日常宣傳，但為了溝通有效，不會打正旗號。例如他身為區諾軒助理時定期出版newsletter。「我曾被區諾軒責罵，有無搞錯啊，整份傳單有一半內容牽涉政治。長者接收政治資訊時的確會有抵抗。後來我改變了，如民陣舉辦的集會，我就歸納為活動，反送中資訊，我就歸納為社區內容。」

如何與藍絲溝通

西環是舊區，亦是中聯辦的所在地。葉錦龍開街站面對的，十居其九是一些人口中的「藍絲廢老」，區中多名建制派區議員連任超過二十年，直至2019年才被非建制派取代。直覺上，他相信傘後的工作對反送中和區議會選舉有影響，但不敢說作用很大。

五月起街站時有更多人前來主動問反修例的事。「最初比較敵視，但直到立法會法案委員會雙胞胎事件，他們開始問你發生甚麼事？為何不能正正常常開會，要搶做主席？電視新聞一隻故仔一般只有幾分鐘，可以吸收的資訊很有限，看見的不外乎是民主派『搞搞震』。社區有街站、文宣和相關資訊，可以讓他們即時吸收，也較快解答到他們的疑難。若不能解答他們的疑難，對方就會乘虛而入。」

我們沒法知道，改變「藍絲」想法的是電視新聞還是樓下街站，真相甚至很可能不是一刀切。但有人站在面前親口解釋發生甚麼事，政治變得更易理解。「例如我和一家藍的生果檔檔主談了三個小時，至少令他變成不會批評我們。」

他的助理Amy(化名)就說，反送中前幾乎沒有聽過葉錦龍的名字。「之前我是半港豬，反送中才認識到西環很多街坊。我是七月中回港，直至元朗7.21事件感到很憤怒，開始認識山道連儂牆的人，期後參與社區放映才認識一班街坊，慢慢西環形成一班為反送中非常活躍的群體，之後認識到西環文宣組，良心小店外賣平台等等。即使因為疫情抗爭變得困難，我們還有做其他事，有些街坊不斷去聽審。」

反送中是一個全港的議題，為何在西環與街坊一起參與重要？Amy說：「很多事一個人做不成的。例如舉辦社區放映，無理由你獨自買全部器材。你與街坊一起做，效率更高。現時2020年7月全港的連儂牆所剩無幾，山道連儂牆能夠持續，可能就是靠街坊一直保持聯絡。」

西環上空的 big brother

肉眼也能看到西環近年的改變。一方面它是香港最早發展的地區，街區細小，但一直以來沒有港鐵，很多居民都不用離開西環便能滿足生活所需，同時依山而建路又窄，外來者容易迷路，不得不佩服長者爬上正街街市買餸的體力。當港鐵開進堅尼地城，隨之而來的是高檔化，高街和堅尼地城海傍的茶餐廳變成酒吧、咖啡店和法國菜餐廳，同時舊區重建步伐加快建成豪宅，到處都是「洋人」街坊和顧客。山上的香港大學帶來的除了一班住宿舍的大學生，還有很多來自中國的學生，區內新開的川菜、湘菜店等顧客十居其九都操普通話，這才是他們吃得慣的家鄉口味。別忘了還有跟西區警署相對的中聯辦，據說區內不少單位都是中聯辦的員工宿舍。

西環住宅大堂，十居其九點八都是貼建制派的海報，連立法會選舉投票率也長期低於全港平均。葉錦龍就說，西環人都知道頭上有個「共產主義的幽靈」，所以不會隨便發表意見。「選舉時有支持我的店舖老闆說『我不可以張貼你的東西，如果這樣做他們就會報串，那我就很麻煩了』。」葉錦龍說這個他們是指中聯辦轄下衛星機構人士，與很多商店開設通訊群組。

他也笑說，在西環好難做行動動員，「唔係be water，係be zero」。一些在外區發生的大型事件如7.21和8.31，在西環沒有掀起甚麼。「有次在西寶城和你sing，只有一個人唱歌。西環是打不起的。這區地型上街道太窄太多斜路，沒有逃生路線，二來因為中聯辦在此，警方駐重兵，很多打得的年輕都到外區行動了。」

出生至今都住在西環的葉錦龍對於西環自2019年的改變非常驚訝。「去年中大和理大那幾天我站在街頭沒有用大聲公，直接口述，我很意外看到很多街坊企出來罵對家，從未試過這樣。我真的對西環改觀。有些人說我不同意你們民主派班「政棍」，但我會投你們一票。我知道這場選舉勝利是全港性的運動帶動。當然若我不在早年開始地區工作，我相信未必贏到五百多票。我上一屆輸五百多票，今屆我的票數是雙倍增加。一來是因為反送中，我問過一些街坊，他們說我不支持你的，你們是搞事，不過你真的『做到嘢』，陳財喜不做事，我投票給你。」

有些人認為社區工作可以超越政治立場。但建制派同樣做社區工作，而且資源比民主派更多。是否真的能連結立場不同的人？「有些街坊告訴我，你多派一點東西吧，我不想要建制派的。當選後我派發和售賣口罩、搓手液、派糭，他們會說因為你我才取。『蛇齋餅糭』也有藍黃之分。」

一直影響至今的傘後遺物

過去五年葉錦龍游走三個角色之間：「西柚辦」、區諾軒的議助、民主派控制的區議會下的區議員。定位可能有變，但有一個想法他一直記得，甚至是成為區議員才能更好的實踐。

「當選後我成立了石塘咀互助社，不是由我身為一個區議員去提供任何東西，而是所有成員都平等，互相分享。它是一個平台，我只是幫下手。因為疫情不能做很多行動，但同時因為疫情，一開始欠缺物資時，由街坊會互相交換消息和資源，不是由我提供。」葉錦龍所做的是透過議會增加資源和身份，加強社區民主化以及網絡化，協助居民組織起來。馬嶽的社區政治研究指出，香港的區議員早年放棄組織社區力量，轉為提供服務，就是蛇齋餅糭的前身，而且是由民主派帶頭走這條路，但後來建制派掌握更多資源，服務提供得更多更周到。葉錦龍從西柚辦時期就強調，真正的社區工作是令居民懂得如何組織起來，解決和參與社區事務，而非只是向區議員投訴。「嚴格來説是《社區公民約章》倡議的。」

《社區公民約章》是2015年佔領後一班公民社會領袖提出，作為對區議員淪為服務提供者的反撲，改變由上而下的政治參與模式，從社區着手培養公民參與。區議員的角色便是搭建公民參與的平台，引導居民解決問題，不再是服務提供者和代議士。我們笑了起來。這只不過是五年前的行動，聽來卻恍如隔世。「《約章》剩下的政治人物有幾多個？仍活躍的有岑敖暉和楊雪盈吧，姚松炎被DQ，區諾軒退居幕後，黃浩銘也不能參選。」其餘如邵家臻入獄又出獄，朱凱廸辭職。

「但當年《約章》做過的工作，各個議辦依然在參考，特別是新派的人，可能他們不自覺的，如社區放映、漂書、以物易物、不是垃圾站，也是《約章》倡議的。現在大家全都做出來了，不知不覺間。」

「東九龍社區關注組」陳澤滔

趙雲

2013年佔領運動前至2016年初旺角事件的短短兩、三年間催生了本土派。本土派光譜闊，難以定義，但其中一個共通點是對「和理非」、「大中華」、「緊守一國兩制和程序理性」等傳統泛民理念的不滿。經過2019年的反修例運動後，光是非建制派的版圖早已變天，傳統泛民的上述理念如果未走到盡頭，至少是愈走愈窄，「本土」和「泛民」的標籤不過三年已覺過時。

佔領運動後各區出現本土色彩較強的地區或議政組織，當中一些曾參選2015年區議會，這些一般被統稱為傘兵的政治素人，勝出的不足十人；有些如青年新政、本土民主前線等則因被取消議員資格等政治因素已停止運作。當中少數仍然運作甚至取得議席的，包括東九龍社區關注組。2015年東九龍社區關注組派出三人參選，黃子健於樂華北勝出並於2019年成功連任。召集人陳澤滔2015年敗選，2016年及2020年參選立法會，2019年的區議會選舉中沒有捲土重來，但不過五、六年，這位本土「高登仔」(連高登也因為連登的出現而聽來過時了)在社區工作中已上了很多課。

本土派應該派嘢嗎？

媒體都愛寫陳澤滔是「毒男」、「高登仔」。高考2A1B考入中大計算機工程學系，但成日走堂在宿舍打機、Third Hon畢業後加入電訊公司寫app。2014年佔領運動後期號召一眾東九龍巴打(高登仔)成立東九龍社區關注組。

2014年底開始時，他眼中的社區工作都有非常「IT狗」的成分。例如他觀察到功樂道的中產居民中不少為狗主，但要名正言順放狗就必需行一段路去觀塘海濱，狗主就近放狗，一來有其他居民怕狗，狗四處便溺也引起衛生問題。一般區議員的做法可能是收到街坊投訴，就請食環加強清理，多貼幾張「不准便溺」通告，最多加多兩個垃圾桶，向食環成功爭取後握手影相。

「我猜想大家一直以來覺得有事就向區議員投訴，區議員出手幫忙，但這只是我的想法而已，其他街坊怎樣看呢？其實區議員未必處理到，這就需要民主參與讓不同看法的人對話。我是個程式工程師，我覺得可以寫app讓大家對話。可惜敗選了，沒有經費，於是擱置。」

沒有促進民主參與的app，那還有甚麼？東九龍社區關注組2015年至今唯一成功當選的區議員黃子健，就曾說過在以長者為主的選區樂華北，蛇齋餅糭一樣要做，一樣幫老人家免費剪髮量血壓，只是一邊剪一邊派一邊講土地問題和全民退保。

陳澤滔直說：「你講社區工作，本土派和泛民甚至建制派其實真係無乜分別。」人們常取笑建制派派嘢，建制派支持者貪小便宜。陳澤滔說「我真係好憎派嘢」，於是他嘗試以花一些小心機去做。「起初大家都抗拒，或者我們會想方法令派發活動不那麼核突。其實是困難的，如中秋節派燈籠，我不會就咁派，是要求小孩子在街站花時間一起製作才可拿走，其實也是派嘢一種。黃子健無咁抗拒派嘢。每人都有不同想法，參選的人想派就派，其他成員不想就不參與。」

網民才關注你夠不夠本土，街坊不會

2016年經過內部討論，東九龍社區關注組傾向不參與選舉，陳澤滔自己也說不確定為甚麼。「2014年大家很明確是為選舉；

但2016年後加入的人可能只是想協助一個本土派組織，跟理念相近的人一起參與公共事務，更多人是喜歡搞社區嘢，並非為參選而來。例如我們試過搞飯券計劃，籌一筆錢，然後找餐廳買代用券，再分發給有需要的人。這個理念各區都有，最出名是深水埗明哥。後來愈來愈少大型活動，餘下漂書、回收等，間中師傅得閒時幫街坊維修，沒有太多組織。」

自從關注組決定不走選舉路線，他們就變得「隨心」，做社區活動時不強求加入政治理念。「其實民主參與之類，每個人都有權利決定所屬社區的事，毋須靠區議員，只要你願意走出來，就可以表達你渴望社區變成如何，也是很『左膠』的想法。例如飯券你可以表達甚麼政治理念？我們覺得真的幫助到社區，就會做，反而較少傳達政治思想。當然我們想告訴香港市民，本土派或香港的年輕人其實『做到嘢』，不要只相信泛民。」

2020年立法會選舉正式取消前，陳澤滔曾公佈參選並支持香港獨立。而他也不時笑自己在很多人眼中其實不夠本土。2016年他敗選立法會而且得票比預期低，當時他說過：「這代表我用左膠方式去經營本土派組織係唔work囉。」本土派的標籤，其實在社區沒甚麼分別。

「街坊不理會是本土還是左膠。有人問過我們與梁天琦是否一黨，但是很少街坊關注這班人是否本土派，我所知的選民反而關心你有否能力處理區議員的問題。網上的人較執著『本土派』這詞，如討論你是否『偽本土』，但落區我沒有被問過是否本土派。」

建制泛民本土立場不同，落區工作殊途同歸

落區工作時大部分街坊不關心你是否本土派；社區工作亦避不了一直為人詬病的籠絡式蛇齋餅糉，漂書、維修也是不少其他

區或非政府組織在做的事，其實社區工作無分政治立場，也是殊途同歸。「我不反對我們做的事『很泛民』，然而我不認為是一個問題，也不認同做這些事就是泛民，不做就是本土派。」

「你去問本土派區議員，他們做的事也是差不多，派口罩和洗手液也很老土，建制派也會做，正因為這些活動可行。這個世界理念很重要，但很多人不是着重這些，你要真正幫助他，他才會聆聽你。無論泛民、本土或建制，我想每一個落區的人也學懂這個道理。假如單憑理念，我毋需擺街站，在台上大叫、在選舉論壇發表理念就可得到選票，但現實並非如此。我可以將理念說得天花龍鳳，但可能連家人也說服不了。」

「你形容為籠絡也好，與居民熟絡也好，無論泛民、本土或建制，都是實踐過後得出這樣做才令居民聆聽你的話。你可以在連登說到好勁，但實踐起來如何？」

陳澤滔很同意，本土理念推動的社區組織跟其他派別有何分別是值得探討的問題。「在特別需要我們時，例如煞停觀塘音樂噴泉計劃及反修例運動時，應該就有不同了。」

「每一刻也在累積能量。」他將日常社區工作形容為儲energy，留待反噴泉、反修例時才使用。「就算開一個Facebook page十個有九個post都是呃like風花雪月，第十個才傳達訊息，你都要先鋪陳九個貼文，營造有趣、有活力的形象才能有效傳達第十個post。」

「其實這兩年我好懶，成日打機，社運又低潮，比較少理關注組的事。於是我常在踢波的群組聊天，九成時間都是談足球，但剩下一成的時間提出不如一起遊行，這就是你跟對方換取一些關係，就在那一成時間，對方因為你的鼓勵，或因為你出席所以他也會出席。」多年的研究和訪問中，鍾曉烽發現無論泛民、本土或建制的社區工作者，共通點都是藉着社區工作與人建立關係，而方式也很老土。

陳澤滔知道日常溝通的重要性，但他也覺得創意很重要。「近年關注組的創意非常欠奉。間中有些有趣的想法因為欠缺執行力而不了了之。」除了他反覆提到自己好懶以外，還有各種不同原因，例如鬆散組織之中難以避免的人事合作問題，或者因為他跟港獨拉上關係而變得高危，2019年4月起反修例運動聲勢日盛，關注組括開始派單張、擺街站、叫咪；七月觀塘區遊行時，主辦者也有主動聯絡要求借大聲公、人物或其他物資，關注組亦全力協助。借出大聲公等，「我們做的事其實好少。」

「其實我都覺得自己做得不好啊。」他苦笑。

關注組也許沒有以前積極，但時機成熟時還有人走出來。「已淡出的成員在不同角落裏仍然存在，例如有人做議員助理或記者，再投身政治圈。我想，他們因為東九這個組織走得更前，甚至現在比東九走得更前了。」

沙田社區雜誌《沙燕》

趙雲

2019年反逃犯條例修訂引發的，雖然是屬於整個香港的社會運動，仔細看卻發現社區是另一個有趣的層面。遍地開花的連儂牆成為打卡風景；黃大仙、沙田等各區競爭「首都」地位；開宗明義的政治集體行動地點，也不再讓港島維園至政府總部的傳統遊行路線專美，幾乎十八區都辦過地區遊行。當社區成為政治抗爭的場域，它打破了一直以來對社區浪漫化的想像。社區是老店，是富有「人情味」的互助網絡，但原來也可以是每晚十點準時「鳩叫口號」製造噪音的回音谷，街坊也會在連儂牆下看對方的政治立場不順眼，催淚彈真的會在家門口發射，飄入家中直嗆家人的鼻。而當運動讓我們直面社區的不和諧，同時亦會強化社區連結，改變對社區的看法。

媒體和輿論聚焦年輕人如何勇武激進。「無咩比社區報更加和理非了。」2003年出生的Tom (化名)說，運動爆發時他正要升中五。2019年年底他開始辦月刊《沙燕》，是2020年開始湧現的社區報其中之一。最近一份令人印象深刻的社區報，正是朱凱廸2012年起在新界八鄉辦的《八鄉錦田地區報》。

關於沙燕運作

2019年12月，Tom第一次拿到荃灣的《荃真機》，他覺得沙田區也要有一本，而且因為種種個人原因不能再走在運動前線，於是他找來其餘六個也是在運動認識的沙田街坊，一起籌辦《沙燕》，第一期2020年二月出版。不過《沙燕》幾乎所有成員都是中學生，遇上考試季節不得不脱期。「好戇居囉。」

Tom不是沒有想過擴大團隊，特別是讓中學生以外的成員加入。「也試過徵人幫手排版，獨媒曾提出將我們納入社區報計劃，提供很多資源，如金錢、記者證、搬運、排版，甚至提出稿題。但無端端加一個人來，跟我説要點做，這個我最不……這份刊物是我辦的，你『食咗』我個名……這就做不到我想做的事。」理念一致很重要？「是啊。」

你們會否花好多時間討論每期內容？Tom邊答「會」，他身旁的成員Tiffany用力搖頭。「吓，『大佬』(即Tom)話事㗎嘛。」她小聲説。Tom解釋：「都是先提出一些想法拎出來傾。」

Tom強調，就算請人幫手都要有糧出：「理論上全部人都有薪水。要有合理的報酬。」他們有廣告計劃，甚至有「業配文」(鱔稿)，也有「課金箱」。「我要搵錢返來，付出了，都要搵得返。」沙田區有五十二個地點可以拿到《沙燕》，大部分是議員辦事處，其他是區內的「黃店」，都是他們逐家敲門談回來。「以前寫黃店食評是不收費的，但我不能攤大手板直接問人拿資助，現在是雙贏，我可以收到錢繼續營運《沙燕》，商店又可能得到效益。」

社區和政治，如何接觸異見者

「文宣」既非稱為出版物，背後的意思是這些材料的作用是宣傳，一切開宗明義有既定立場，運動的文宣就是為了服務運動本身。Tom喜歡荃灣的《荃真機》：「文宣方面真的做得很齊全，荃灣有甚麼事發生過、有甚麼黃店、即將有甚麼活動都有，但關於社區的內容不多，我覺得這是唯一不足之處。日日講政治會死的，街坊當然想吃喝玩樂，沙田都有很多好嘢食。」

他將社區事定義為社區關心的事，不一定跟全港性的反修例示威或民主運動有關，「例如沙田第一城業主立案法團抗爭」。「如果只講政治而講唔夠社區，就真係有如《文匯報》所講變『煽報』了。」例如眼前的第六期於七月出版，封面專題是關於消失了的立法會選舉的35+，但角度是沙田所在的新界東選區，之後談餐廳、垃圾回收，「由社區層面帶去政治」。

這年頭大家都上網找資料，做實體報看來既不合時宜，印刷又燒錢。

「今天看到一張gif很搞笑。那是關於有好多文宣圖，然後鄭子誠說：『只看到你們這班柒頭在Telegram、Instagram圍爐，沒有人看到』，然後有人說：『我們有很多文宣app的』，但是鄭子誠說：『唔知呀，收皮啦你』。如今連儂牆『收晒皮』時，一些年長的街坊如何得知？」

他想延續連儂牆學到的精神，接觸不同的人，刻意跟意見不同的藍絲展開對話。「你看連儂牆上貼滿一堆文宣，之後會被噴『死甲由』、「仆街冚家鏟」的字，又有人貼新的文宣覆蓋它們。」

「我們創刊辭提到接受任何類型的投稿，甚至你罵林卓廷『仆街』我也會刊登，就當是辯論。不能聽死一方面的聲音。」也有區議員反映街坊意見說《沙燕》內容非常「打飛機」：「例如說我們太多回顧去年運動，應該向前思考。正如每年去維園舉燭光是一件『戇鳩』的事，因為無助進步。之後我們就減少回顧內容。」

所以對你而言，不只是你想說甚麼就說出來，而是連結一些與你不同的人，是很重要的事？「是，有藍絲看的。」他笑。「我看見在新翠邨賭錢的阿伯拿着我們的《沙燕》閱讀。我們放的地方多，更多人知道，不印出來就是圍爐了。」他會留意社區報在哪裏派得最快，作為是否成功接觸居民的指標，目前每期印量3000本，在中產區如穗禾苑和沙田第一城派得特別快。區內亦有警察宿舍。遇上藍絲集中營，Tom也沒甚麼辦法。「那就唯有繼續擺放，看你何時願意來拿。」

朱凱廸曾說過，最初以反高鐵抗爭者的身份搬進八鄉，原居民並不信任。他以《八鄉錦田地區報》調查各種規劃問題，新界人以傳統為傲，他就介紹新界歷史，不論原居民或鄉委會都高興地拿一份。同時「出報紙令我由抗爭者變成社區報編輯，成功洗底」，不再批評他只是抗爭不做事。

他眼中的沙田，何謂沙田作為一個社區？

按照區議會選區，沙田還包括大圍、火炭和馬鞍山。「但是我覺得馬鞍山獨立出去，因為搭巴士去沙田都要半個鐘。」

「我覺得我居住的地方就是我的社區。」Tom其實居於馬鞍山，而馬鞍山也有自己的一份社區報叫《馬民》，Tom覺得它很能夠凝聚社區，想沙田也有一本，Tom在沙角邨出生，舉家遷往馬鞍山的居屋單位已經十一年。「細屋搬大屋是開心的。小時候沒有想那麼多，現在長大會回想為甚麼當時沒有霸住公屋交雙倍租。」他覺得自己是沙田人而不是馬鞍山人。

「在馬鞍山唯一經歷過的運動就是有次食糖水突然放催淚彈。說真的我不常留在馬鞍山，因為馬鞍山滿足不到我。我的朋友都住在沙田，我喜歡打機，但馬鞍山沒有機舖；我要跳水，我要到沙田的泳池。我要食豬扒撈檬便要去大圍；我要食雞粥，又是沙田。馬鞍山很多東西也是依靠沙田。連吃也沒甚麼好吃。」他所描述的生活配套問題，就是第三代新市鎮如東涌、天水圍、將軍澳、馬鞍山等的共通點。除了睡覺以外居民不願意留在區內。「不知為何我就是想離開馬鞍山。馬鞍山大部分都是民居，連散步的地方也不多，除了一條海濱長廊。」

同行的鍾曉烽一直做社區研究。他說曾跟年長的人聊天，若你問他們對社區有否歸屬感，他會覺得這個問題很奇怪。Tom很明確地說他從小就關心社區，說起沙角邨的聚賭問題他形容得繪影繪聲，但當社會運動在沙田發生，令他更加關心社區之餘，更會比純粹關心更走多一步。「以前覺得，唉，巴士班次這麼疏落，由它吧，也改變不了。現在覺得，原來巴士問題源於區議員死都要架巴士經自己區門口，就像82K，四十分鐘一班車，環繞整個沙田都無人乘坐。現在才知道可以辦社區報討論。」

2019年7月14日的沙田大遊行屬於幾乎第一次地區性遊行。當天警察在民居之中放催淚彈，闖入新城市廣場追捕示威者，當中飽受驚嚇的不乏只是前來晚飯購物的家庭。有沙田居民對商場管理公司容許警方入內非常不滿，連續多日在商場正中央辦「連儂牆」，輪流質問管理公司要求交代。大家都驚訝沙田人十分厲害。

「之前沒想過沙田人是會這麼團結的。」Tom當天亦身在現場。「在鄉事會路有人喊需要甚麼，上面瀝源邨的居民便掉下來，有人騎單車，有人用腳走過來。當天見到一些認得的臉孔，平時沒有交集，純粹知道這個人在賣菜、在麥當勞做收銀員、揸巴士的、坐巴士見過的，卻沒有刻意打招呼。後來幾天很多人圍繞新城市廣場中庭唱歌，每日都有人拿食物飲品送來。平時沒有機會，要有事發生我們才有機會團結。」

而新城市廣場作為沙田運動的中心對Tom也是順利成章。「還有甚麼選擇？百步梯？會攪炒。沙田中央公園？太熱，不會有人來。新城市廣場是一個商場，也是沙田人交通必經之路，只要火車還開，巴士還會停站，就會有人在中庭行過，你說這對沙田人重不重要？」商場是很多新市鎮的重心，它們扮演的角色不只是購物場所，還是交通樞紐甚至提供其他公共設施。在沒有街的新市鎮，商場就變成了公共空間，甚至是地區社會運動事件的地點。在那裏你可以認識其他同路人，結合起來做點甚麼，展現社區居民的團結。

夢想一年內由五仔主義變為從政，然後呢

說着說着，Tom甚至提到柏林圍牆倒下和光州事件的意義，他第一次知道六四是小四時翻開爺爺收藏的《血洗京華實錄》。這一代人的政治啟蒙來得既猛且烈。Tom的談吐、世故和思維遠遠超出他年紀應有的，雖然這樣似乎只是以我們八十後、九十後讀書時只顧打機打波的「廢」作為衡量標準。有人會質疑年輕人很傻很天真不懂政治有多複雜。誠然不可能每個人的每個選擇都是深思熟慮，這不只是年輕人，更是人類幾十萬年以來歷史的定律，但這不代表他們盲撞。

「未有這場運動，我們想像的未來是很美好的，讀完中學就升大學，然後找份好工、結婚、生育兒女。我爸爸教我『生仔、養狗仔、買車仔、買屋仔、娶個老婆仔』。(我們驚呼，這五仔主義是七十年代流傳至今！)我曾經也覺得這樣很好。唉。一年前的我就是港豬吧。五仔主義啦、打機、放假、跑步、踢波、睇波。」

「運動發生後我想過從政，就要現在開始裝備自己，起碼要先搞好人脈。書讀得好與壞不是重要。我常覺得放棄議會是很戇鳩的事，很需要堅持在制度裏抗爭。國安法通過之前也想同舟共濟，但通過後就快點『撇』啦。」Tiffany聽到後細聲說：「唉，丟低我。」

他要去一個更加民主和自由的地方，例如臺灣。「走得甩就可以了，讀大學與否不重要，我只想盡快中學畢業，那是我唯一的願望，那就可以搵錢了。我不知道，總之有錢就甚麼都好，沒有錢就甚麼都做不到。」

「不過去到外國我都不知道做甚麼，是否洗碗和開餐廳？」Tom竊笑時唇上的汗毛在動。

將「社區」進行到底：從社運休整到社區行動主義

鍾曉烽

反修例運動期間，多區遍地開花的「連儂牆」、社區遊行、流水博弈、各種「和你」系列活動，還有黃色經濟圈，以至非建制陣營在區議會大勝，讓香港的「社區」不再一樣。

可是，香港的社區抗爭故事，可以由更早說起。不論是英殖時代，還是特區管治，「社區」在官方論述和制度安排上，長久以來都被打造成高度去政治化、去歷史、功能化的空間，姨媽姑嗲一眾街坊被矮化成普通的居民(resident)，理想中的公民(citizen)簡直遙不可及。千禧年代，新社區運動引起對香港人身份和本土文化的反思，到後來2014年雨傘運動各個佔領異托邦，還有往後幾年的「深耕細作」，「社區」從未缺席後九七香港的城市民主運動。

然而，這與宏觀政治環境難以撼動不無關係。多年以來，無法兑現的政制改革令香港人感到無力，參與眼底下的社區「小事」，似乎更能帶來可見的改變。可是，作為一個混雜的生活空間，社區固然有溫情、美好還有烏托邦一面，但也是不同網絡交織而成的權力景觀。

一場由反修例引起的全民逆權運動，怎樣改變香港社區的意義？傘後「深耕細作」如何走到「如水」的社區行動？本文由社運休整(movement abeyance)出發，透過與八位不同背景社區參與者的深入訪談，分析傘後社區網絡、社區行動主義與香港民主運動的關係。

傘後香港的社運休整

社會運動有高低起伏，在兩個抗爭循環之間，學者經常以「休整」這個概念，分析在不利動員的政治、文化和制度環境下，社會運動怎樣維持自身，並過渡至下一波動員[1]。透過形成休整結構(abeyance structure)，社會運動可以維繫行動者網絡，延續行動目標、劇目和策略，建構集體身份作為象徵資源，結連下一波抗爭浪潮。[2]

除了外部環境，社運休整也受限於一些內部因素。從時態上來說，怎樣令個別行動者之間保持連繫，並維持他們對運動的承諾(commitment)，是社運組織者在休整期的重要課題。在組織上，骨幹行動者網絡一般比較排他(exclusive)和中央化(centralised)，形成同質性較高、規模較少的社群，雖然不利直接行動，但可以有效維持內部團結和穩定性，讓運動在低潮期間得以生存，延續社運文化，構成集體信念和情感，讓支持者培養對抗意識。

回望傘後香港，本地學者亦有從休整的角度，理解2019年反修例運動爆發前的社運低潮期。[3] 自從2014年佔領行動，面對較激進的政治本土主義崛起，政權透過法律手段和平行動員，大力打壓反對力量，增加抗爭成本。[4] 無可否認，休整論可以讓我們分析兩波動員的關聯性，使我們跳出短期的運動成果，關注更長

---

1 Taylor, Verta. (1989). "Social Movement Continuity: The Women' s Movement in Abeyance." *American Sociological Review* 54(5):761–75.

2 Taylor, Verta and Alison Dahl Crossley. (2013). "Abeyance." in *The Wiley-Blackwell Encyclopedia of Social and Political Movements*, edited by D. A. Snow, D. della Porta, B. Klandermans, and D. McAdam. Blackwell Publishing Ltd.

3 Lee, Francis L. F., Michael Chan, and Hsuan-Ting Chen. (2020). "Social Media and Protest Attitudes During Movement Abeyance: A Study of Hong Kong University Students." *International Journal of Communication* 14: 4932–51.

4 Yuen, Samson and Sanho Chung. (2018). "Explaining Localism in Post-Handover Hong Kong: An Eventful Approach." *China Perspectives* 3 (Special Issue): 19–29.

遠的影響。可是，原初的休整論，假設了社運組織對休整結構的形成十分重要。過去十多年，新傳播科技催生了新形式的「網絡社會運動」，參與模式變得多元、個人化和去中心化，參與者之間的連結型行動(connective action)，不太要依靠傳統的社運組織。[5]

事實上，這種「無大台」但「有協調」的組織形態不單見於近年兩場大型社會抗爭，在休整期間，香港的公民社會更像鬆散、互為相接的行動網絡(networks of networks)。[6] 而社交平台和網媒更與香港的公共文化密不可分。正如Holland和Cable指出，早年不少有關社運休整的實證研究，都傾向考慮外在政治機會或組織因素，較少着墨運動內部的文化因素。[7] Jacobsson及Sörbom分析瑞典全球公義運動後，行動者社群由封閉走向開放，怎樣轉向微觀政治，改變論述策略和運動方向。[8] Gade發現當抗爭循環完結時，威權國家下的行動者普遍會採取四種不同路徑：低調地持續行動、被政權收編、轉移抗爭場域，或停止參與。[9]

面對愈催威權化的制度環境，傘後香港的公民社會大致分為三種發展路徑。第一，社運政黨化，主要見於佔領運動後湧現以年青人為主軸的政黨，在政治理念、意識形態和行動綱領上都與傳統泛民主派有差別，包括「香港眾志」、「青年新政」、「本

5 Bennett, W. Lance and Alexandra Segerberg. (2012). "The Logic of Connective Action: Digital Media and the Personalization of Contentious Politics." *Information Communication and Society* 15(5): 739–68.

6 Castells, Manuel. (2015). *Networks of Outrage and Hope: Social Movements in the Internet Age*. 2nd ed. Cambridge, UK: Polity Press.

7 Holland, Laurel L. and Sherry Cable. (2002). "Reconceptualizing Social Movement Abeyance: The Role of Internal Processes and Culture in Cycles of Movement Abeyance and Resurgence." *Sociological Focus* 35(3): 297–314.

8 Jacobsson, Kerstin and Adrienne Sörbom. (2015). "After a Cycle of Contention: Post-Gothenburg Strategies of Left-Libertarian Activists in Sweden." *Social Movement Studies* 14(6): 713–32.

9 Gade, Tine. (2019). "Together All the Way? Abeyance and Co-Optation of Sunni Networks in Lebanon." *Social Movement Studies* 18(1): 56–77.

土民主前線」和「香港民族黨」。第二是專業公民團體冒起，譬如「法政匯思」、「良心理政」、「社工復興運動」，透過專業身份積極參與政治，不論是公共討論或界別選舉，亦有推動界別內部的民主化。雖然有部分專業團隊早於佔領運動前已經成立，但傘運期間和往後幾年仍支援、推動公民社會。第三則是本文關注的社區「深耕細作」，透過日常的社區傳播和空間實踐，預示另類社區公共生活的可能性，從而改變區內政治文化，讓街坊自我充權。事實上，三種路線並非截然劃分，特別是政黨化路線和社區深耕的微妙關係。

香港以外，自反全球化運動起，世界各地不乏強調基層民主、自我組織、在地文化的社區行動。事實上，晚近的社運研究都着力了解日常政治，關心日常生活怎樣構成政治主體性，以及日常政治、空間性和政經結構的互動。[10] 要深入了解傘後香港的社運休整，尤其是社區深耕如何與2019年的反修例運動互動，單靠大型的民意調查、新聞內容分析等量性方法，難以探究這些社區網絡如合促成休整結構，無法知曉組織者和街坊這段期間的生活經驗(lived experience)。下文會從這個問題意識出發，分析不同取向、政治聯繫和參與程度的社區行動者，從具體實踐中窺探傘後香港社區如何從休整結構過渡成抗爭場域。

社區「深耕細作」殊途同歸

在2017年初到2018年尾，筆者曾經透過田野考察和深入訪談，以西環社區運動作為案例，分析深耕細作的日常實踐，及後一直與部分受訪者保持聯繫，藉此追蹤今後的社區政治和文化變

10 Bayat, Asef. (2013). *Life as Politics: How Ordinary People Change the Middle East.* 2nd ed. Stanford University Press. Yates, Luke. 2015. "Everyday Politics, Social Practices and Movement Networks: Daily Life in Barcelona's Social Centres." *British Journal of Sociology* 66(2):236–58.

遷。「政治取態上， 西環社區運動的核心參與者傾向支持傳統泛民主派。為了比較立場親本土派的社區組織如何深耕社區，筆者另外訪問了三位本土派的社區組織者，結合現場觀察，作為對照分析，以勾勒傘後不同政治光譜的社區組織如何想像、理解和參與社區。」

在香港的語境，「社區」一般有兩層意思，先是地理意義上的空間概念，其次是指涉個別社群聚居和日常生活的地方。雖然官方將香港分為十八個行政區域上，[11] 但行動者、街坊如何想像社區的邊界，還有「社區是甚麼」本身，都不一定與官方認知相符。在高度城市化、人口稠密的香港，幾條屋邨，甚至幾條街已能自成一角。除了地理位置、人口特徵、主要房屋類型等差異，筆者發現受訪社區行動者都視「社區」為一個政治機會(political opportunity)，大多會將地區日常問題化(problematize)，扣連有更大的城市危機(發展主義、仕紳化等)或政策失衡(中港兩地人口政策、大陸遊客問題)。

正如在前文指出，「社運政黨化」和「社區深耕」兩條傘後路線很多時不能截然二分。當落地實踐時，對幾位社區行動者來說，「民主/民生」、「政治/社區」、「選舉/抗爭」等更是虛假二分，真正的命題是怎樣在社區日常扣連它們，盡可能化解當中的張力，抗衡親建制地區網絡。區議員的身份是重要的制度資源，受訪者回顧過去的工作，都感受過沒有身份「落區」的困難。

現任中西區區議員葉錦龍(Sam)，是社區政治組織「西環飛躍動力」召集人，亦是「西柚辦公室」執行委員。筆者2018訪問阿Sam時，他提及自己多次就街坊投訴向港鐵反映意見，卻總被拒諸門外。他指出政治宣傳和社區營造兩邊缺一不可，而成為

11 2019年年區議會細分為479個區議會選區，而而每屆區議會分區議席並不相同，2015年年則共有458個議席 (431席民選，連同27位當然議員)。

區議員後，Sam相信這種「兩條腿走」更是必要，社區樁腳若不穩，「始終都會輸，因為你同共產黨去做陣地戰，會好容易被佢哋用統戰去解決。」[12]

本土派的社區組織者Cyrus(化名)都有類似的經驗。[13] 2017年，他與友人設立一個地區組織，目標明確，就是不讓建制派議員在「白區」自動當選，將議員的薪津「射畀對家」[14]。另一位本土派的社區組織者Kelvin(化名)，自反高鐵運動已經關心社會和政治，在2014年經常逗留在旺角佔領區，到2015年與朋友一起「做區」。[15] 作為一股新興反對勢力，本土派內部存在綱領之爭，但Kelvin 直言自己因為「做區」，反而避開了這些爭議。事實上，他自覺「做區」的手法，與傳統泛民政黨無異，「都係照樣做case，搞個活動，搞旅行團，派下欖」，最重要還是「跟街坊打好關係，建立信任。」Cyrus甚至覺得自己的工作與建制派相似，除了「蛇齋餅糭」不夠多，都是用「小小心意」建立關係，但兩者仍有根本分別：「其實我地唔係只講政治，我地講(地區)議題，例如『沙中線』、『陸客』(內地來港遊客)、'over tourism'，將議題包裝入活動。」Cyrus認為，到了2018、2019年，不論是非建制陣營和派系之間，界線也變得模糊，除了個別區內的中港議題，漸漸覺得「傳統泛民愈走愈近(本土派)」。

「東九龍社區關注組」(下稱「東九組」)成立於2014年年底，組織立場傾本土派。發言人陳澤滔認為只要做過街站，不論泛民、建制，還是本土派，「都係呢啲咋禾……但係點解有呢啲嘢出現？就係佢work吖嘛，我其實覺得好 'Shit'，你都係攏

12 訪問日期：2020年7月3日。

13 訪問日期：2019年10月30日。為保障受訪者，部分個人背景和具體社區資料特意隱去。

14 簡單來說，「白區」是建制參選人可望自動當選、而非建制陣營未有人落戶的選區。

15 訪問日期：2019年10月15日。為保障受訪者，部分個人背景和具體社區資料特意隱去。

絡佢(街坊)。」[16]他覺得「做區」的人，甚或是參與政治，要明白「好多人唔係睇理念」，理念可以「天花亂墜」，而當你真正幫助他們，獲得信任，才有機會被聆聽。根據筆者在本土派街站的現場觀察，偶爾或有街坊「挑機」，但次數不多，而行動者和街坊間的對話，也的確多談風月、噓寒問暖。所謂本土主義的論爭，多流於網上世界，除了個別光復行動，社區日常彷佛見證了一個平行時空。

經歷過一連串「DQ」事件[17]，還有政權對個別人士和組織的針對性打壓，一位積極參與的西環組織者跟我說，他深信在低潮期「休養生息」是香港不少市民的共同願望，「疲累」不單是身體上，更是情感上的失落。[18]西環的社區網絡透過軟性、政治意味較輕的地區活動，除了建立人際關係，也藉着文化活動(譬如社區講堂、導賞團)，建立地方敘事(place narrative)，將社區生活扣連宏觀的都市變遷、政治議題。陳澤滔很早已經有類近的想法，認為平日風花雪月是「儲energy」，「可能有九個Facebook post係呢like，但你淨係想傳達嘅係第十個訊息，但你需要鋪陳九樣嘢。」

這些社區深耕網絡成為了少部分街坊的學習空間，讓他們從「居民」漸漸成為自我實現(self-actualizing)的「公民」，甚至成為社區領袖人物。「東九組」自2016年後組織上更鬆散，成員亦有流失，然而陳澤滔覺得「因為有『東九』呢個組織，佢哋(成員)行得前咗，而佢哋依家就畀我哋行得更前」，例如做議員助理、記者，更深入政治圈。阿Sam認為，過去幾年，西環社區網絡最成功是留下「爪痕」，做一些嘗試令社區變好的實驗，「at least啲

16　訪問日期：2020年8月19日。

17　2016年年立法會因為全國人大常委會釋法，最終有6名非建制派議員被褫奪資格，包括梁頌恒、游蕙禎、梁國雄、姚松炎、羅冠聰及劉小麗。

18　訪問日期：2018年6月11日。

街坊會記得」。Sam以現任堅摩區議員黃健菁為例，她由當年的素人街坊到2019年成為區議員：「我覺得係一個好良性嘅path，至少佢本人真係因為社區事件，而成為社區嘅一個政治人物。」

反修例運動的社區行動主義

踏入2019年，逃犯條例修訂爭議掀起另一次抗爭循環。事實上，早在6月兩場百萬人大遊行前，受訪行動者在4、5月都感到“will be a big thing”，如常在街站派發文宣，但當時在區內感受不到那種民情洶湧，也無法預示新一波的社區行動主義(community activism)。[19] Cyrus認為當年成立社區網絡，就是「有個『竇』、有個地方，有班人可以sustain到呢個momentum」。一般來説，相比大型社會運動，行動主義在不同群組之間的協調上都較為鬆散，行動者亦較少會擴展網絡，或爭取更廣的大眾支持。然而，在香港的反修例運動當中，我們看到政治抗爭意味更強、協調更有效、不斷擴散的社區行動主義。

表一展示了由2019年3月到2020年5月期間，「反修例」大型遊行和集會以外，其他主要的社區、專業團體、社會界別行動次數的變化。[20] 筆者曾經另文指出，反修例運動「多多少少模糊了不少香港人工作、閒暇和參與社會運動的界線，將抗爭納入生活節奏」，「街坊」遂變成抗爭者身份，屋企樓下就是「戰

19 參考城市行動主義(urban activism)的概念，筆者可以將社區行動主義(community activism)定義為「在特定的政治經濟脈絡下，提出有關社區事務的訴求和抗議的社會實踐」。參見Yip, Ngai Ming, Miguel Angel Martínez López, and Xiaoyi Sun. (2019). *Contested Cities and Urban Activism.* edited by N. M. Yip, M. Angel, M. López, and X. Sun. Palgrave Macmillan。

20 社區行動泛指活動名稱或性質，明確包含具體社區或社區主題，譬如「光復屯門公園」、「沙田社區遊行」。專業團隊行動包括社工、老師、律師和醫護等行業發起、支持或支援反修例運動的行動。社會界別遊行則是由不同社群發起的行動，譬如銀髮族、中學生、照顧者等。其他則是以上三類以外，沒有明確社區主題、發起群體的行動，包括悼念活動、紀念活動。

場」。[21] 由2019年7月到12月期間，社區本位的行動次數上升得驚人，當中最有規模的是7到9月期間的社區遊行，多區亦出現只有數十到數百人參與的行動，例如「觀塘自由紙鶴」、「八區開花」以及「和你Shop」。這些行動大多獲發不反對通知書(下稱「不反」)，而根據四次筆者有份統籌的社區遊行現場民調，約四成以下的參與者來自該區，最少那次只有約25%。[22]

2019年七一遊行後，示威者衝入立法會，對受訪行動者帶來很大衝擊。Cyrus 認為那天「和」「勇」真正合一，「覺得無得輸，你輸咗就成個香港呢一代可以bye bye ...『三不』(不割蓆、不篤灰、不分化)成為我的指導思想。」

「香港眾志」成員謝禮楠是2019年7月14日沙田遊行的「不反」申請人，也是傘後社區組織「沙田一隅」的成員。[23] 早於同年5、6月，隨反修例爭議愈演愈烈，他對政團在運動的角色深感模糊、缺乏方向，「由7月1日開始，因為你開始覺得束手無策，無可能追得上示威者的激進程度，那個時候……你無理由再做靜坐，要擱置呢個想法、方向。」在個人層面，謝禮楠對傳統精英社運路線感灰心，覺得有需要連結不同圈子，特別是「本土派」，而自己早已認識不少沙田區議員助理、立場較親本土派的地區朋友因此在5、6月想在社區放映《地厚天高》，凝聚街坊，結識更多地區人士：「但我明白『眾志』的身位好難名正言順……係有啲尷尬。所以『沙田一隅』provide咗一個好好的身位去做呢樣嘢。」

一方面，有政黨聯繫的社區行動者比一般素人較有策劃經

21 鍾曉烽(2019年7月20日)〈從港式幽默說起 —— 反修例運動中的情感與抗爭日常〉，載《端傳媒》，https://theinitium.com/article/20190720-opinion-chung-hiu-fung-everyday-politics/。

22 沙田區居民只佔7月14日沙田遊行的32.5%，中西區居民只佔8月4日西環遊行的 25.2%，西貢區居民佔8月4日將軍澳遊行的40.4%，而深水埗區居民則佔8月11日深水埗遊行的27%

23 2020年6月30日，「香港眾志」宣佈解散。

表一：社區、專業團體、社會界別發起的行動次數[1]

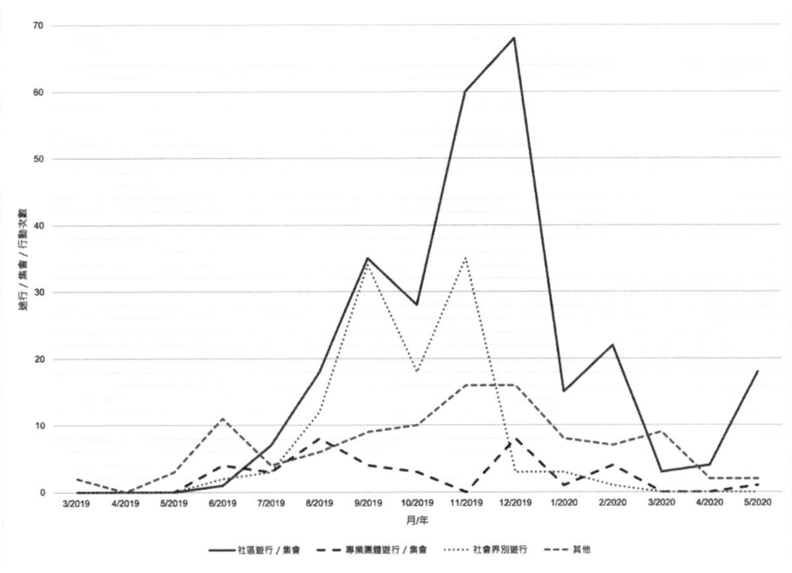

1　筆者根據江松澗的統計，並參考這段期間的新聞報導，重新整理和計算。江松澗的統計見Kong, Tsung-gan. (2020). "Hong Kong pro-democracy protests 2019–2020." *Medium*, 26 November, https://medium.com/@KongTsungGan/hong-kong-protests-2019-82cf32383605. Accessed 20 November 2020.

驗，更有效挪用資源和動員街坊。另一方面，政黨背景亦可以是社區動員的包袱。在香港公眾眼中，政黨的普遍印象都較為負面，參與社運只為了爭奪光環；即使屬反對陣營的政黨，其鮮明的政治立場、對抗爭方式的研判，還有陣營以至派系間的恩怨，引來不少「內鬥」和騎劫運動的疑慮。事實上，不少現任議員都曾經在抗爭現場監察和調停暴力衝突，但很多時都強調其「個人身份」，而非所屬政黨。謝禮楠表示，「沙田一隅」的班底有約三分一成員來自「香港眾志」，「容易畀人覺得『沙田一隅』係『眾志』的衛星組織，其實派來去收割……大家都會因為你係『眾志』而criticize你，要花好多工夫『消毒』。」陳澤滔也婉拒了一些合作，原因是在官方論述當中，「東九組」已同「香港獨立」連繫上，用這個牌頭參選或辦活動，都較高危。

Cyrus和Kelvin都機緣巧合地成為「不反」申請人，也有素人主動聯絡陳澤滔尋求協助：「我跟着問『你哋要咩呢？要唔要大聲公呢？我有好多，你仲要有啲咩呢？係咪要人手』。佢哋跟住話『要人手，要幫手派嘢，要大聲公』，咁佢哋要咩，我哋畀曬佢。」這些深耕社區的行動網絡，不單為這些社區行動提供物資，其在社區累積的社會資本(social capital)和象徵資本(symbolic capital)，使得行動得以發生，成為社運新手(newcomer)的重要支援。

至於「無大台」但「有協調」的社區行動是怎樣發生呢？綜合3位不反申請人的經驗，通訊軟件Telegram (TG)是最重要的協調平台，都是先有人在人數較多的「公海」群組拋出社區活動的想法，有意參與的人會另設多個TG群組，處理不同的項目(如糾察、物資組、活動文宣組)，借用受訪者的說法，籌劃過程比較像「先到先得」，不斷有機地「補位」。有趣的是，Kelvin發現不少社區遊行搞手其實不完全由「素人」組成，部分更是他認識或略有所聞，屬於其他區的社區深耕網絡或公民組織。換個角度看，縱然TG群組可海納百川，參與者固有的人際網絡、社會資本可能在協調社區行動有更重要的位置。

從6月起，當時較有規模的「和理非」遊行和集會，在結束後或將近完結時，往往會出現暴力衝突，而往後的社區遊行也出現相似的模式。受訪社區組織者與籌辦團隊並不認識那些「勇武」抗爭者，事前雙方也沒有任何協調。可是，他們都坦言，隨着過往遊行集會的不斷升級，可預期的抗爭激進化，多少會讓他們感到一種「和」「勇」之間的默契。

相比休整期間，反修例運動的社區傳播進一步強調即時性互動空間實踐，連儂牆、社區戶外放映和社區實體刊物，將抗爭、政治理念直接帶進社區公共空間。事實上，當社區行動愈演愈烈，警方和抗爭者之間的對峙、衝突，都由城市旺帶，流入市民的居住社區，也伴隨「守牆」、「清牆」等連儂牆發生的攻防戰，偶有肢體甚至暴力衝突。[24] 剛大學畢業的西環街坊Mary (化名)因接受不了警方對示威者的執法，在運動初期就積極參與。7月時，Mary仍自覺是「和理非」，後來走上「較前」的抗爭位置。[25] 面對街頭抗爭遇上瓶頸，特別是經歷了11月兩場校園衝突後，抗爭者的參與模式漸漸走向日常化。[26] 對Mary來說，山道連儂牆是一個轉捩點，認為在「勇武近乎all-kill」的情勢下，社區文宣是延續和深化運動的方式，但後來區內多了警員執法，Mary覺得貼連儂牆都需要十分「勇武」，自己也經歷了驚險時刻。

Cyrus的團隊自6月起經常在區內播放警方疑似濫暴、《鏗鏘集》等新聞片段，也曾經在8月29日參與多區放映《凜冬烈火》(*Winter on Fire*)紀錄片[27]：「最多人睇的是有鎗聲、催淚彈鎗個啲，後尾我地進化到一條playlist喺度loop。我發覺我嘗試加插輕鬆少少(譬如一些建制派議員的發言)，但無咩人睇嘅，真係你見到警暴，你愈深刻，就愈會睇。」

過往香港的保育運動和城市抗爭催生不少社區媒體，特別是傘後，讓人互通資訊、分享地區見聞。同樣地，這次反修例運動也掀起另一波社區媒體潮。[28] 社區報《沙燕》成員 Tom (化名)在2020年初籌辦社區報，除了報導沙田區與社運相關的新聞，也談地區史，凝聚支持民主自由的街坊。《沙燕》主打實體版，「文宣梗

---

24 2019年8月，曾經發生將軍澳連儂牆斬傷人案，三人受重傷，其中一名女記者右肺萎縮一度命危。見《明報》(2020年4月24日)，〈將軍澳連儂牆斬傷3人　失業導遊判囚45月〉。

25 訪問日期：2020年7月25日。

26 Chung, Hiu-fung. (2020). "Changing Repertoires of Contention in Hong Kong: A Case Study on the Anti-Extradition Bill Movement." *China Perspectives* 3:57–63.

27 一齣講述 2013年末至 2014年初烏克蘭革命的紀錄片。

28 「香港獨立媒體」支援了不少社區報刊的出版，詳見：https://inmediahk.org/projects/communitypress/。

係要貼出來畀人睇架啦，你就係要畀人知，當連儂牆收晒皮的時候，年長的街坊又點知呢？我地就可以慢慢咁滲啲嘢落去。」

「黃色消費」大概在2019年8月時開始，去到10月時走入公共論述。[29] 九十後的Sarah(化名)自2019年7月開始積極參與反修例運動[30]，到後來2020年初新冠肺炎肆虐橫行，她與朋友就參考荃灣的「外賣仔YO！Delivery」，建立西環外賣Telegram平台「速弟」，特別支援區內受疫情影響的黃店。同是疫情期間，Sam 的義工組 —— 有傘後加入、助選團街坊，也有剛加入的新人 —— 自我組織了「石塘咀互助社」。[31] 義工自發互助社背後的精神，阿Sam補充，是與「西柚辦」和2015年由民間發起的《社區公民約章》一脈相承。

當抗爭日常化愈趨深化，由街道走到消費場所、居住空間，這種社區行動主義進一步使街坊兩極化，也直接影響新一屆區議會的運作。Mary談到，傘後兩年其實街坊之間的政見對立不是那麼明顯，但來到2019年，「有街坊同我講，依家friend都無得做……你講講下就變咗『藍』同『黃』架啦，你無嘢可以再傾。」在新一屆區議會選舉，非建制陣營雖然取得前所未有的勝利，不少新上任的區議員都利用制度身份支援在囚的抗爭者，[32] 但其抗爭取向的日常運作，與民政主導的地區行政系統充滿張力。[33]

29　根據傳播學者李立峯對連登時事台帖文的分析，黃色經濟圈的倡議在2019年10月時才出現，相關討論在同年12月和2020年1月達到高峰。見李立峯(2021)〈社會運動中的政治消費和政治消費主義〉，載李祖喬、鄧鍵一編《資本主義下的社群經濟》。香港：手民。

30　訪問日期：2020年7月25日。

31　「石塘咀互助社」英文名稱為Shek Tong Tsui Co-operative。事實上，組織和運作更接近「合作社」(co-operative)。

32　民間也繼續在多區發起聲援行動，尤其是在2020年8月在中國大陸水域被逮捕的十二位香港人。

33　可參見香港獨立媒體(2020年8月13日)〈民政半年無用GNMIS發區議會採通 賴疫情故不廣邀傳媒〉；《東方日報》(2020年9月2日)，〈政Whats嗡：憂區議會借疫情唔開會　區議員建議轉網上會議〉。

總結

抗爭浪潮起伏難測，傘運之後，社區再不是遠離政治的避風港，而經歷了「自由之夏」，社區蛻變成抗爭政治的場域。透過深入訪談，筆者嘗試勾勒這個傘後去中心化、網絡化的社區休整結構，怎樣連結反修例運動期間的社區行動主義。

表二總結了上文的主要分析。首先，不論是泛民和本土兩大陣營的意識分態分歧，或是本土派內部的社運路線和論述之爭，就算在網絡世界鬧得熱烘烘，其實不太影響不同政治取向的社區細耕工作。換句話來説，他們「做區」的形式其實殊途同歸。一般街坊普遍不非常關心意識形態或政治信念，而是在乎日常交流和服務提供所建立的信任。其次，在建構集體身份上，社區深耕整體上淡化了「香港人/中國人」的身份政治，強調「街坊」作為自我實現的公民身份。第三，在傳播基建上，社區傳播得力於居民、義工和組織者的網絡，一方面靠即時通訊軟件和社交平台維繫，另一方面也透過另類空間實踐、社區文化活動，傳承地道知識和敘事。第四，在資源動員上，社區深耕網絡不單為社區行動提供物資，也創造出社會資本和象徵資本讓事件發生。

隨着街頭抗爭激進化，種種行動背後的核心精神——對抗中國威權主義，成為最大公因數，讓不同反對陣營網絡 “connect”。「街坊」這個社區身份再度重構，不單是公民，更是抗爭者，豐富了香港人的集體身份認同。不單是公共空間，社區的消費場所和居所都進一步抗爭政治化(contentiously politicized)，成為政治傳播場域，社區動員更頻繁。日常政治消費也漸漸成為運動支持者的習慣，除了一些全港性的地圖應用程式和外賣平台，在社區層面甚至出現更在地、適應當區居民、商戶的支援平台。

表二　香港社運休整結構及反修例動員——社區面向(2016年–2020年中)

時期	傘後社運休整期 (2016–2019年初)	反修例運動 (2019年6–12月)	反修例運動(被迫休整) (2020年1–6月)
行動者網絡	鬆散，社區內外、不同派別偶有交流，但算不上緊密	跨派別、地區網絡聯繫更強，以動員為中心	跨派別、地區網絡聯繫常態化
空間性	社區空間作為公共參與場域	社區空間作為抗爭和政治傳播場域	社區空間、區議會作為抗爭和政治傳播場域
社區目標	重塑地方公共文化 地區事務問題化 (problematized) 營造聯繫感 (針對無力感) 準備選舉和動員資源 (義工、社會資本、象徵資本)	社區抗爭政治化 道德感召、義憤	鞏固社區抗爭政治化 地區事務問題化
行動模式	實體/線上社區傳播 有限度的社區動員	強調實體社區傳播 頻繁的社區動員 (快閃、直接行動) 政治消費習慣形成	實體/線上社區傳播 有限度的社區動員 政治消費更社區在地化 支援在囚、有需要的抗爭者
集體身份	「街坊」作為公民	「街坊」作為「香港人」/抗爭者	「街坊」作為「香港人」/抗爭者/公民

當街頭抗爭成本上升，全球遇上新冠肺炎，香港社會運動被迫休整，同時政權對公民社會的打壓亦漸強勢。港區《國安法》在2020年7月1日正式實施前後，不少「黃店」都紛紛把店內外的連儂牆、文宣移除，也有店鋪繼續刷邊球，試圖延續抗爭信念。2020年11月，四名民主派立法會議員被全國人大常委會「依法認定」褫奪議席，及後其他民主派議員宣佈集體辭職以作抗議。因應中央「愛國者治港」的原則，特區政府在2021年2月公佈修例，要求區議員宣誓擁護《基本法》及效忠特區，被指控不真誠宣誓即會被「DQ」，相關的條例草案獲立法會在2021年5月12日

正式通過。基於篇幅所限，本文沒有分析政權回應社區行動的策略，也沒有詳述其他行動者，例如政府部門、社福機構、同鄉會和親中團體，如何形塑和改變社區的權力景觀。[34] 在更嚴苛的制度環境，如何把「社區」進行到底，轉化街頭抗爭「如水」的政治能量，鞏固參與式的基層民主，將會是香港民主運動支持者繞不過的課題。

34　筆者曾另文分析西環社區運動個案，並提出一些日常取向的社區深耕面對的可能限制。詳見鍾曉烽(2021)，〈初探「社區深耕運動」：後雨傘香港的城市社會運動與日常實踐〉，載張少強、鄧鍵一、曾仲堅編《香港 格局 變異》，香港：匯智，頁108–141。

第五章

專業人士

不同專業群體在2019年的反抗運動中扮演非常突出的角色：急救員在前線救護傷者，醫生和護士在醫院救治傷者和維護傷者權益，並且用其專業知識控訴警察暴力；義務律師團隊盡快到警署支援被捕者，確保被捕者的法律權利得到保障，以及在法庭上盡力為被控者辯護和爭取合理權益；社工站在衝突前線嘗試調停和為各類人士提供情緒支援；教師和校長在不同情況下嘗試疏導學生情緒，以及介入保護學生(最佳例子是在理大圍城之際，進入理大校園帶走學生)。不同專業界別在運動早期聯署反對修例，也起了重要的輿論支援和動員作用。在整個運動中，處處都見到不同專業人士和專業組織的身影。

本章訪問了三名在反抗運動中扮演相當角色的專業人士：馬仲儀醫生、李建文校長和社工陳虹秀。從陳潤南的文章中可見，他們其實本來都不是甚麼參與社會運動的積極份子，但在2019年的反修例運動中，會積極思考自己如何可以用自己的專業身份和地位，做一些事情來幫助香港，結果各在運動中因為其專業位置，而扮演了重要的角色。2019年反抗運動的香港故事，其實就是很多人在自己不同的崗位各盡所能多走一步幫助香港的故事。馬嶽的文章則從理論文獻和香港的特殊情況出發，討論專業人士及專業群體在香港過往的社會運動和民主運動中的角色，再檢視專業人士在反修例運動中的角色、定位和限制。

崩壞時代煉就醫道：馬仲儀

陳潤南

2019年11月12日，反修例抗爭進入白熱化階段。早上，示威者於香港中文大學堵塞火車及吐露港交通。防暴警攻入中大校園。中大抗爭者以床單、餐桌作盾，燃燒彈還擊，阻止防暴警進校，甚至從體育室掏出弓箭。當日中午，社交網站熱傳韓國延世大學警察拘捕學生的圖片，歷史會重演嗎？

公共醫療醫生協會會長馬仲儀中午還在醫院上班，下午一收工，就帶備醫療物資，黃昏到達中大火車站，遇見醫生好友問好，啃點乾糧，便投入「戰場」救護。

二號橋是雙方交戰主戰場，燃燒彈、橡膠子彈、催淚彈你來我往。旁邊的夏鼎基運動場、物業管理處、健身房，成為臨時救傷站。馬當時在物業管理處和夏鼎基運動場，為受傷的示威者急救。她形容急救站一片混亂，佈滿受傷示威者，臨時湊合的護士醫生圍成一團又一團，每團忙着為受傷示威者救治。傷者不少被催淚彈等武器所傷，傷勢嚴重。受傷示威者有中文大學學生，也有來自其他大專院校，甚至中學生。

一名示威者眼角被射中，傷勢太嚴重，要送到校園外急救，事後視力受影響。最嚴重的傷者，胸口中彈，心臟短暫停頓。有教員以心外壓把他救醒，同樣送到校外醫治，大家事後心有餘悸。

馬表示，當時一直忙着急救，耳只聽到外面不絕的子彈聲、爆炸聲，有時火光閃進救傷站。晚上，中大校長段崇智到橋嘗試與警察談判，警察轉頭將催淚彈射到他面前，學生為他戴上防毒面罩，護送離開。外面風風雨雨，但馬說自己一直專心急救，顧不上在外的事態發展。

馬說，不少到場的義務救護人員已是示威急救能手，他們會先為傷者初步護理，有需要立即轉交醫生救治。有受傷的示威者情緒激動，痛極下仍叫嚷，要返回二號橋「再打」。馬表示自己當刻不會明言阻止，但會向對方分析，講明傷勢影響行動，對方冷靜後多數放棄。她說部份傷者當刻受激烈戰鬥影響，情緒反應「好似睇戲咁誇張」；但當刻冷靜亦未見得是好事，有受傷示威者之後患上創傷後壓力症候群，精神久未復原。

當晚約10時半，中大前校長，醫學權威沈祖堯教授，戴上防毒面具，滿身大汗，帶同一眾香港專科名醫，到達中大救援。他宣佈中大與警方達成協議，警方退出。這是一個表態：全港最有地位的醫生，都來到中大保護學生。

馬醫生當晚一直急救至淩晨一時，局勢緩和後，她在中大巡了一圈，便悄悄離開，明天又返回醫院工作。之後兩天，她忍不住返中大留守。中大是她的母校，她在中大過了六年的醫科生涯。回中大，不只是因為中大是她的母校，而是帶着憤怒，不滿警察攻入中大，馬仲儀從不掩飾她的憤怒。

她說同行不少醫生都抱同樣想法，他們有中大畢業的醫生，也有港大畢業的醫生、在職的、教學的，都聚在中大幫忙。有醫生支持示威者；有醫生反對警暴；也有醫生不支持學生擅自拿走中大的弓箭等物資，意圖攻擊警察。但無論如何，這個烽烽火火的黑夜，過百名香港醫護人員聚在中大；這個烽烽火火的黑夜，也是醫護專業在反修例運動的縮影。

單刀直入的馬仲儀醫生

中大衝突後半年，記者與馬仲儀重訪中大，當日燃燒的崇基運動場已變回昔日青葱，被掘起的磚路已鋪平，但運動場沒有健兒。曾經燒焦的主戰場二號橋，兩邊搭建三米高鐵絲網。

剛下班的馬仲儀，穿着顏色鮮艷的碎花布長裙，彩色平底布鞋，背住兩個大黑色皮手袋，顯得有點累贅，卻爽朗的左右兩邊各一個挑起。已為人母的她束平蔭長髮，眉毛畫得筆直。她說話語調有時隨性得像少女，令人感覺親切。

烽煙中大過後，有人覺得是難得小勝，有人患創傷後遺症。問馬醫生，她淡淡然說，之後都是日子如常，可能因為醫生見慣血肉，當然她仍會為年紀小的示威者受傷而難過。她說自己可以背負痛苦，有的人會被痛苦打敗，但她背負痛苦仍可前行。

記者說，覺得馬不是一個容易激動的人，她說她自己都認同。然而，她絕不是那種不慍不火、超然於世的白袍醫生，她單刀直入、愛恨分明。

「藍的人都會有complex (複雜)的思想，不過我理解唔到。我的方法係隔絕交往。」

「不能讓某些顏色嘅人佔據要位」

馬仲儀不諱言，參選公共醫療醫生協會會長只是剛巧沒有其他同僚出選，自己又曾當了數年執委，就硬着頭皮去做。「我哋一定不能讓某些顏色嘅人佔據要位。其他專業團體都會驚有某些顏色嘅人入咗去。尤其有些醫生組織的成員喜歡與中聯辦的人交往。」

她說自己平日並不多到示威現場。她認為她主要的角色是在工會，如果她在示威現場被捕，對協會以至整場運動都有影響。她很清晰，她的身位是代表工會發聲。

10月1日，警察在荃灣開槍擊倒一名男示威者，有很多醫生不能接受警員以實彈射擊示威者心胸等致命位置，協會當晚發聲明譴責。她表示，醫生習慣較少就不熟悉的政治議題發表意見，然而「警暴同人道，和醫生的責任和專業又多些關連。」

醫生的道德價值觀

一談起警暴，馬仲儀就滔滔不絕：「你(警察)做乜嚟急症室揾人？你做乜去急症室聽我哋病人講嘢？大家好反感係，點解一個喺急症室睇病嘅人會成為咗你嘅疑犯？」無奈醫院管理層不作為，醫管局默不作聲，「(警察)入產房、高聲呼喝同事、衝入急症室追捕示威者。」警醫矛盾累積，連帶一些無關示威的個案，雙方都易起衝突。

「醫生的專業會令你清楚自己的道德價值觀，當然不是所有醫生一樣。但每個醫生都知自己條線喺邊。」警察認定醫生是「黃」，醫生也對警察的行為看不過眼，直播時防暴警翻手扣押示威者，粗暴擰示威者頭部，「(睇到)你咁打完佢，作為醫生會第一時間諗佢嘅傷勢。」馬又提起，曾經有警察不准醫院同工通知受傷示威者家屬，她覺得很荒謬，因為醫生永遠不能排除，病人會否突然情況惡化，通知家人完全是日常病房工作程序，警方卻扭曲為通風報訊，「你(病房職員)唔好打畀示威者屋企人，你妨礙司法公正。」

醫生就政治議題發表意見，不是專業傳統。她說始於佔中，有200位「高級」醫生聯署斥佔中是「毒瘤」，要切除，於是支持佔中的醫生又聯合起來聯署反對。聯署後醫生脫下白袍現出藍與黃，同路人互相組織起來。

隨後與醫療有關的老人院舍虐待事件、安老院及殘疾院舍的法例修訂，馬仲儀都有參與討論。2016年她協助一眾同業參選特首選委會，她說當時患得患失，以為只得年輕醫生支持，但原來都有年長的私家醫生支持民主理念，覺得參選的醫學界選委要講清楚政治理念。

她說醫生社會地位雖崇高，但亦滿身枷鎖。「醫生做乜講政治？」「專業要balance」、「你有立場，就係professional misconduct (專業失德)」。她反駁，醫生專業的對象是病人。然而，反修例運動後，醫生卻面對很多政治相關投訴。她說現時會提點其他醫生，小心在社交媒體的言論。

訪問途中，響起一首激動人心的管弦樂曲，原來鈴聲歸馬仲儀的手提電話。

高高在上的醫生

總是單刀直入的馬仲儀，容易令人誤解她自小便熱衷政治。令人意外，她從前覺得，「社運是屬於嗰批人(社運人士)，無乜醫生會去參與。」

「從前，我同其他社會界別的人都無相處經驗。我熟悉的人大都是同行，我唔識同其他社會的人相處。就算想參與，都會覺得很不自在。但佔中後有一班醫生想議政，我就可以好自在和一班醫生討論。我覺得其他專業界別人士，都會有呢個感覺，可能會覺得同其他社會人士格格不入。」

醫院像個巨塔，超然自成一個生態圈，醫生中當然也有「藍」，她聽說有部門主管向年輕醫生講，示威者是「甲由」。她認為，醫生和法官、警察一樣，在香港社會是很有權威，而社會運動是對社會既有權威的衝擊，因此雖然與一些較保守的醫生無直接關係，但仍極其反感，感覺連帶自己的權威都受衝擊。當然會有醫生真心「愛國」，也有人為利益。

「在公立醫院，做醫生很容易變得高高在上。你在醫院開藥，病人就要跟，又有一隊護士執行。但你出到私家(醫療機構)，大家是平等，因為他是客。」

她2007年曾經脫離公共醫療體制，為醫療集團在基層區工作，當家庭醫生。「原來醫生唔係畀咗藥就得，佢(病人)工作情況可能跟唔到，唔係你叫覆診就得，無咁嘅能力就係無咁嘅能力。」

有女士說自己失眠，原來因為與內地媳婦不和，一家人蝸居斗室又無力搬離，馬只能開安眠藥，讓她在診所傾訴十五分鐘喊一場；一位中年女士經常腰酸背痛，原來兒子是終日打機的隱閉青年，一把年紀還要當地盤雜工賺錢。「我從來不是尖子，比較容易聽人說話和觀察，而在醫院去理解別人很重要。但如果你好叻，你ego (自我)很大，你聆聽別人能力可能會較差。」

「後來覺得悶，加上不認同老闆收費方式，收阿婆幾十蚊支藥膏，只能搽三日。呢啲我唔OK。」於是她回公立醫院接受專科醫生培訓。她說一般醫生會為自己專業訂定數以十年的計劃：「我鍾意訂立中短期的目標。做醫生已是我最長期的目標。」

小康之家成長，家中無人讀大學，馬仲儀高考成績優異，就考入中大醫科。她自言當時對醫生專業沒有認識，「我個人也沒有甚麼抱負。」讀醫可以確保就業，加上知道自己直率易開罪人，不適合從商。選讀中大只因為覺得大學應在郊外。2003年7月1日，香港五十萬人遊行。「我淨係記得七一我第一日返工。之後看新聞才見到當日遊行的片段。」

訪問由下午談到黃昏，記者和馬仲儀從二號橋步向大學站離開，聊到昏暗的香港有不少醫護移民，記者問她有沒有考慮過，她說還沒有，曾自言自己沒抱負的馬仲儀說：「我想睇下自己承受到幾大痛苦。」

在暴風街頭「嗌咪」：陳虹秀

陳潤南

2014年10月1日，龍和道街頭，警察追捕示威者，追追趕趕，一個女生跌倒，社工陳虹秀見狀扶起，一枝警棍卻猛力揮去她的頭，打中她的頭盔。陳虹秀回頭一瞥，揮棍警察目露兇光，「癲咗，真係失控！」

另一名警察卻伸手拉住同袍，陳全身而退。

陳虹秀事後想起，日常工作面對的家庭暴力案，遇到情緒失控的家長。想法深深印在她腦海。2019年反修例示威，陳會在示威現場用擴音機，走在警察防線前沿，不斷叫警察冷靜，讓市民後退離開。因為她相信，如同提醒情緒失控的家長，言語可對情緒失控的警察產生影響。

2019年8月31日晚上，陳虹秀在灣仔示威街頭「嗌咪」，警察截停她與另外七名示威者，陳被控暴動。

直線思維與社工氣場

陳虹秀自帶一陣社工氣場。長髮，穿T-shirt、牛仔褲，眼睛雖小卻目光如炬，説話親切、快速、直白，常哈哈大笑。她説自己大學修讀系統工程，因為數學叻，自言從小就是理科人「直線思維」。畢業後在殘疾人士院舍工作，因不認同社工對舍友處理，認為會傷害他的自尊，決定到港大進修社工碩士課程，才明白世事不止直線。

訪問時她仍面對沉重的暴動罪，陳虹秀對此沒有表露出憤怒、怨恨。明明她面對的是十年監禁，她卻表現得不甚經意。

訪問一開始，陳自己已滔滔不絕將被捕的經歷說出，很多細節與記者資料搜集時，前人訪問幾乎一致。我有想過，是不是同樣的問題，已經在她腦海回答過千轉？當日的處境，已經在她腦海重演過千次？

「拘捕嗰刻是亂來。」在她眼中，香港警察的執法：隨意、忙亂。很多被捕者面對的不合理，人權被侵犯，甚或酷刑，都是發生在這些隨意、忙亂中。

被拘捕時，有警察要陳虹秀跪低，陳問：「我點解要跪低？」於是，便不用跪。她被拘捕後第一站是灣仔警署，一級搜身，到葵涌警署又要二級搜身，重覆的官僚步驟，警察之間好像毫無溝通。

很多被捕人士想打電話聯絡家人或律師，卻遲遲未獲安排，是警察刻意留難？可能是，但陳虹秀也觀察到，警署實在太多被捕者，警察根本無力處理。被捕者一個要求，可以數小時都沒有人回應。被拘捕人士的律師即使一早到警署，都只能呆等。

她在被捕時，不少警察主動跟她對話，她形容：他們有好多矛盾，卻不敢正視。「覺得我哋(社工)唔係暴徒，會捉住我，解釋暴徒做過乜，想我哋認同。」她說社工跟警察一直有很多合作，對警察而言社工的工作是幫人，因此今次社工在示威現場出現，對警察而言是衝擊。「黑社工，點解仲未坐監？」有警察會罵她，但多數警察對社工相對沒那麼兇狠。相反，同樣在現場嗌咪的議員，警察覺得是「政棍」，為利益才出來，待遇就差得多。

擴音器背後

但無論如何，在示威現場「嗌咪」，呼籲、提點警察的陳虹秀，最終都被警察控以暴動罪。

時光倒流回到6.12，陳虹秀剛上完早班，中午她獨自帶擴音器到現場，打算為現場人士做情緒舒緩，但一去到灣仔金鐘一帶，已是催淚煙處處。

在她面前的數名防暴警，狀甚緊張，槍平舉。剛好陳有大聲公，沒想太多，就向警員呼叫：「現場有普通市民，你好緊張，你嘅槍係平舉。」於是指揮官拍一拍防暴警，對方垂下槍。後來有警察衝進來，陳又用大聲公說：「要畀時間市民離開。」警察開咪警告示威者，陳虹秀又開咪提警察。

翌晚，一班社工集思：我們在示威可以有甚麼角色？於是陳虹秀分享自己擴音機提點防暴警的經驗，原來可以令警察「無咁癲」，減少傷害市民。她提議不如嘗試招募更多社工嗌咪？陳虹秀強調，當時警暴「未到咁癲」。「陣地社工」慢慢成形。

於是6.16，兩百萬人遊行，社工「嗌咪隊」第一次出動。

陳說之後多場大型遊行他們都有參與，隨經驗累積，大家開始檢討，我們的底線是甚麼？有甚麼不能做？他們發現，一對警察講「冷靜！保持克制」，對方就會「發癲」，因為他們視之為挑釁。

陳虹秀說有點像做輔導，大家會仔細研究講稿，不同場合說甚麼。另外也有思考面對「私了」如何處理：她說，如果見到警察被斬，社工也會出手阻止，畢竟是生命，即使是曾傷害人的警察，都應要經審訊後才能被懲罰。為甚麼開咪時只對警察呼籲？陳說，事實是示威者與警察的武力等級相差太遠，從危機處理角度，一定是向武力更強的人呼籲。

她說，社工善於觀察，嗌咪前最重要是現場評估，有時警察資訊十分混亂，她再根據實際情況向警察提點，大多是對生命構成危險情況。例如，示威者再後退就是樓梯，警察一進逼就有危險，社工就一定要嗌咪。社工嗌咪主要是提醒警方不要違反警例，當然講完未必可以制止警暴，但警察做得不對，社工就必須要講。

她說社工只會在警察行動開始前後嗌咪，相反不少議員過早「開咪」，根本警察未有任何舉動，危機未到最高風險。警方會認為，我還未開始行動，你就「鬧爆」我，「開咪」反而刺激警察情緒。另外當雙方激戰，社工亦不會開咪。示威者不斷在投擲燃燒彈，社工開咪，警察會覺得自己正受攻擊，社工怎可能叫我不開火？

她說「陣地社工」，無清晰會員制度，隨運動發展建構，但出更總是三人一隊。初時陣地社工只有十多名社工，人員後來出出入入，最多百多人，受訪期間下降至約四十多人。大家落場有不同分工，「咪手」得10個，亦有社工負責帶市民離開示威區。

「警察」還是「皇軍」？

在漫長的2019年下半年，陣地社工有同事受傷，有人中胡椒噴霧、中藍色化學水；有女社工停經，有人患胃炎、眼炎；亦有警察故意扑社工，打得頭破血流。「我自己無事。我故意唔戴防具，刻意畀警察認到。」她說後來有社工的頭盔被子彈射凹，自己才戴頭盔。7.21當日，她在西環被催淚彈燻得不能呼吸，一名防暴隊指揮官，在緊急時向她遞上水，「好多人(警察)扑我，又有警察拉走(救)我。」

對於部份抗爭者而言，警察就是殘酷無度的「皇軍」，「呼籲」只是對牛彈琴。陳虹秀就回應「嗰啲抗爭者應該睇唔到全部事情，如果喺前面睇到，應該不止這些。」她絕不否認有情緒、精神失控、甚至喪失人性的警察；有些是價值觀問題，警察覺得示威者是害蟲「甲甴」。然而，她強調不是全部警察如此，仍有示威現場的警察比較理性。

社工的訓練，就是觀察，之後用準確字眼提點，「你(警察)

可以不理我們，但你都是錯。」，她認為處理示威的仍是「警察」，因此仍要跟從《警察通例》。她說，當然「陣地社工」在示威現場的前設是警察還有良知。如果有日，香港警察盲目聽命政府，連殺人都可以，社工在現場就沒意思。

陳虹秀的情緒

2020年，香港社會工作人員協會(社協)主辦優秀社工選舉，陳虹秀獲頒「優秀社工」。「都幾驚訝！」她說社協是較為親建制和傳統，原來「陣地社工」的爭議沒她想像中大：「守護生命、捍衛人權」是十分基本，她為此感到高興。

記者問，她常常用「孩子」代替抗爭者，她心目中會否將抗爭者，當成日常幫助的受助者？她說這個問題之前沒有想過，日後可能會減少說「孩子」，「的確示威現場有好多細路，但不代表他們沒有能力思考。『孩子』只是代表他們很重要，因為香港就要靠他們去薪火相傳民主自由等核心價值，不要被打沉。」陳強調，抗爭者初衷真心為民主自由付出，但學歷、家庭背景等因素有異，成長環境複雜的年輕抗爭者可能更易受打擊崩潰，社工不是要保護、幫助他們，而是和他們「同行」。

不論抗爭者還是警察，整個訪問陳虹秀總是為他們思考着想，說起控罪都是平靜、正能量。記者最後問陳虹秀，你自己的情緒呢？會有憤怒、怨恨、擔憂嗎？「我會擔心屋企人嘅。」語氣還是十分平靜，雙眼卻泛淚光。單身的她自言包袱較細，目前主要為家人安排，照顧他們的情緒，好好生活。

「我唔係唔攰，但攰有無意義？與其這樣，有無其他事可以做？」她說兩年前喪父，她一直內疚未有回覆父親過身前最後一通電話，之後接連上司過身，工作有阻滯。之後辭工，帶住憤怒找新工作，接連失敗，「嬲到感覺負能量正蠶食自己心靈，責難自己，好無力。」有信仰的她一次跑步抒壓後頓然感悟，要放下情緒，才能繼續上路，「活在當下，天父自有安排」。

律政司眼中看不到「優秀社工」

訪問過後數月，陳虹秀的案件有判決。2020年9月29日，法官沈小民裁定陳虹秀暴動罪表證不成立，撤銷控罪。判詞記載，當日穿上「我哋係社工，守護公義」上衣的陳虹秀，叫防暴警：「克制，給予市民足夠時間離開，不要開槍。」

對此，法官在判詞說：「有人站出來提醒他們(警察)要按法例行事，這做法也許會令一些警員感到不悅，但若要控訴該人暴動罪，本席看不到該人又如何會成為暴動的一份子……這樣薄弱的證供，連非法集結的罪行也支持不了。」

然而，律政司於10月5日提出上訴，理由是認為原審法官法律觀點「有錯誤而感到受屈」。在示威現場提擴音機的陳虹秀，至2021年5月本文定稿時，仍要面對最高囚十年的暴動罪指控。

楚歌中「臨在」的校長：李建文

陳潤南

11月16日，香港人的焦點從香港中文大學轉到香港理工大學，一個已被警察重重圍困的校園，理大留守的抗爭者已成甕中之鱉，四面楚歌。「可唔可以諗下辦法？」18號早上，天主教慈幼會伍少梅中學校長李建文收到社工朋友短訊，指校園內有大量中學生，他們很想離開，但走不出去，「無人知道內裹有多少是中學生，因為訊息出不到去。」

曾做過社工、專照顧夜青的李建文，知道消息可靠，於是要求對方提供更多資料。隨後他獲社工回覆，最少有來自十多間中學，約二十至三十名學生。資訊只來自一個社工接觸的個案，李建文估計實際個案數字更多，立刻向中學校長會一名資深校長求助，「不可以容讓學生在裏面就算數，因為他們很想走，很害怕。」

未幾，消息傳到立法會議員葉建源。下午五時，多位中學校長陸續到議員辦公室開會，準備五點召開記者會。「開會時，已掌握當日有九十多個中學生在內，來自六十多間中學。全香港都係得五百多間中學，而且不斷地收到訊息，多啲多啲。去到開會時已有三十多個校長，到記者會時已超過四十個校長，全部都有學生在理大。」

「大家無人知可以點做。我有份提出，我們(校長)應該要求，要入去救學生出來。」大家都知機會渺茫，有人問如果警方拒絕如何？李說：「唔畀入，我哋咪企喺門口。我要畀學生知，我哋喺度，我係ready。」

眾人於記者會向全香港，公告要求入理大救學生，當刻校長們心底全然未知能否事成。後來政府方面回應，社會福利署將派人入理大，校長獲六個名額跟署方人員入理大。

一眾校長從金鐘行到中環，再從中環坐船到尖東，再從尖東徒步行到一間酒店，與社署人員商量細節。當時校長們邊行邊談，「(警方)唔畀就爭取入內。但如果真係畀，有咩情況我哋可以帶學生走？自首就是暴動，我(學生)點解要出嚟？但另一邊廂，如果我們可以帶學生走，不算被捕或自首，警方為何要答應？佢要落台階。」

最終，校長們都和議，讓警察登記離開學生的身份證，警方很快答應：「比想像中順利，無乜來來回回。」事後回想起，李建文說警察盤算甚麼不是他的考慮：「我好難估計、盤算佢哋(警察)真正動機係咩，不過我好相信當下如果有好多校長話畀全世界知，有好多未成年中學生喺裏面，如果你仲硬晒軚打入去，我諗出嚟個impact (影響)都大。」

「行得出嚟嘅校長都係一個心，我好想保護學生，幫學生，我想學生可以返到屋企。」

到理大門口，女警司向校長們說：「校長我帶你嚟呢度，上面係點，我哋真係唔知，可能好危險，你諗清楚喎。」之後他們就入內了。「我形容我哋上去時係最壞嘅時機，最好嘅時候。因為佢哋(抗爭者)攻咗三次出去都失敗。佢哋諗住攻多一次，亦係最後一次。我入到去，裏面係充滿唔知咩嘅化學物，二、三百個樽。」

大時代下的教育理念

從李建文入理大的過程，可以看到他思考周密，而且有考慮各方持份者心態，顯然他對當時香港局勢十分了解、關心。然而，整個訪問兩個半小時，由理大談到治校，李建文從未提及自己的政治立場，或他的政治理念。相反，他說得最多是「教育理念」：「(對大型社會運動)無經驗，我哋(校方)未試過，應該要考慮咩因素，面對類似情況，我哋持守信念應該係啲咩，應有咩原則，點去實踐我哋相信嘅價值」；「大時代，係好考驗學校領導人，你背後持守住咩信念」；「(教育的)使命承擔同信念的實踐」。

李校長因理大一役為港人所認識，但事前，他管理的中學只是邊緣學校，在葵涌山邊，名不經傳。學校內，不少是巴基斯坦裔學生、新移民、特殊需要學生。

李說，入理大的校長們，對理大事件抱持不同看法，而他自己只是剛巧可以用校長身份入理大的人，「到最後實有人問我黃定藍，但我唔會用顏色(界定自己)。校長day one開始都畀人覺得係好保守、好建制。我諗你係咩立場，唔係在於你把口講你顏色，而係你做，或唔做啲咩。」

威權時代做一個「權威」

反修例示威後，不少香港昔日的「權威」變成「威權」，令人口服心不服。一校之長有面臨挑戰嗎？「他們(年輕人) day one開始一見權威就反？似乎不是。如果你有權在手，但你的說話不能彰顯你代表的價值，才抗拒更大。例如，(有人說)『年青人係我哋重要的下一代』、『我們很愛你』。哇！你好愛年青人，但你咁做？(對年輕人來說)你呢個權威，呢個人，一文不值。」

「我真係有學生被捕，我係會去警署，有神父陪，一齊搵律師，保釋後我會同佢傾計，我會關心佢。」李建文說去年8月，曾和一個即將到海外升學的「勇武」學生傾談過：「我希望佢去臺灣前見佢、傾計，問點解(行得)咁前。他說『睇到好多嘢，個心好難受。我都好想話聲畀校長聽』，大家都傾到喊晒，最後我問一句：『校長可以為你做啲咩？』『我好想多啲老師同其他人知道，其實我哋呢一班年輕人點解會咁做，諗啲咩。』『好，我應承你。』」

於是李建文開始舉辦多場分享會，邀請教師聆聽，「勇武抗爭者」、「和理非」、救護人員、社工、記者、甚至警察、警察家屬，以至漠不關心的學生的分享。「大部份老師都無行到最前線⋯⋯我刻意製造一啲機會，聽咗你唔一定要buy，你更確信自己都得，但你連呢個機會都未有，教人就大件事。」

李校長甚至向警察分享。他在理大事件認識的警察談判組，及後邀請他向警察分享年青人想法。他說第一次去警察總部分享、第二次向300個防暴警察分享，「好想用呢個機會，否則當下無其他聲音畀佢哋聽到⋯⋯大家都要聽大家講，唔啱聽都聽下啦，當然有啲人(警察)都好衝動，但唔試過點知。」然而，其中一次分享被親政府平台「港人講地」，剪輯作政治宣傳，他之後要求對方刪除，但訪問前仍可在網上搜尋到。

校長做甚麼？

「從來以前(做教育)都唔覺得咁有使命感同責任感。」他感嘆道。

「但今時今日好唔同，當我見到成日有人批評教育界，有教師的教材畀『藍絲』話點點點，跟住教育局就警告你。我話具體每個case (個案)唔知⋯⋯你知唔知全香港有幾多萬個老師？每一日教緊幾十萬個學生。我當佢真係唔啱，都係個別事件，但你有無appreciate (欣賞)過？公道啲，百分之九十九老師係好專業，你有無咁諗過？如果唔係，會唔會有更加多學生上街抗議示威，我哋做咗好多嘢，默默地，先至少咗咁多學生做『違法行為』，但無人調轉咁諗？」

李建文受訪時說話不時停頓，思考清楚才說出口，惟談起教育界受壓令他意氣難平。作為校長，他說2019年時一見運動開始，已叫同事、社工識別目標學生群組，主動接觸，「有無得(向老師)報下平安？嗰時開始做定嘢。」

開學後數間中學聯合「拉人鏈」，學校老師視察，之後學生就回校上課。「每一日都唔知事態最新發展，好難plan (計劃)。學生、老師、甚至家長、校外人士(都有意見)，政府點畀指示？你會唔會受到抨擊？」

「我咁多年做教育或年青人工作，你的思維不能只是No、no、no、no、no，唔使你講佢都知一定唔畀。我要佢嘗試諗下可以做啲咩。」「我整咗個相片牆，畀大家表達。當然有啲(學生)思想比較偏激，佢覺得唔可以，但其他光譜的人，或老師佢覺得可以，就試下。佢哋交相，每一個月一張，透過張相表達。」李建文唯一要求是所有相片不能煽動仇恨，至2020年訪問時，相片牆仍在運作。相比之下，以記者所知不少中學校內嘗試建連儂牆，最終卻因各種爭執中止。「呢個咪係教育過程，我將事實呈現。」他說。

「係我哋係好辛苦，不過當學生或教育處於最困難嘅時候，就係我哋老師去彰顯我哋最大價值嘅時候。」

校長作為管理者，對內面對學生、老師，對外亦要應對家長及校董會。「(家長及校董會)多多少少會問多啲，學校做緊啲咩？仔女會發生咩事？無可厚非……家長對(我們)學校信任度係好高，佢唔係睇你講幾多，佢睇自己小朋友做或唔做啲咩。我啲小朋友唔會令佢哋(家長)好難受、太擔心，佢哋(家長)睇到小朋友，不會因為成為伍少梅學生而更擔心。」

「好大壓力㗎其實，我從來無call通識科、歷史科老師要小心，點點點。我淨係講，相信你自己專業。由始至終，都要用教育專業去教導學生，不偏不倚，繼續做，咁就得。有啲咩，係校長責任。」

校長做得夠嗎？

記者問，反修例運動其中一個精神是，參加者不斷反思自己還可以做更多？他自己又怎看？

他回應教育是看一代又一代，他的關注不止一時。他認識到一名來自傳統名校的「勇武」，「(他)成績好好，我就諗，就更加想提醒，仲有好多可能性。包括望遠啲，努力裝備自己，令社會更加好。」

「唔一定個個都好似羅冠聰同黃之鋒咁。當年六四，我中五，我考完歷史科就上街，讀大學就做學生會。其實只要你喺社會，有一套自己相信的價值，可能嗰粒種子幾十年前(種下)，或佔中時(種下)。點解各行各業有人義不容辭，煮飯、送水、寫文章。我想畀年輕人知道，裝備自己好緊要，有多個理由畀自己行落去……好多年輕人會喺呢場運動，自覺無希望。我就係話畀佢聽，你其實可以仲有希望。」

李校長自己呢？教育界眼前已是磨刀霍霍，他說隨緣，「我自己有無壓力？我由day one開始，我的習慣同性格都會關心社會，不過唔係好前嗰隻……我從來無planning，往後日子都係因緣際會。我唔會自己特別話，我嗰種使命感一定要行到好前，要利用校長身份做啲咩。呢個主動身份我就無。」

「天主教叫『臨在』，即係聆聽同陪伴。」溫和慎密，沒有激昂言辭，但在一個處處崩壞的年代，你知道李校長在自己崗位，就像他入理大之前，「(警察)唔畀入，我哋咪企喺門口。我要畀學生知，我哋喺度，我係ready。」

反修例運動中的專業人士：角色、角度和限制

馬嶽

在傳統的民主化理論如現代化理論(modernization theory)中，一直假設中產階級可以在民主化過程中扮演重要角色。理論假設現代化帶來工商業的發展，人民的教育程度和公民意識提升，會產生大量的中產階級。中產階級由於有較多金錢、餘暇、知識和其他資源，有較佳的政治參與本錢和動力，會要求與統治階層分享權力而爭取民主，因而帶來民主化的動力。這一向是民主化理論中的主流論述和假設。

另一方面，無論在理論文獻和各國的實證研究中，以「專業群體」(professionals)作為一概念類別來分析其在民主運動、政治運動或社會運動中的角色的研究卻不多。不同的專業人士組織可能在特定的社會運動，例如推動基層醫療，扮演主要角色，或在某些第三世界國家的政治運動中擔當支援角色，但有關專業人士在各種政治運動中的研究始終不多。社會運動研究往往將社會運動組織(social movement organizations)和專業組織(professional bodies)區分開來，原因是假設社會運動往往是情感主導、隨機性及偶發性強、往往不一定由正式的組織架構發動帶領，而專業組織則往往強調科學精神、程序理性、依冷冰冰的專業守則和架構來辦事，和社會運動的邏輯有根本距離[1]，而專業組織亦因此會和社會運動和政治運動保持距離。

1　Zald, McCarthy. 2008. "Epilogue: Social movements and political sociology in the analysis of organizations and markets." *Administrative Science Quarterly* 53, 3: 568–574.

專業團體的特性是以清楚的守則來規範專業行為，強調科學理性，而不讓個人的政治或其他價值影響或主導專業行為。不少專業組織因而往往強調其非政治性非黨派(non-partisan)的原則，西方的專業組織因而很少會以組織名義參與政治或社會運動。香港的專業組織大致跟隨英國的傳統和制度而成立，因而這種組織義理往往成為專業人士或組織參與運動的限制因素。2019年的反修例運動中亦反映，專業人士的守則和專業精神往往是他們考慮如何介入運動的重要考慮和約制，專業人士的訓練和看事物的角度模塑了他們的行動選擇，但專業身份亦帶來一定的限制。

香港的具體環境

在香港的民主運動中，專業人士和中產階級一直扮演相當重要的角色。八十年代的民主運動的前身是七十年代的學生運動和社會運動。七十年代初期，土生土長的香港大學生由於對香港有較強的歸屬感，而成長過程中覺得香港社會充滿不公義，不少透過學生組織的社會行動表達政治理念和推動社會改革，令七十年代成為學運高峰期。七十年代初期的學生和社會運動民族主義色彩較重(例如保衛釣魚台運動、中文運動等)，至七十年代中期運動開始指向香港的社會改革(例如反貪污捉葛柏、金禧事件、爭取九年免費教育等)，以各種社會行動向政府施壓，要求改變政府政策改善民生。不少學運份子在大學畢業後晉身專業人士階層，部份組織壓力團體推動社會改革。

在香港七十年代的社會運動中，專業人士和新興的中產階級可以說是重要推動者。社會工作者在基層推動的居民運動，以改善居住環境及生活質素，是社區組織和基層政治參與的重要開端，亦令社工在其後的居民組織和八十年代開始的區議會選舉中佔相當重要的啟蒙地位[2]。七十年代的壓力團體運動，關注不同政策範圍例如教育、房屋、社會福利等，專業人士例如教師、社工、律師等都是中堅推動力量。當年的「白領工會」運動推動了獨立工會的成立，其中司徒華領導教師在1973年罷工爭取合理待遇，繼而成立香港教育專業人員協會(簡稱教協)，一直是香港民主運動的中流砥柱組織力量。[3] 到今天，教協仍是香港最大的單一工會，會員人數接近十萬，教協的會所和職員資源，自八十年代始一直是支援民主運動的重要組織資源。

香港自八十年代開始的民主運動，領導者主要是一群服務專業人士(service professionals) 如律師、教師、社工等[4]。這引起了張炳良等討論及憧憬「新中產階級」可以在香港的民主化進程及九七後「港人治港」中，發揮重要的政治影響力[5]。雖然如此，各民主派專業人士卻很大程度以個人身份參與運動和政治，專業人士的工會例如教協或社工總工會有時扮演重要的支援角色，但專業界別的團體例如大律師公會、工程師學會或醫學會等，在歷年的政改爭論中，通常保持較中立的角色。

香港的專業人士在整個政府/社會關係(state-society relationship)中有某種特殊的地位。自中英聯合聲明簽署以來，中國政府為了維繫港人人心，力保過渡期及其後繁榮穩定，策略之一是籠絡統戰工商界和專業人士，令他們對政治過渡有信心，及確保他們的利益不會因主權轉換而被忽視。自八十年代中國政府委任的基本法草委和諮委，九十年代的各種統戰組織(例如港事

---

2 見呂大樂，龔啟聖(1985)《城市縱橫；香港居民運動及城市政治研究》。香港：廣角鏡；馬嶽(2012)《八十年代民主運動口述歷史》。香港：城市大學出版社。

3 有關教協的成立與香港社會運動的關係，可見陸鴻基(2016)《坐看雲起時：一本香港人的教協史》。香港：城市大學出版社。

4 So, Alvin and Kwitko, Ludmilla. 1990. "The New Middle Class and the Democracy Movement in Hong Kong." *Journal of Contemporary Asia* 20, 3: 384–398.

5 張炳良(1998)〈新中產階級的冒起與政治影響〉，載於呂大樂、黃偉邦編，《階級分析與香港》。香港：青文，頁56–74。

顧問、預委會和籌委會等)、基本法內設計的政治制度等，都確保了不同的專業界別有相當的代表在內[6]。到了2017年，選出特首的1200人選舉委員會有360席來自專業界別(佔30%)，而立法會70席則有九席由專業人士選舉產生，佔總人數13%。

特區的政治制度因而賦予了專業人士某些特殊的優越地位。功能組別選舉給予九個不同分類的專業以一人一票選舉其代表，於是律師、教師、社工、醫生、會計師、工程師、建築測量等專業、資訊科技專業人士、護士和其他輔助醫療專業，變相都成了特權階級，比起普通只有直選的一票的選民多了功能組別一票。[7] 各專業於是可以有其代表在立法會內和選委會內接觸特首和高層官員，爭取政策優惠和對業界的補貼[8]。這制度本來應該可以令專業人士支持功能組別這一不民主的選舉制度。但三十多年實踐起來，不少功能界別成為民主派的「重鎮」(包括法律界、教育界、社工界等)，多年來一直穩定選出民主派的候選人，反映不少專業人士的主流支持民主價值。

香港的專業人士雖然說不上一定養尊處優，但獲認可資格者往往大致生活安穩晉身中產階級。香港的社會文化重視教育，自六十年代以來不少人視努力讀書，考進大學晉身專業階層為基層向上社會流動的主要途徑。這起碼有兩個社會效應：第一是專業人士在不少人眼中有較崇高地位，覺得他們是憑自己本事努力得到其社會地位的，符合香港人一直相信的「獅子山下精神」。第二是不少專業人士都會覺得其專業身份得來不易，在自覺其專業

6 Ma, Ngok. 2007. *Political Development in Hong Kong: State, Political Society and Civil Society*. Hong Kong: Hong Kong University Press.

7 在2012年後，由於引入了「超級區議會」制度，理論上所有選民都可以有兩票，但由於功能組別選民可以用較少的選票選出一名立法會議員，故仍是享有某種選舉上的特權。

8 Ma, Ngok. 2016. “"The Making of a Corporatist State in Hong Kong: The Road to Sectoral Intervention." *Journal of Contemporary Asia* 46, 2: 247–266.

身份之餘，犯法或違反專業守則可能令其喪失專業資格，對其參與抗爭有一定的心理壓力。

在不同專業界別中，近年的趨勢是隨着社會愈趨政治化，年輕專業人士關心政治的比例上升，而令各專業中支持民主的力量逐漸成為主流，其中兩個標尺，是2016年的立法會選舉的功能界別中，九個專業界別的席位除了工程界外，全部由民主派候選人取得，以及2016年的特首選委會界別分組選舉中，民主派候選人差不多全面高票當選。帶來這改變的第一項因素是世代：由於教育普及而每年畢業及拿得專業資格的人增加，年青的專業人士在行業中所佔的比例愈來愈高，而他們通常較傾向自由民主價值。第二項原因是在現行的專業環境中，向上流動比前困難，親建制的界別領袖往往宣揚應與政府(包括中國政府)保持良好關係，有利獲得更多生意和工作機會，但不少年青專業人士不覺得他們可以分沾這些「界別利益」，相關號召對他們來說沒有很強的吸引力[9]。

專業人士參與政治和社會運動，並不是沒有限制的。首先是如上所言，專業守則通常要求各專業抱持中立客觀的原則，有其相關規限，因而往往在介入時也自覺不應站在任何一方(例如社工角色應該是「調停」，而不是支持運動，跟隨群眾喊口號)，只能強調以專業人士的身份介入。上述的研究反映雖然專業人士近年的政治關注和參與增加，但仍然會選擇相對低風險低成本的參與渠道，未致全情投入，主要還是會顧慮自己的專業生涯[10]。我們的訪談亦反映對不同的專業人士而言，專業的身份當然是重要的制度地位和資本(institutional position and resource)，但也同時對參與做成相關的限制。

---

9 Ma, Ngok. 2020. "The Plebeian Moment and its Traces: Post-Umbrella Movement Professional Groups in Hong Kong." In Thomas Gold and Sebastian Veg eds. *Sunflowers and Umbrellas: Social Movements, Expressive Practices and Political Culture in Taiwan and Hong Kong.* Berkeley: Institute of East Asian Studies. Pp.228–252.

10 同上。

專業的特殊角色

本章的三個被訪者(陳虹秀、李建文、馬仲儀)有其共通點：他們從大學求學時代開始，其實都不是積極參與社會運動的人，畢業後至當上專業人士一直都沒有怎麼參與業界組織，或作政治參與站上前台。他們都是九十年代讀大學的，到了九七後晉身專業階層，2003年七一遊行也沒有對他們有很深遠的政治影響。例如馬仲儀説她2003年七一當天是照樣在醫院上班的，之後才看到新聞知道有五十萬人上街。她一直覺得社運是「屬於嗰班人」的，不覺得醫生要參與。

2014年的雨傘運動無疑對不少人帶來政治覺醒，覺得要多點為社會做點事。醫生一直在政治層面參與不多，業界政治化的觸發點之一是佔中期間有兩百多名醫生聯署指「佔中有如毒瘤」，引來不少醫生聯署反擊，成為部份支持民主的醫生開始聯繫的基礎。李建文校長説他一直沒有甚麼計劃(planning)在運動中要做些甚麼，一直都是在學校範圍內嘗試處理學生如何回應運動的狀況，由於所有人都沒有相關經驗，對學校和校長老師來説，本來已經是很頭痛的事。在理工大學受圍困當日，有社工通知他有學生困在理大內，他於是嘗試聯絡其他同樣有學生在理大內的校長，因緣際會的變成帶隊進入校園營救學生的校長。陳虹秀更是由於帶了擴音器到6.12的現場，發覺「嗌咪」可以令一些警察平靜點，才開始跟一群社工討論可以在示威中扮演甚麼角色，繼而成立了「陣地社工」，嘗試在前線扮演調停的角色。這其實是整個反送中運動的寫照：不少變成前台人物的人，都只是在風高浪急之際挺身而出的凡人而已。

馬仲儀在2016年第一次參選公共醫療醫生協會理事(並出任財政)，出發點其實也只是覺得業界多了「偏藍」的人，然後到了當年年底參選選委，開啟了政治參與的路徑。2018年協會會長退下來，副會長想轉私人執業，她眼見某些醫學界選委經常進出中聯辦，熱衷到內地賺大錢，然後主張放寬來港執業的醫生資格，覺得需要守護專業，於是「頂硬上」當上了會長，「一定要搵個某種顏色的人頂住個位」，但她出發點的關注層面本來主要是醫生專業，多於要介入全港的政治運動。到了2019年的反修例運動，醫護人員主動抗議警察暴力，她才成為前台人物。

不同的專業人士其實都頗為自覺自己有獨特的地位，因而可以透過自己的制度位置做多點事情，也相當自覺要用自己的專業身份作介入，並且努力保持這種制度賦予的位置。其中李建文校長説得最貼切：他在運動期間主要是處理自己學校的情況，剛好理大圍城當日他因為有學生被困，才可以聯同其他校長進入理大。「其實好多人都想入去，不過佢哋無身份。」「自己有身份就可以做多一點，同不同的團體傾。」馬仲儀在運動期間經常以公共醫療醫生協會會長的身份發聲，但她較少到抗爭現場，選擇在教堂內提供急救服務(中大被圍困當日例外)，主要是覺得以自己的會長身份，如果在示威現場被捕，對協會和整個運動都會有很大影響。陳虹秀可能是最多出現在衝突現場的專業人士了，但她非常自覺在現場的角色只是調停，目的是減少衝突傷亡，而不是支持運動，因而不可以喊口號，甚至刻意不戴防具，令警察可以認出她是社工而不是示威者。她一直認為由於警察和社工在工作上經常有合作，不少警察對社工的態度有點不同，因而可以在衝突現場發揮特殊的作用。

專業的角度

各受訪的專業人士訓練各有不同，看運動看事物的角度各受到其相關訓練的影響。專業訓練的分析角度、價值觀和經驗，模塑着不同人如何選擇在運動中的角色和行為。李建文校長投身教育界前當過外展社工，經常接觸「夜青」，可能因此對年輕人的角度和其他校長會有點不同，擅於和年青學生對話。馬仲儀醫生說不少公院醫生往往高高在上，但她有過「落區」在基層區當家庭醫生的經驗，明白不少基層醫療問題和社會民生問題息息相關，比普通醫生多了聆聽一般人的痛苦的技巧。陳虹秀當社工有不少處理家庭暴力案件的經驗，往往會面對情緒失控的家長，於是會思考如何在衝突現場用言語疏解，令局面緩和下來。

當社工的陳虹秀在前線見盡各種暴力衝突，但對不同的人(包括警察)卻具同理心的作分析，可說是相當善意的去理解警察的處境。她從自己處理家庭暴力的經驗出發，覺得不少前線警察就像失控的家長，某些言語可能更影響他們的情緒(例如叫他們「冷靜」可能適得其反)。陳虹秀可以說出不止一次經驗，她在前線的言詞有助緩和警察的情緒，有些警察會叫她「黑社工」，也有些對社工印象較好，覺得社工和「政棍」不同，其實是想找社工「傾訴」，希望社工同情警察的處境。她強調不是全部警察都是暴力失控，有些比較理性，有些在現場還會幫她，由於平常工作上警察往往和社工有合作機會，不少警察對社工的態度會好一點，最重要是社工在現場可以用其專業經驗作觀察及評估，用準確語言來令場面降溫。

在中大二號橋之役，前中大校長沈祖堯帶了不少香港的名醫到中大救援，給人的感覺是香港很多名醫都在保護學生。從醫生的專業角度看，從某些現場直播中看到警察對示威者使用的武力，醫生即時會知道這會對人體做成甚麼傷害。8月11日，一名救護員被布袋彈打盲眼，其後部份被捕者被送往新屋嶺後被發現有嚴重傷勢，引發醫護界在不同醫院發起公開集會譴責警暴，公共醫療醫生協會也不止一次發聲明譴責警暴。

其實自6.12起，醫護人員在醫院和急症室已經會和警察有磨擦衝突。醫生會質疑警察為甚麼會跑進急症室甚至產房找人，在醫院內「衝來衝去」甚至罵醫生護士，以至阻止醫生通知受傷者家屬，視之為「通風報信」等。警察的暴力帶來的傷害，相對於醫生和護士救護生命的「初心」和專業倫理，有着根本價值上的衝突，是在這次運動中醫護界走得很前的主要原因。

教育界在運動期間和其後都是風眼，很多人着眼於年青中學生走上前線，覺得老師有其責任，以及有教師因被捕而可能喪失教師資格。校長和老師都處於微妙的地位，面對學生要表達意見、罷課、組「人鏈」、甚至出外「發夢」，教育工作者不論自己的立場如何，要處理年青學生的情緒和安全、面對來自各方面的批評以至來自政府的壓力、也要讓學生覺得前景有希望，不能只是用禁制的方法不讓其表達。李建文校長在訪問中由始至終大多是在談教育理念，而不是政治信念或參與。對他來說，大時代就是考驗人持守甚麼信念，教育重視的就是使命的承擔和信念的實踐。做教育工作，不能只對年青人說「No，No，No」，要嘗試想想可以讓年青人做些甚麼，聆聽年青人的心聲，以及為年青人提供希望。這令他非常強調溝通和聆聽，以及要讓年青人覺得他們會聆聽和陪伴——李校長說的「臨在」。

專業的限制

專業人士和組織介入運動，其實是面對不少限制的。首先當然是專業守則和組織設定的客觀中立非政治化原則，於是專業人士和組織(像公共醫療醫生協會)的發聲和介入範圍都往往囿于其專業守則，不能明言政治立場或支持運動，而只能在與專業有關的範圍內發言(例如抗議警暴)。像前述陳虹秀所說的，社工在現場不可以變成支持運動的角色，否則便有違社工的專業操守。馬仲儀更形容醫生身份「滿身枷鎖」，很多人覺得醫生不應該講政治，覺得有立場就是「專業失德」，而在運動爆發後，醫生收到很多與政治有關的投訴，醫生也變得要小心自己在社交媒體的言論。

專業人士固然有其受社會尊崇的地位，因而可以用其特殊身份介入運動，但這在某程度上是因為專業身份的某種權威。吊詭的説，這種權威部份來自「客觀」、「中立」、「科學」、「理性」的形象和標籤，因而專業人士一旦有清楚的政治立場，反而可能影響其「權威性」。在這批判鬥爭的世界裏，各種權威都可以被挑戰，可以變成高高在上「離地」的象徵。在2019年的運動中，專業人士獲得的支持，某部份是他們「入世」的運用其專業身份來介入運動，令支持運動的公眾覺得他們會用專業知識捍衛香港。

李建文校長認為如果居上位有權力的人做的事説的話，不能彰顯其位置代表的價值觀，很容易被人鄙視。例如不少人口頭説關心年青人，但行為上表現不出來。他接觸的不少「前線」年輕人並不一定要求老師和長輩和他們有相同的看法，而只是希望被聆聽。李建文校長因此很重視溝通與聆聽。他曾經組織多場分享會，讓不同學校的教師可以從救護員、社工、記者、學生身上多了解整場運動，以了解不同人的想法。他甚至曾經到警察總部和防暴警察分享，目的只是讓不同的人聽到不同的聲音。

結論

我們在訪問過程中，發覺三位專業人士被訪者的共通點：三人年紀相距不太遠，三人都是教徒，一直沒有很多政治參與的經歷，卻都流露出一種對其工作及專業的熱忱。應該也是這種熱忱，推動他們在反修例運動中多走一步。

三人的共通點反映了某種共通軌跡：若干年來，很多香港人在主流教育體系中，覺得讀好書找一個專業位置貢獻社會，能照顧自己的家庭生活，便已經心安理得了，政治本來不是他們那杯茶。但近十年來，香港各層面的倒退，迫使更多專業人士走出自己的舒適區，多走一步作更多的政治參與。2014年的雨傘運動是第一個轉捩點，2019年的反抗運動無疑是更根本的改變了更多人的想法。在「兄弟爬山，各自努力」的義理下，2019年的運動對不少專業群體都帶來了一個很大的參與上的突破，對不同層面的人都有新的啟發，例如醫護人員的高調發聲和組織行動，間接導向新工會的成立，影響了下一階段的民間運動。

專業人士的身份和地位，既給予了他們特殊的地位和影響力，也帶來了限制。這些專業人士都很自覺的要以專業人士的身份作介入，要守護自己的專業精神和原則，也其實是在意不希望讓自己的政治參與會給人把柄，影響到自己的專業資格和身份。在他們來說，守護專業的精神和制度原則，就是守護香港的重要戰線，而各專業的運作精神原則，其實也是歷年來香港賴以成功的主要配件。在制度失信，香港人普遍對政府信守程序公義和制度理性已經沒有信心之際，專業界別變成了一座座的「大山」，專業人士的抗爭，也就變成香港整體的抗爭了。

第六章

「守護者」

和大部份現代社會一樣，香港過去二十年來備受世代衝突影響。隨着愈益擴大的跨世代財富不平等，年青一代上向流動的機會明顯比早輩(尤其是俗稱戰後嬰兒)少，世代間的衝突也日趨白熱化。「廢青」和「廢老」等名詞的出現反映了世代間對彼此的不滿。一方面，年紀較長的人批評年青人不如他們年輕時那樣吃苦節儉，才未能在事業上向上游及未能置業。另一方面，年青一輩討厭長輩說教，也埋怨長輩無視社會環境的轉變，例如職場上向上流動機會的減少及樓價歷年的大幅攀升。世代間的衝突也突顯在2019年的反修例運動中：支持政府及反對運動(或被標籤為藍絲)的市民中以年長者佔多，而參與或支持運動(或自稱為黃絲)的市民以三十多歲或以下的年輕人佔多數。然而，現實中總有例外。在運動之初已有中老年人以媽媽、爸爸、家長、及銀髮的身份參與，並以保護及照顧運動中的青年人為己任。在這一章，海生細述義載車隊的「台姐」、「守護孩子」發起人陳凱興，以及一位「社運家長」如何運用他們的人生經驗、社交網絡及經濟資源，或在後方支援青年運動者，或走上示威最前線。蔡玉萍的分析文章則嘗試去理解及分析這些年長的「照顧者」，如何在運動中跨越世代的鴻溝，和年輕運動參與者建立一個跨世代的「反抗共同體」。

拯救大行動：義載車隊的台姐

海生

在反修例運動的大小衝突現場，從核心戰區走到邊緣窄巷，總見到不少車輛圍駐，而車內車外則繞着一些焦急的人，一邊環顧張看，一邊盯着手提電話，等待心念之人。有時車輛四散盤據，有時卻眾集成綿延數里的車龍。這些義載車，被稱為「校巴」或「家長車」，在各種示威和衝突現場負責接載被困現場的年輕人，把他們從槍林彈雨中送回安全地帶。

義載行動並不只靠偶然或運數，背後卻需要精準緊密的行動和組織。反修例運動雖然沒有大台，但民眾的自發行動，卻由一個個小平台組成，個人在其中運用自己的資源和才能，使運動有機地擴展。在車隊接載行動中，方素好(化名)的崗位是「台姐」──負責協調各方群組、調配物資、準確傳遞資訊和指令，從而在烽火連天的衝突現場下，讓每個年輕人都能安然回家。

一切從「助養兒童」開始

方素好記得，在6.12衝突後，一次示威結束，她看到朋友在Facebook寫到，在深夜回家途中看到不少少年沒錢乘坐通宵巴回家，就這樣蜷縮在街上等待天光再乘車折返。她讀着震撼，頓感不能坐視不理，於是就在Facebook留了一個限時帖文，提議有興趣的好友可湊錢「助養兒童」。帖文一出，朋友間反應熱烈，不到兩小時下來就眾集了一群「善長」，最後更湊合了約十萬元。

集資過程中，方素好非常小心，只會接受熟人的款項；而基於安全和私隱理由，她也無法跟贈款者逐一交待每項支出，只能概括解釋用在哪處，然而眾人都「講個信字」不會多問。除了金錢，她們的自發行動也慢慢的聚眾成組，當中有她所認識的人，而這些人又會連繫他們的熟人，組成更大的，卻又極具靈活性的群組。在得到資源和人力的基礎上，她們便開展了各種行動，包括在早期購買八達通、飯券，以及後期組成義載車隊接載年輕人。

方素好形容，整件事都是自然生成，有機發展。她雖然沒有車，但加入群組後，因着個人的強項和資源，她很快找到自己的位置，擔當協調各方人馬的「台姐」。她連繫了各個大小群組，包括支援年輕人的神職人員、義載的車手，以及為仔女打點張羅的「社運家長」等，每個群組都各有功用，而身為台姐的她便負責配對資源，對接人力和傳遞資訊。久而久之，遂慢慢發展出一種「拯救行動」的模式，在大小衝突現場中發揮作用。

拯救大行動

自從當了台姐後，方素好必須在任何時候都確保所在地的網絡連線暢通無阻；一旦她斷了線，必定影響了爭分奪秒的接載行動，「我會很緊張那個地方接不接到電話，因為有很多人會找我接應。這個過程其實非常緊張，到底車子過不過到去呢？在這個緊張關頭裏，如果能成功接載他們就會覺得好安心。」

方素好形容，每次行動都是一場「大拯救」。在行動之前，她都會在Facebook以暗語發佈限時帖文，以聚集人手和物資，帖文在兩個小時內便會刪除。隨後，她會透過Whatsapp或Telegram組成不同的行動小組，並定時清除對話記錄。她連繫的車隊群組有十多二十個車手，另一些則是直接支援年輕人的群組。需要義載的時候，這些群組會呼喚方素好「落call」，而她就會把來自四方八面的呼求配對予不同車手。她會先確定位置，查問車隊有沒有人在附近，確認後就交換聯絡資訊以讓年輕人和車手直接聯繫。除了在線接應，他們也設有攻略房，有專人查看地圖並留意所有直播頻道，為車手尋找安全路線，提醒他們哪裏封路、塞車，或有警察駐守。有時原定路線不通，他們便要立即調整位置；而等車的年輕人也有防備，生怕上錯車；因此一日未上車，他們也不敢直接對話。每次接載均是緊急關頭，眾人情緒極為緊繃，「但一上了車，就立即安樂晒！」

大小的接載行動中不無驚險。最難忘的一次，在2019年10月4日蒙面法生效當日。那天她從外地回港，卻遇上港鐵停駛。當時她雖有一隊車隊，但因為車手全都出動接載年輕人，令她舉目無助地被困機鐵站。即使如此，她還是坐在街邊接call應call，協調迎救行動。

另一次在2019年9月1日，被稱為「港版鄧寇克」的佔領機場行動中，方素妤的車隊也有參與營救。那時，她的車隊當中只有兩、三架車能夠接近機場，她和其中一兩位車手駛到青衣，但因為路面過於擠塞，便決定留在原地隨機應變，並在附近預訂了酒店房間以作支援之用。就在兩個車手下車到周邊考察時，她身邊的人群開始起哄，有人喊說防暴警正朝她們的方向逼進，人們如鳥獸四散走難，她和同伴大驚失色，因為車手不在場，故此無法開車撤退。倉皇之下，她的同伴竟然上Youtube想要臨急學習駕駛棍波車，她大驚阻止：「他這樣比防暴上來更危險呀！」可幸最後車手趕至，立即載她們離開現場。那天，她的電話訊息似雪片紛至。她們的車隊在機場沿途、草叢、山邊，接應了十來個年輕人，最後一行十多二十人轉往附近吃晚飯，最後車手們再載送各人回家。

另一驚險行動則是理大一役。方素妤和車隊需要不斷尋找逃生路線，這一刻發現逃生方法正要發送出去，怎料下一刻路線已曝光，她們便要立即更新訊息。當時不少人以遊繩方式逃出理大，在電單車接應後再由大巴接載到安全地方。在車上，各人都餘驚未定，拿着樽裝水的手還震個不停；待心神稍定，各人才懂得哭泣。翌日，她們的群組便安排年輕人到診所診治。

方素好的群組並不只參與直接拯救行動，也會持續支援年輕人。在出生入死過後，不少人出現創傷後遺症或各種情緒病，甚至有自殺傾向，她們的群組中有神職人員、輔導員、社工和臨床心理學家，可以為情緒受困的少年提供輔導和治療，而方素好也會幫忙籌集資源作生活資助或法律費用的援助，亦會幫助失業或失學的年輕人尋找工作機會。從營救「前線手足」，到照顧「寶寶」、「仔女」，她都是擔當協調和配對資源的角色；憑藉她在不同社區組織的經驗和人脈，要處理這些任務可說是駕輕就熟。

和理非的蛻變

社福界出身的方素好，在反修例運動之前已一直積極參與公民社會和社區行動，其中一項是組織參加者向社區內的弱勢人士，例如無家者、清潔工、長者、低收入人士派發物資。每次行動後，組織者都會跟參加者討論導致弱勢群體受苦的結構原因，包括政府政策失當、資源錯配，甚至是警隊濫權等問題。高峰時期，每次行動的參加者可達三百位。在這些社區參與中，方素好認識了志同道合的人，在運用和配對資源方面愈益純熟，令她慢慢擅長組織工作。直至反修例運動爆發，她才發現當日跟她深耕社區的人，大部分都有投身運動，而且也像她一樣比以往走得更前，「那時候只是去派米，怎會想到現在接受到自己去派豬嘴？就是我自己也覺得意想不到。」

方素好形容，自己一直是「和理非」。1989年六四事件，還是學生的她參加了區內遊行，可說是民主啟蒙；2003年7月1日反

23條大遊行、2009至10年反高鐵守護菜園村、2012年反國教，及至2014年雨傘運動，她均有參與，一直踐行和理非路線。至2016年旺角魚蛋事件，她開始產生動搖：「看到魚蛋有很多警暴，當時我就開始轉變。我接受勇武是因為這是逼出來的，我絕對覺得自己是天生和理非。」

不敢當前線勇武，她就充當支援角色，但忍無可忍的時候，她也敢於跟警察爭論。一次示威行動後，警察闖入她所居住的小區裏抓捕年輕人，她聞訊下樓，甫出門便被警察喝罵「死甲由」，她火上心頭，立即跟警察展開罵戰，及後區議員到來，紛爭始平息，「我覺得我的轉變跟警暴有關，事情愈來愈離譜。你過份我都忍你，但你不要太過份！你越小小權，fine！我忍你！但現在是離晒大譜！」

曾幾何時，方素好也曾經覺得自己是中國人。她父親有着深厚的大中華情意結，在耳濡目染下，她也曾認同自己的中國人身份。然而，方素好的祖父卻是文革時代逃港的一份子。她的祖家在大陸本是富戶，祖父是知識份子，是地主和生意人，更是村長。文革時，她的親戚被批鬥暴打，她全家被逼遷居香港，自此家道中落。她祖父母從不敢多談政治，只囑她不要對抗政權，而她父親卻非常愛國，對毛澤東幾近尊崇。她在香港接受教育，經歷六四事件，其後再了解到近代中國的社會和政治問題，對中國的態度慢慢轉變；而近十年的社會運動，令她愈益認同自己的香港人身份。時至今日，她只會稱自己為香港人。

在國安法通過後，香港急速易容，方素好不是沒有想過要移民，但念頭只是一瞬即逝，「有時會覺得，喂，是不是這樣就放低？你看，又有人被判監，你寫信也好吧！籌錢也可以籌吧？我有時會想，是不是覺得自己鬧完政府就繼續工作然後多賺錢準備移民呢？你是不是這般不負責任呢？但我留在這裏又有甚麼責任呢？我也不知道可以做到甚麼。」思前想後，她總覺得不能拋棄這些身陷囹圄的年輕人，「是道義上的責任，他們都是在道義上為了香港。其實我們也是靠這一條無形的線將大家牽繫在一起。」

對於未來，她是悲觀的，「但悲觀中依然會積極地走下去。」

締造和平的中老年人：守護孩子行動

海生

前線的意象，不論是抗爭者，抑或是警方，總是年輕、燥動而狂烈。燃白的火光與激烈的肢體扭撞，容不下半點緩懸與喘息。然而，在反修例運動的前線上，總得見一個個黃色的身影——他們是守護孩子行動(守孩)的隊員。他們當中多是中老年者，在前線操持可説是螳臂擋車，以身犯險；但他們依然守在危境，希望在衝突中築起暫安的瞬間，減少傷害。

守孩發起人之一陳凱興提到一句口號：「寧可徒勞無功，也不無慟於衷。你在前線能夠講得一句就是一句，一方面對警方，另一方面對年輕人。你很難做到甚麼，只能作人道支援，讓他們知道你可以跟他們走一段路，而他們並不孤單。」

緣起

陳凱興是北區好鄰舍地區教會的傳道人，好鄰舍一直關心基層議題，包括無家者、基層街坊和社區保育等。反修例運動之初，教會已積極參與大小行動，直到七一佔領立法會後，年輕人當中出現自殺潮。陳凱興與陳伯和一些同路人在7月3日發起絕食，希望以自身的受苦進程來緩衝年輕人的絕望情緒。及至7月14日沙田衝突，守在金鐘的陳凱興與陳伯決定投袂而起，一行五人前往新城市廣場，在警察與抗爭者之間牽成人鏈，勸喻警方讓年輕人離去。這次行動，正是守護孩子的前身。

自7.18銀髮族遊行後，陳凱興開始招募更多志同道合的志願者。陳伯的示範吸引了許多長者投身運動，包括社工、神職人員、專業人士等。發展下來，在守孩的志願者當中，長者佔三分一，三十至五十歲比例多於一半。年齡不同，但初心如一：不忍年輕人被打，自覺必須保護他們，為運動盡一分力。

「老人家的形象很重要，你可以想像，這些年輕人當中有部份人跟家人的關係破裂了，爸爸媽媽或者老一輩，並不是一個可以溝通的對象，但在前線可以見到這班人，雖然不是最理想，但卻也填補了那個位置。」

長者上前線

「警方老是批判我們，說我們帶老人家去送死，但我會說，你的說法侮辱了這些老人家，認為他們沒有個人思考。我們很尊重每個人的想法，亦不覺得只有某一種形式的presentation才是對的。」陳凱興說。畢竟，守孩的前身，就是由長者自發先行。

守護孩子的首次行動在8.31上環開展，全體逾兩百人分為三十六隊，每隊七人，由小組組長帶領。組長一般是神職人員，也有醫護和社工，領着長者出隊，而陳凱興則負責在後台調動隊伍；各隊伍自守自撤，散聚靈活。他們參考了東歐的抗爭經驗，成員們帶着花、繫一條綠布帶，以展示其締造和平的理念。

自此，守孩每星期都會出動。每次行動，陳凱興都要作前期準備，包括預備物資，叮囑參加者自備「三寶」——頭盔、豬咀、眼罩，以及由守孩分發的黃背心；另外，他與義工還要編好分組名單，組織物資，再與參加者約定集合時間和地點。行動當天，組長們會分隊簡報，向參加者講解現場情況，並提醒他們各種注意事項，祈禱後便即出發，每次行動歷時十至十四小時。行動中，守孩成員主要進行人道支援。在兩方對峙時，他們就會置身其中，動之以情說之以理，呼籲雙方克制，也勸喻警方讓抗爭者和平散去；此外也會為抗爭者提供食物，或進行簡單急救。

發展下來，他們在行動時更設置指揮中心，由八至十人輪更觀察Telegram頻道和各台直播。在前線的成員必須與組長連繫，而組長再透過網絡或通訊器材，向指揮中心匯報隊伍的位置，以便提供各種支援。

由於人數持續增加，新加入成員必須參與一次簡介會，不單要接受談判訓練，學習與警方和抗爭者溝通的技巧，還要學習在前線走位，知道各種行動原則。例如，在抗爭現場，守孩成員的角色是人道支援，因此並不能高喊口號或進行抗爭，以確保成員在履行職責時不會誤墮法網。運動中後期，衝突愈益激烈，他們的組識訓練愈發加強。到運動後期，因為人數太多，公開招募停止，只在內部組群分享培訓訊息，一切活動直到限聚令生效後才暫止。

每月兩、三次的聚會，一般有七、八十人出席。這些聚會，不單是經驗的鞏固和培訓，更為成員提供了關顧分憂的機會。守孩的工作不無危險，單是理工一役，便有六十位守孩成員被捕。不少成員都擔心法律風險，陳凱興明白，要抒解這些掙扎糾結，必須透過圍聚分享，彼此扶持。他形容，守孩的模式類近教會，「因為聖經好強調群體，在那裏就是體現群體的彼此扶持。有些守孩成員，他們在家裏無法抒述壓力，因為丈夫或家公是藍絲。」

守孩的成員有時不無感觸，感嘆自己在前線作用不多，「但他們覺得自己能夠盡一分力，已經很開心。這些行動也有益於他們的心理健康，否則他們看直播會看到失眠。此外，他們有了崗位和身份，便能有所貢獻，認識隊員，也可以彼此支援。」

守護即同行

在持續一年的大小行動中，陳凱興明白到，在愈益激烈的衝突下，守孩的工作和作用漸趨有限。然而，守孩的行動意義，在於能與年輕人同行共苦。

曾有一對父子，兒子是勇武抗爭者，父親為此加入守孩，希望能守護兒子。在理大一役，父子無獨有偶地都同場，最後爸爸護送着兒子乘坐救護車離去。父子關係本來並不親密，但自運動後卻建立了緊密連繫，因為兒子覺得父親跟他一同上前線。

有一位阿姨隊員，最初看到警察圍捕，用警棍捧打一名女子，她就立時衝出去把女生抱住，大聲質問警員：「幹嘛打我女兒！」這位阿姨的腳也因此受傷，某些部位至今仍然失去知覺。然而，她卻從不後悔，認為是理所當然之舉，保護年輕人也是天性使然，深信下一代不應該受苦。也有些阿姨隊員試過在警察想要棍打年輕人的時候，徒手捉住警棍，更吐出一記喝罵：「你不可以打年輕人！」陳凱興事後曾勸喻阿姨，下次不要再有肢體舉動，因為警方可以控告她襲警，但阿姨卻說：「我不理！」長者的勇氣，總令陳凱興刮目相看，「她們比我們勇敢十倍！人性就是如此，是有愛的。」

一次在金鐘統一中心，陳凱興與黃伯同隊，尾隨一班年輕人走向政府總部，一班防暴警突然由統一中心的橫街攻出。六、七十個防暴警和速龍小隊隊員，在他們眼前捕打了三十多人。同場的立法會議員張超雄勸喻警察不要再打，而黃伯則激動向警方嘶喊：「不要打呀！」陳凱興跟隊員站在街角，突然發現原來有四、五個少年躲在他們身後，他立即把黃伯喚來，一起護送少年離去。當時眾人都異常激動，淚流滿面，他向年青人道歉，自責未能做得更多，也無法把他們一一救回。少年們坦言理解，也早已預料自己境況堪虞，但卻感激有人跟他們一起同行，「他對我們說，自己看見了耶穌的身影。」

警與民

隨着局勢變化，陳凱興形容，守孩在前線的遭遇和行動模式均有轉變，警民間的對話空間愈來愈少。早期，守孩成員跟警察依然有傾有講，後來關係卻急速惡化，「最經典的就是黃大仙衝突，我們(與警方)對峙，年輕人在後面離開，我對警方說，讓年輕人離開吧，他們二話不說便拿盾牌把我們推跌。黃伯被撞飛了，陳伯則被捲入(警察防線)。」到8月中下旬，在旺角中心附近，警方更槍指守孩隊員，暴躁驅趕，並辱罵長者為「垃圾」。

最尖銳的一次矛盾，發生在9.21元朗衝突期間，一名守孩成員被警方拘捕並帶至鳳攸北街後巷，後更懷疑被警員腳踢。警方在記者會上否認警員有襲擊行為，指網上片段模糊而未能反映實況，而新界北總區警司(行動)韋華高更形容「警員在踢一個黃色物體(an officer kicking a yellow object)」，使輿論譁然。

警方與守孩成員不斷惡化的關係，不但反映了警方愈益鐵腕的行動模式，也側映了警民間的深刻撕裂。在衝突中，曾有警員質問守孩隊員，「我都係孩子嚟㗎，守護埋我呀嘛！」實在，在一些長者如陳伯和黃伯的眼中，「其實警察都是孩子，是他們孫兒的歲數。」

從邊緣走到前線

陳凱興畢業自中大社工系，學生時代正值2005年韓農反世貿示威，身為學生會幹事的他亦有上前線採訪。畢業後第一份工作是服務邊緣青少年，他發現要消除個人的困窘必須改革制度。自此他轉投教會機構服務。即使是在教會工作，基層民生問題和政策倡議仍然是他的工作重點，「政策一定涉及政治，我們不想只像教會一樣派飯，意義很少，並不是真切的幫助他們。」他在2014年與幾名教徒創立北區好鄰舍地區教會，推動地區政策倡議，例如關注領展對長者生活和小店的影響、馬屎埔收地、聯和墟街市活化，以及拾荒者和無家者議題等。陳凱興坦言，由於所屬教會屬於小型機構，因此具有較高的獨立性，使他可勇往直前地實踐理念。

「我的願景是，邊緣的人、基層的人，他們能生活得有尊嚴，就像我們的口號：『讓基層看到光』。」他強調，是信仰要他關心社會，「聖經寫得很清楚，行公義，憐憫他者，指出不公義的地方。」

然而，自限聚令和國安法生效後，不論是陳凱興自身，還是守護孩子內部，都必須思考如何延續組織，以及臨場行動的變陣問題。危機愈益逼近，抗爭成本更高，在二、三百位義工裏，各有不同想法。身經百戰的陳凱興，亦先後在2020元旦遊行和5月27日銅鑼灣大抓捕中先後被捕，「他們(政府)現在就是要增加你的抗爭成本，但對我們的成員而言，反而是更堅定，更有信心繼續。坦白說，你要拘捕便拘捕我吧，我也不怕你，一生人都輸盡了，也活過這麼久了。」

長遠的組織方向雖然未有定案，但陳凱興坦言，一旦限聚令完結，直接行動再出現，無論二、三百人還是五個人也好，「我們無所謂人多人少，聖經說你要盡你的本份，盡了本份就可以了。」

「我能走多遠便走多遠，雖然我跟你同行也無法解決問題，但我會陪你走下去，正正就是耶穌上十架，祂不是要解決苦難。祂在十架上問，我的神你為甚麼要離棄我？祂那種受苦的狀況令祂進入了一種自己也不明所以的苦難。但祂這種表述是要告訴我們，祂對我們的苦難有一種同理，祂不是來解決苦難，而是與人一同承受苦難。」

他深信，教會應該站在這位置，共同承擔苦楚，不是避世；而守護孩子，也是同一脈絡。

後記

是次專訪於2020年6月19日進行。訪問後，陳凱興於2020年12月8日表示其一家已離港赴英，而「好鄰舍北區教會」戶口遭滙豐銀行凍結，他與太太的私人戶口亦同被凍結。其後，警方稱「好鄰舍」教會涉隱瞞一千八百萬眾籌捐款，以涉嫌「欺詐」及「洗黑錢」等罪名拘捕前董事及現職員工兩人，並通緝陳凱興夫婦。2021年1月，「好鄰舍」二十名職員集體辭職，有前員工表示教會賬目不清，惟陳凱興拒絕向員工交代。本文雖為陳凱興的專訪，但重點在於中老年人對運動的參與，而「守護孩子」正是極具代表性的行動。

非關血緣的親情：社運家長

海生

2020年的母親節，張瀚琪(化名)從未想到自己會成為主角。

月前，一眾仔女邀她五月飯聚，有人更特地調假，「我就說，有啥巴閉要調假食飯？」「老母節呀！」仔女回道。她心底一甜，口裏卻要硬：「巴之閉！你們也太浮誇了吧！」

因為反修例運動，單身女子張瀚琪，多了一班仔女。

把「老母」和「仔女」緊緊繫連的，並非血緣，而是生死與共的社運經歷。在反修例運動中，出現了許多嶄新的身份角色和人際關係。不少人加入支援年輕人的行列，成為像張瀚琪一樣的「家長」，為參與運動的「仔女」張羅打點。這種因運動而衍生的獨特關係，親密卻猶有隔閡，既是工具性的，卻也處處有情，一些社運家庭甚至替代了原生家庭的位置，在這些年輕人的人生路上持續護航。

非關血緣的家，由個人的一手一足構造塑成。

由手足到家人

「我整天跟自己說，不要上身。」當日誓神劈願的張瀚琪，今日卻顧着十數仔女。

她一直孑然一身。6.12以來的大小行動，她盡是隻身上陣，一怕麻煩，二怕羈絆。每次行動，她總被目下一班少年人觸動；他們留守，她便佇候。念着未還家的少年，她屢屢勸送，希望他們平安歸去，「從來，我的初衷都是跟年輕人同在。」

7.21當天，她身在上環前線，防暴警壓近，催淚彈仰頭爆開，身旁一名少女緊抓着她說：「我同你一齊走！我保護你！」少女身軀劇震，恐慌中仍顧念她，「自那刻起，我覺得我要做得更多，理應是由我保護他們。」九月底，她開始與朋友出車「執仔」，載了幾個年輕人，大家交換聯繫以便日後支援。自此，張瀚琪的世界便多了一班細路。這班十多二十歲的年輕人，有時會邀她組隊，在現場碰面便寒暄兩句。這個「家長仔女」的群組在運動中慢慢成形，一次聯誼活動令關係更突飛猛進。在多次激烈衝突後，一些仔女被原生家庭趕離，她便把部份人接到家中暫住。後來，歷經中大和理大之役，彼此更是生死與共。

由最初的陌路人，到互道名字的手足，再成為「家長」，到現在以「媽咪」、「仔女」相稱，這種繫連的塑成，始自運動，也沿着個人的生命軌跡。

張瀚琪的原生家庭並不完整，父母離異，親族疏離，她自己早早選擇不婚不育。

如今，她卻成為了別人的「阿媽」。這十數個仔女，歲值十幾至二十幾，或在學或工作，本該是八、九點鐘的太陽，卻被烙上一身陰影。在運動火紅之時，她和一班家長為他們支援護送；運動趨緩，前線支援便改為後線「療養」——經歷多次衝突，不少仔女都出現情緒問題，她找來心理學家和社工提供輔導；一些仔女跟家人反目，她便給無家可歸的找了個住處，閒時帶他們吃飯運動，把「生活」還給他們。最近，她更開始為仔女構想將來，「我想幫年青人尋回正常的生活。讀書的讀書，不讀書的就工作」，「起碼令他們覺得對人生、對世界，是有希望的。」

新的親職

張瀚琪總對自己的仔女說：「既然你叫我阿媽，我們一起相處這麼久，其實就是一個Family，這裏全部人都是兄弟姊妹，要互相照顧。」一晚，一位女生酒後哭訴被家人遺棄，悲痛嚎啕，「她哭不出來，只能像小動物般嘶叫，你能感受到她有多痛。」女生隨後擁她嚎哭說：「不過我不怕，現在我有新媽咪。你是我的新媽咪！我有阿哥、有細佬！」新的家人，遂成為年輕靈魂同渡創痛的伙伴。

抗爭少年遍體鱗傷，一些被運動拖垮學業和工作，一些被原生家庭離棄甚至家暴。社運家庭填補了原生家庭的情感缺口，予少年物質支援，家長更會找社工和心理學家處理他們的情緒問題，「我們能做的，是給他合適的資源。」她更擔當起少年的「人生導師」，倒真像家長般為孩子規劃生涯，「逐個選擇解釋給他們，或者他們也可提出其他選擇，大家再討論」，「我只是引導一下他們要怎樣走，最終選擇權在他們手上。你的路，是你自己的。」生命的關，還是要靠自己跨過。

張瀚琪會與仔女討論運動未來方向，也談各自前程；她眼中，仔女能是其是、非其非，也懂得尊重。細路有時不聽她那套，但心裏尊敬，「不是因為我支援他們，是因為我攞個心去教。」她的好友看着她和仔女的互動，直覺她們恍如被愛心包圍，「她說，難怪你這麼驕傲，因為你班小朋友真的很乖，又疼你。」大小朋友時有揶揄整蠱，但心底卻愛惜彼此，「問心一句，我不覺得我做了甚麼，但他們很上心。」

一次阿仔問她：「其實無私付出係咪戇鳩？」她答：「都係㗎，但如果你哋揀做好人咪夠。」

家的界限

社運家庭形式多樣，每個仔女可能有數個家長，而家長們亦未必相識。有些仔女懂得搜索資源，利用家長支援網絡處理日常所需，也有少數濫用情況。為免偏袒，張瀚琪在支援年輕人時亦有原則，盡量不用金錢資助，主要提供日常所需或工作機會；即使逼不得已有金錢往來，都是具有特別目的的小額花費，如醫療或車馬費。她坦言，有少數年輕人或會借着運動達到個人目的，例如家長提供安全屋，一些少年便借故搬離原生家庭。遇有此事，她都會苦口婆心勸導少年：「你真是有必要搬出來嗎？如不，你不就用了有需要的人的資源嗎？」

即使如此，她依然會為萍水相逢的細路打開家門。她從不懷疑年輕抗爭者，「你可以說我天真，但我覺得愛可以改變一切，能影響一些人。」即使如此，要不要認一個細路，她亦有原則。初次接觸，她必須要親自見面，以了解真實的人；又或者已經認識一段時日，或透過相熟的家長聯繫，她才會把仔女收在傘下。

然而，果子這麼多，偶然也有壞掉的，「有些人會欺騙資源和關心，也令我很受傷。」張瀚琪曾照顧過一個少年，他的家庭複雜，後來在運動中更遭遇警暴，誘發了嚴重的情緒問題。她把少年接回家暫住，自此少年便對她百般倚賴，進而作出情緒勒索；像尊泥娃的少年，無法自理，不時情緒波動，甚至對她動手動腳。後來她耐不住訓斥少年，並把他趕出家門，「就是抵着心痛要行這一步。」可是，之後她卻從其他家長口中得知，原來少年的自理能力很強，並且能獨立生活，被騙的感覺令她刺痛。

倘若竭盡全力也不能讓頑石點頭，她也不得不放棄，「始終我跟他們沒有血緣，就算有血緣，也不可以逼他們做任何事。這種『家長』、『仔女』、或者朋友的關係，都需要雙向」，「我們不能把所有責任都扛到自己肩上。」即使相濡以沫也要訂立界線，好讓關係能健康長久。

一旦越了界，社運家庭的關係也會失去平衡。張瀚琪認識一個家長，對仔女過份控制，希望他們每日能跟自己報告行蹤，又會因為仔女拍拖而傷心。當情感失去拿捏，不但會令彼此的期望錯配，令本來純粹的善意變成對個人的佔有。張瀚琪對此非常克制自律，也要求仔女不可以把情感肆意投擲，「這大半年來，我們都有一些很清晰分明的界線，不可僭越。」例如，在張瀚琪的家，兄弟姊妹不可以亂搞親密關係，以免關係觸礁而令到這個艱難的家再添起伏。

流動的家

「曾經有仔女問我：『我們到底是甚麼關係？』我説：『無所謂吧！不要被世俗框着好嗎？』」對張瀚琪而言，社運家庭和身份並沒有清晰的定義，不同人有不同角色，在特定的時間和情勢中發揮所長。應付仔女不同需要時，就會轉換為不同角色。然而，從一位單身中女突變為「眾人阿媽」，對於自己新扛起的「母親」身份，張瀚琪亦不期然的生出一種自我期待，「無可否認，他們把我叫作『阿媽』，我的責任感好像突然增加了——我要把你們照顧得好好的，又或者我要幫你們找回自己的人生。」跟不少家長一樣，張瀚琪對仔女的關注，漸漸從運動層面，跨越到他們各自的人生。

當了家長後，她也更努力進化——從以往不好政治、只在傘運中留守的「和理非」「港豬」，走得更前，學習成為更寬博的社運「阿媽」，以擔當仔女們的好榜樣。張瀚琪説，為人父母，其實也是學習。即使是演着家長角色的成年人，也可以在年青人身上學習。「你選擇去做一個家長，你不應該以一個高姿態空降下去。你要跟這些年青人相處，直至他們允許你進入他們的世界。」

然而，套上母親的身份，心底也漸生矛盾，承受着道德的敲問，「你繼續資助他們投身這個運動，某程度上他們就像僱傭兵。」面對需要支援以逃亡的抗爭者，她亦萬般掙扎，「如果要籌錢讓他們離開香港，要不要捐？那何以我不把資源留給繼續在運動當中努力的人？」但其後她又想到，逃亡者，都是為運動而犧牲。千頭萬緒剪不斷，所有道德的詰問都沒有答案。但看着仔女上戰場，她也煞是憂心，「我可能比起一般的原生家庭家長更能理解這個危險性，但就算我不認同他們某些做法，我都會尊重。其實他們走出來，已經有一種『做最好的準備、做最壞的打算』的心態。」她只要求仔女緊記一件事：報平安，讓她知道，他們還安好。

就像尋常家庭的家長一樣，社運家長也要學懂放手，「我想很低調，最好沒人認得我。我求神拜佛，希望過多兩三年我的仔女最好全部把我忘記，我不需要他們為我做些甚麼。」張瀚琪說。

「當這班年輕人長大，在一些位高權重的位置，可以有權左右香港的大局時，就是香港重光的時候。所以我不覺得煲底見是理想過高，但可能是三十年後、或五十年後。但我覺得，香港是不會輸的。」

由「銀髮」到「社運家長」：反送中運動中跨世代抗爭共同體的構建

蔡玉萍

「咁佢(年青人)都係道義上為香港，其實我哋都係。係一條無形嘅線將大家拉埋一齊。」(車隊協調者「台姐」)

「我覺得我要陪住，即係要同啲年青人一齊。因為我都幾反感媒體不停大肆宣傳呢一件事係一啲年青人嘅運動……因為啲成年人唔理，所以佢哋(年青人)就要幫我哋去肩負起個責任……我自己就好清晰，我個purpose就係要同年青人一齊。」(「社運家長」張瀚琪)

「對啲年輕人嚟講……你去到(示威現場)好難做到好多嘢。但係你去到人道支援，你畀佢有個同行，畀佢哋知道你可以同佢哋行一段路，令到佢哋覺得佢哋唔係一個孤單嘅人。」(「守護孩子」發起人之一陳凱興)

以上三位受訪的中年人士，在不同崗位支援在反送中運動中走上前線的年青人：有組織車隊在示威現場接載年青人離開的「家長車隊」成員；也有支援因參與運動而與家人衝突並失去家庭支持而流離失所的青年人的「社運家長」；也有在示威者與警察對峙現場拉起人鏈分隔雙方以作緩衝的「守護孩子」成員。

雖然崗位不同、對年輕人支援的形式也迥異，但他們一樣抱持着要與前線年輕示威者「一齊」及「同行」的信念。他們均認為捍衛香港民主及人權的重擔不應只由年輕人承擔，而必須共同分擔。正如「守護孩子」的陳凱興告訴我們：「而家香港去到危急存亡之秋，你仲唔貢獻你自己，你咪即係玩完。」正是這種渴望與年輕抗爭者同行的信念，使到這些「家長」、「家長車隊」及「守護孩子」成員以行動為反送中運動構建了一個跨世代的抗爭共同體。接着，本文將嘗試分析這個跨世代抗爭共同體是如何形成並面對何種挑戰，以及它對運動有甚麼實際影響及象徵意義。

跨世代抗爭共同體的形成

「共同體」一詞在反送中運動中被運動參與者及學者多次闡述。以「命運共同體」、「新的抗爭共同體」、「香港共同體」、「攬炒的共同體」等為標題的文章如雨後春筍湧現，但詳細解釋何謂「共同體」的文章卻相對缺乏。例外的是，政治學者馬嶽在2020年出版的《反抗的共同體》一書中[1]以一整個章節去解釋反送中運動如何承接香港人身份的討論及掙扎，並產生出一種主觀的身份認同，確認參與抗爭的人共同面對一種命運的處境。

換言之，「共同體」一詞是關於群體身份認同的構建。這詞的學術淵源應追溯到歷史學家安德森(Benedict Anderson) 的著作《想像的社群：關於民族主義的起源及散播的反思》一書[2]。安德森在書中提出一個深刻的問題：是甚麼因素使一些本來互不相識的人會覺得大家都是同屬一個民族的成員，面對共同的命運，並願意為這個民族付出甚至犧牲？對於安德森來說，族群的身份認同是「想像的共同體」。這並非指族群的身份認同不是真實的存在，而是指族群的身份認同是社會政治互動及歷史的產物。

換句話說，族群的身份認同不是與生俱來的，而是個人在成長及社會參與過程中所產生的結果。縱使族群的分類已經存在，

1 馬嶽(2020)《反抗的共同體：二〇一九香港反送中運動》。左岸政治出版。

2 Anderson, Benedict (1983). *Imagined Communities: Reflections on the Origin and Spread of Nationalism*. London: Verso.

個人可能從一出生就因出生地及政府的公民政策等被歸類為某一社會的成員，但個人不必然要對族群產生認同感；而對屬於同一族群的其他人更不必然要產生特別的情感或道義責任。正如香港這個城市的七百多萬人，每天上班下班在公共交通工具上、在街道上、在店舖裏擦身而過或共處同一空間的陌生人不計其數，雖然大家都會被歸類或自我認同是香港人，但畢竟仍然是陌生人。那到底是甚麼因素使這些陌生人會願意為彼此承擔巨大的風險？是甚麼因素使每天擦身而過甚或素未謀面的人會突然連結起來變成一個個具行動力的社會網絡？

只有從這些問題出發，我們才能理解為甚麼單身或自身根本不想生育亦沒有孩子的中年人會突然變身「社運家長」，承擔起家長的責任去照顧因抗爭而失去家庭支援的年輕人。也只有從這些問題出發，我們才能明白為甚麼擁有高薪厚職安穩生活的有車階級會願意冒着被拘捕的風險去接載素不相識的年輕人。為甚麼有家庭有孩子孫兒的中老年人會願意走上抗爭最前線和年輕人一起「食催淚彈」。要回答這些問題，首先讓我們先回顧一下香港世代間的身份認同及價值分歧。透過這樣的對比，我們才能更全面地理解到在反送中運動中跨世代抗爭共同體的構建的歷史及社會背景。

揮不去的世代差異

世代間的身份認同差異其實一直存在。鄭宏泰和黃紹倫[3] 指出，在九七回歸時，三十歲以下的年齡群組中只有約20%的自我認同是中國人；但在三十至五十四這年齡群組中，就有約28%自我認同為中國人；而在五十四歲以上的年齡群組中比例更高達

3 鄭宏泰、黃紹倫(2002)〈香港華人的身份認同：九七前後的轉變〉。《二十一世紀》，2002年10月號，總第七期。

38%。相反，在三十歲以下的年齡群組中，超過66%自我認同是香港人；自我認同為香港人的中年人(三十至五十四歲)佔群組比例57%；但在五十四歲以上的年齡群組中，則只有42%自我認同是香港人。換言之，在九七回歸時，青年及中年人已經明顯傾向自我認同為香港人。相反，在年長人士當中，香港人及中國人的身份認同則不相上下。

然而，身份認同會隨着社會環境而轉變。根據尹寶珊及鄭宏泰的研究顯示，三十歲以下人士中，自我認同是中國人的比例就曾上升至2008年的37.6%，並與其他年齡群組相若[4]。但此後，年輕人的身份認同卻出現急劇變化。在回歸後至2010年為止，雖然三十歲或以下的香港居民(下稱年輕人)的香港人身份認同相對較年長者為高，而中國人或雙重身份(香港人及中國人)認同較低，但兩個年齡群組的差距一直保持在百分五之內。但在2012年，兩個年齡群組的身份認同差異突然擴大。首先，三十歲或以下的人的香港人身份認同由2011年的58%大幅增加至2012年的75%，而較年長者的香港人身份認同則由49% 微跌至47%。另外，年青人的中國人身份認同在同期由28%急跌至15%[5]。這個轉變的背景，正是2012年由年輕的議政團體學民思潮所推動的反國民教育運動(下稱反國教)。年輕學生以「反洗腦教育」為號召，反對政府在中小學推行國民教育，成功動員了數以萬計的民眾，包括很多中學及大學生。反國教運動為香港社會帶來深刻的影響，而2012年對我們理解世代政治理念差異的擴大，亦有其標誌性。

在2014年的雨傘運動及2016年的「魚蛋革命」後，年輕人的中國人身份認同再次急降。香港民意研究計劃在2017年的香港市民身份認同調查發現，十八至二十九歲的年輕受訪者中，自稱「純粹」為中國人的只有0.3%。 世代間除了身份認同的差異，

4 尹寶珊、鄭宏泰(2016)〈身份認同：對中國的重新想像〉。趙永佳、葉仲茵、李鏗編《躁動青春：香港新世代處境觀察》，香港：中華書局。

5 同上。

價值方面也有明顯分歧。香港青年協會在2019年反送中運動期間訪問了三百位十八至二十九歲的青年及三百九十二位五十四至七十四歲並育有子女的中老年人。研究的結果顯示，在受訪的年青人中有63%表示自己對社會議題的看法和父母完全不同；而在受訪的中老年人中也有56%表示自己對社會議題的看法與子女完全不同。與此同時，差不多有40%受訪年輕人承認在2019年後半年(即自反送中運動後)，與父母的關係轉差。而表示在2019年後半年與子女關係轉差的中老年受訪者也有31%。另外，受訪的年輕人及中老年人均傾向同意「年長一輩同年輕一輩好難溝通」和「香港現時不同世代之間正處於非常對立的關係」[6]。

在反送中運動期間，世代間最大的差異似乎是對警察的態度及示威者抗爭手法的看法。根據香港中文大學傳播與民意調查中心的調查，在六十歲或以上的人中，有30%信任香港警察。但在十五至二十九歲年輕人中，則只有6%信任警察。而對於示威是否必須堅持和平及非暴力方式，世代間的看法差異也極大。在十五至二十九歲受訪者中，只有38%同意運動必須堅持和平非暴力。但在三十至三十九歲、四十至四十九歲、五十至五十九歲、及六十歲或以上的比率分別是59%、75%、78%及81%[7]。世代間的這些差異也在反送中運動的支持度及參與上反映了出來。同一個調查顯示，將近85%的十五至二十九歲的受訪者支持反送中運動，但在六十歲或以上的受訪者中，則只有49%支持運動。另外，有80%十五至二十九歲的受訪者有參與至少一次示威活動；在三十至三十九歲、四十至四十九歲、五十至五十九歲、六十歲或以上的相關數字分別是62%、49.5%、52.9%及32%[8]。

6　青年創研庫(2019)《改善香港的跨代關係》。香港：香港青年協會青年研究中心。

7　Centre for Communication and Public Opinion Survey. 2020. *Research Report on Public Opinion during the Anti-Extradition Bill (Fugitive Offenders Bill) Movement in Hong Kong*. Hong Kong: The Chinese University of Hong Kong.

8　同上。

雖然在反送中運動期間有運動支持者製作長輩圖並試圖透過air drop將運動的目標及意義傳送給長者，但這些連結世代的努力卻備受其他因素影響。首先，反送中運動中的世代矛盾被傳媒廣泛報導，並被運動的支持及反對者的文宣加以渲染。黃絲(支持運動)及藍絲(反對運動及支持政府)的簡化二分及將「藍絲」與「廢老」掛鉤的刻板定型，進一步激化世代矛盾。世代間多次直接街頭衝突，例如在 2019年10月6日有老年的士司機涉嫌以車撞女示威者後被圍毆及指罵[9]，以及在2019年11月13日，一名七十歲食環署外判清潔工在兩批政見不同人士的衝突中被磚頭擊中，頭部受傷最終不治[10]，也使到彼此的分歧更難消弭。正是在這樣的宏觀背景下，中老年人以「守護年輕人」為使命參與社會運動，更有着打破世代隔膜的象徵意義。

從「銀髮」、「家長」到「守護孩子」：反送中運動中的中老年參與者

在反送中運動一開始，中老年已經站在前線嘗試保護年青示威者。當中，「母親」的身份不但被政權也被運動參與者多次挪用。例如，身為兩子之母的特首林鄭月娥以「香港人母親」自比，並以「子不教、母之過」去合理化警方向示威者使用催淚彈、橡膠子彈及布袋彈等武力。另一方面，運動者當中亦不乏「母親」的身影。最為人熟知的是六月十二日在立法會大樓外，一名人稱「城姐」的四十七歲基層兩子之母陸錦城，身無裝備、

9 RTHK. 6/10/2019.〈深水埗女途人捱撞骨折　的士司機被圍毆及指罵〉. https://news.rthk.hk/rthk/ch/component/k2/1484620-20191006.htm

10 《眾新聞》13/12/2019.〈七旬清潔工中磚不治　警拘3男2女　15至18歲　涉嫌謀殺暴動傷人〉. https://www.thestandnews.com/politics/%E4%B8%83%E6%97%AC%E6%B8%85%E6%BD%94%E5%B7%A5%E4%B8%AD%E7%A3%9A%E4%B8%8D%E6%B2%BB-%E5%8D%80%E8%AD%B0%E5%93%A1%E7%A8%B1%E8%AD%A6%E6%96%B9%E6%8B%98%E4%B8%89%E4%BA%BA-%E5%8C%85%E6%8B%AC15%E6%AD%B2%E5%B0%91%E5%A5%B3/

隻身逆人潮而上，希望以一人之軀阻擋及勸説防暴警察不要以武力對付年輕示威者。這兩種「母親」的形象形成強烈對比。除了「城姐」，中老年人亦以「媽媽」及「銀髮長者」的身份組織集會及遊行，要求政府停止以武力鎮壓示威的年輕人、正視他們的訴求。一個由十多個大學教授、大律師、社工等女性專業人士組成的「香港媽媽反送中」群組多次發起簽名運動及分別在6月14日及7月5日組織集會；在2019年7月19日，超過九千名長者參與「香港銀髮族靜默遊行」，長者們拉着寫上「支持青年、守護香港」的白底黑字橫額，向年輕人傳達香港不同年齡層都支持反送中運動的訊息。而年輕人亦有所回應，不但在遊行終點設水站和回收站，並向遊行的長者鞠躬道謝，感謝他們和年輕人一起「建立美麗的香港」[11]。我們的受訪者認為正是這種跨世代的互相支援及同行給反送中運動一種「好浪漫」、「好淒美」及觸動人心的力量。正如受訪者之一的「社運家長」張瀚琪説：「Even 係家長、成年人嘅度都係好浪漫化，因為『喂，我銀髮族呀，你諗吓我哋老人家都要行出嚟呀』，或者「家長呀，你睇吓我哋，即係幾無私奉獻」，都係有一個浪漫情意結喺度」。

或者就是這種情感上的扣連，使到成千上萬的中老年人會在運動中走上前線直接支援及保護年輕抗爭者。由6月11日至12月底，當筆者在示威現場做田野調查時，不止一次在警方和示威者對峙、催淚彈和胡椒噴霧瀰漫的示威前線觀察到一身便服的中老年人士以「街坊」的身份在現場監察警方行動，甚至上前和警方理論藉以保護年輕示威者。這些人有男有女，有中產人士如社工或教師，也有草根階層如的士司機、售貨員或護衛員；有退休人

11 《眾新聞》17/7/2019. 〈9000人參與銀髮族靜默遊行 表達長者支持年輕抗爭者〉. https://www.thestandnews.com/politics/9000%E4%BA%BA%E5%8F%83%E8%88%87%E9%8A%80%E9%AB%AE%E6%97%8F%E9%9D%9C%E9%BB%98%E9%81%8A%E8%A1%8C-%E8%A1%A8%E9%81%94%E9%95%B7%E8%80%85%E6%94%AF%E6%8C%81%E5%B9%B4%E8%BC%95%E6%8A%97%E7%88%AD%E8%80%85/

土也有家庭主婦；有擁有外國護照的回流商人，也有剛來港不久的新移民中年婦女；有些是孤身行動的獨行俠，也有和一兩個朋友共同行動的市民。除了「街坊」的身影處處可見，在示威前線支援年輕人的還有「社運家長」、「義載家長車隊」及「守護孩子」的成員。

相比「街坊」，這些中老年人更有組織性。例如「家長車隊」的成員都有自身網絡互相聯繫並傳達資訊，包括現場衝突情況、需要接載的示威者數目、交通情況、離開現場路線等。車隊成員也有具體及細緻的分工：有人負責查看及回覆要求接載的訊息，並將訊息發放出去，以配對接載者和年輕人；有成員負責查看示威現場的地圖及直播，並即時通報車隊成員，務求使他們可以成功幫助年輕示威者安全離開現場；有人負責擔任「步兵」在示威現場接應年輕人和車隊；還有肩負接載重任的車隊司機。

「家長車」的規模在運動中是驚人的。當示威者在9月1日響應網絡號召，到香港國際機場參與名為「和你塞」的抗議行動時，港鐵配合警方的行動突然關閉東涌線及機場快線，約幾千名示威者被困機場，必須徒步二十公里由機場走出市區。當示威者被困機場的消息在網絡上傳出，即有「家長車」湧入機場接載示威者離開。高空航拍的照片顯示車隊綿延十多公里，媒體估計車隊數目約有五千輛。陣容龐大的車隊拯救行動使網民聯想起二次大戰時英國超過九百艘民間船隻自發到鄧寇克協助英軍徹退的行動，而9月1日的家長車隊行動亦因此被傳媒稱為「港版鄧寇克行動」[12]。

事實上這些在前線支援的「家長」、「家長車隊」及「守護孩子」成員均要承擔被捕及受傷的風險。在9月22日的一次行動中，「守護孩子」一名成員在元朗鳳攸北街被捕後，懷疑被多名

12 《蘋果日報》3/9/2019.〈義載「和理塞」演港版鄧寇克〉. https://hk.appledaily.com/local/20190903/CNH4RPQZWY3MGY7ZJRPVZV2HIE/

警員帶到後巷毆打[13]。在歷時十三日的發生在理工大學的激烈示威者和警方的衝突中，也有數十名「守護孩子」的成員被捕。在12月31日晚，六名「守護孩子」的成員在警方於銅鑼灣的截查行動中被拘捕[14]。同樣，義載示威者離開現場的「家長車」司機也被捕及被起訴。在理工大學的衝突中，就有兩名「家長車」司機因拒絕警方截查而被控危險駕駛，並被起訴[15]。雖然我們沒有這些「家長車」司機的背景資料，但從我們的受訪者及媒體報導所見，當中不少是中產人士，更不乏醫生、社工、老師等專業人士[16]。同樣地，「守護孩子」的二百多名成員中也有不少專業人士，包括神職人員、醫護及社工等。

到底是甚麼因素使到這些生活安穩的中老年人，甘冒極大風險支援抗爭的年輕人，並構建出一個跨世代的共同體？

「一路走來、對香港的堅持」

根據我們的訪問及筆者由2019年6月至12月底在示威現場和與超過五十多名的中老年人的訪談，中老年人投入抗爭可歸納出四個原因，第一是這些人都有參與社運的經驗，這些經驗證明他們本身關注社會議題，同時令他們具備一定的人脈和資源，使得他們可以應用到運動之中；第二是他們對民主和公義等價值的追求和對香港的身份認同；第三是年輕人的犧牲令他們觸動；第四

13　RTHK. 28/11/2019.〈有守護孩子成員從理大離開時被捕　稱警署十分擠逼〉. https://news.rthk.hk/rthk/ch/component/k2/1495017-20191128.htm

14　《眾新聞》3/1/2020.〈守護孩子6成員被捕　八旬黃伯、發起人陳凱興、「小黃衫」〉. https://www.hkcnews.com/article/25833/2020%E5%85%83%E6%97%A6%E9%81%8A%E8%A1%8C-%E8%AD%A6%E6%96%B9%E6%8B%98%E6%8D%95-%E5%AE%88%E8%AD%B7%E5%AD%A9%E5%AD%90-25833/

15　《蘋果日報》8/5/2020.〈涉駕「家長車」往理大救學生時拒警截查　兩司機被控危險駕駛〉。https://hk.appledaily.com/local/20200508/KUZMWZI2DG7MD2RAGIK6OPA2GU/

16　《眾新聞》26/1/2020.〈女醫生開「家長車」載前線手足：好想每個人平安〉.

是他們認為警方對示威者的暴力已到達完全不可接受的程度。以下我會逐一詳細說明。

這些運動中的中老年人很多都有豐富的公民社會參與經驗。例如銀髮族遊行發起人之一朱耀明牧師，早在八九民運後照顧流亡的民運人士；2002年組成「香港民主發展網絡」；2014年成為「讓愛與和平佔領中環」運動的三位發起人之一[17]。而另一位銀髮遊行的發起人楊寶熙是1975年中文大學學生會首位女會長，後來更當上學聯會長，在2012年的反國教運動中參與絕食行動。而「香港媽媽反送中」成員之一黃瑞紅，本業為大律師，並一直積極為弱勢社群提供法律支援。1997年，世界銀行和國際貨幣基金組織在港舉行會議時，黃瑞紅以香港大學學生會成員的身份參與示威並被捕[18]；在2012年的反國教運動中，黃瑞紅亦有參與絕食。

而本書訪問的三位「社運家長」、義載車隊的「台姐」及「守護孩子」發起人亦具多年的公民社會參與經驗。首先，「台姐」方素妤在中學時期已經參與支援八九年天安門學生民主運動遊行，後來在大學時期也不時參與六四燭光晚會；2003年的七一遊行，她亦有上街反對基本法23條立法；2009年的菜園村反遷拆行動、2012年的反國教運動，及至2014年的雨傘運動，她亦有投身參與。雨傘後，她更成為地區組織的成員，參與地區工作。至於「社運家長」張瀚琪，雖然在六四事件發生時，她仍是一個小學六年級的學生，但自新聞中關心運動的發展，其後她亦不時參加六四燭光晚會，而2003年的反23條立法遊行她也有參加。令她真正關心政治的，則是2014年的雨傘運動。在持續七十九天的佔

---

17 《眾新聞》9/4/2019.〈敲鐘者言 —— 朱耀明被告欄的陳辭〉https://www.thestandnews.com/politics/%E6%9C%B1%E8%80%80%E6%98%8E%E9%99%B3%E6%83%85-%E6%95%B2%E9%90%98%E8%80%85%E8%A8%80/

18 《關鍵評論》4/4/2020.〈大律師黃瑞紅：「我幫年青人，坦白說，是他們幫緊我個仔」〉https://www.thenewslens.com/

領中，她有七十天會到佔領現場留守。而「守護孩子」的發起之一的陳凱興在大學時期已經是中文大學學生會的骨幹成員，參與不同的社會運動，例如2005年韓國農民在香港的反世界貿易組織遊行。到2014年的雨傘運動，陳凱興更組織300多個社工到佔領現場支援。同年，陳凱興參與成立「好鄰舍北區教會」，關注基層市民的權益。

這些長年的社會運動及公民社會參與為這些中年人累積了組織經驗及社會網絡。而這些資源又在反送中運動中派上用場。無論是義載車隊「台姐」方素好或是「社運家長」張瀚琪，都是運用過去在社運及公民社會參與當中建立的社交網絡籌措支援抗爭年輕人的資金及組織支援行動。她們直言，由於支援行動具有風險，並且牽涉敏感的金錢往來，因此必須建立在有互信基礎的實體網絡上。例如方素好指出，因為要保護受助年輕人的安全及私隱，因此未能向捐助者詳細交代資金的去向，只可以粗略地列出一些主要數目，因此雙方的互信很重要。

另外，在過往的社會運動中建立的人際網絡也可以幫助她們靈活調動人手及分工合作以支援年輕人。例如，當方素好的車隊接載到一個受傷的年輕抗爭者後，她便會通過自己的網絡尋找可信任的醫生提出診治。這些網絡也令她能扮演橋樑的角色，幫助及協調不同的支援網絡分工協作。每當出現「家長車隊」未能處理的接載要求，他們就會透過方素好轉介給其他的車隊。正是這些始於過往社會參與，或在生活中建立的交錯網絡，把不同生活圈子的中老年人織成一個龐大的支援網。然而，又是甚麼因素把年輕抗爭者聯繫到這個由中老年人織成的支援網中？

這些中老年參與者均表示，使他們走出自己的安穩生活圈到前線支援年輕人的原因，是自身對民主公義等價值的堅持。正如「社運家長」張瀚琪所言：「當年(參與社運)嘅種子慢慢發芽，慢慢醞釀。2014年傘運、2016年魚蛋，到而家反送中運動。」再者，驅使他/她們投身運動的，是一份對香港的深厚感情，以及對香港人身份的強烈認同。義載車隊「台姐」方素好認為中共對人權的踐踏，及在回歸後沒有實踐給予香港高度自治的承諾，使她無法認同自己是一個中國人。她告訴作者：「我一定是香港人」。在日常生活中她也很執著去實踐這個身份認同。例如當她上互聯網購物時，如果網站以「中國臺灣」或是「中國香港」標籤，她會拒絕購買它們的貨品。又例如，當她在海外旅遊時被問及是否來自中國，她一定會澄清自己來自香港。至於張瀚琪，她索性把有關香港的標語紋在手臂上，她解釋說：「我係proud of我自己係一個香港人。即係當然呢個身份認同，我自己都有唔同嘅轉化」。她提到，自己在九七回歸時對中國人身份很抗拒，但在回歸後幾年慢慢接受中國人的身份。然而，她的身份認同隨着對中國國情的加深了解再次改變：例如中國遊客在世界各地的不文明行為、國內的貪腐事件如「豆腐渣工程」、「三聚氰胺」、「大頭奶粉」等，均使她覺得中國人身份很"shameful"。

除此之外，這三位受訪者指出年輕一代的社運領袖及參與者的勇氣、識見及犧牲，都令他們深受觸動，對香港身份有更深刻的認同。「台姐」方素好自言，梁凌杰以自殺控訴「送中條例」使到她非常傷感。後來，她看到不停有年輕示威者被捕、被控暴動罪及被判監更令她非常憤怒，亦覺得自己有道義上的責任要留在香港支援年輕示威者：「係咪就咁丟低先？你睇又判四年，你寫吓信都好丫，籌錢就籌錢……有人判咗四年，你就繼續做嘢賺多啲錢然後準備移民？你係咪咁不負責任？」方素好認為，年輕人為香港作出的犧牲像一條無形的線把大家拉在一起。「社運家長」張瀚琪則覺得，香港的年輕社運領袖的質素都「超高」。而她在反送中運動中接觸到的那些年輕示威者亦令她深受觸動：

最揪心係見到啲好細個，即係可能係十二、十三歲、着住校服果啲……(在7.21上環的示威現場)咁我好記得有一個小妹妹，我睇佢可能十三、十五歲咁樣。佢捉住我，佢話：「我同你一齊走! 我保護你！」佢係好勇敢，但佢係震到不得了。佢成個body language話畀我知其實佢係好驚。喺果一刻，我覺得自己要做得更加多，應該係我保護佢。

張瀚琪在訪問中曾多次提到，在示威現場的人雖然很多是素未謀面的陌生人，但情感交流卻很強烈。同樣地，陳凱興指出「守護孩子」的成員很多時也是「好唔忍心睇電視見到啲細路被人打，覺得要保護佢哋」才走上示威衝突前線。

中老年的支援者很多自言是相信以和平、理性及非暴力手段抗爭的「和理非」。她/他們本來和支持以武力抗爭(簡稱勇武)的年輕示威者在抗爭策略上存在着分歧。但她/他們説在示威現場親眼目睹警察對示威者的暴力鎮壓後，使她/他們重新檢視「和理非」及「勇武抗爭」策略的合理性，並轉而接受年輕人的抗爭策略。義載車隊「台姐」方素好自言自己在教會長大，因此是「天生的和理非」。但是現在她接受勇武的抗爭策略，認為是被警察的行為「迫出來的」，她反問：「即係畀人用警棍係咁扑，你搵唔搵磚掟佢？」至於一直以「和理非」為宗旨在衝突現場做緩衝的「守護孩子」，隨着警察愈益把肢體及言語暴力指向他們的成員，陳凱興亦坦言和警察對話的空間已消失。而當「守孩」成員在示威現場目睹警察以警棍打年輕女示威者時，有女成員再也克制不住情緒，甘冒被告襲警的罪名，徒手捉住警察的警棍加以阻擋。又例如張瀚琪憶述她目擊的警察行徑，認為是完成不合理及不合比例的：

即係眼見發生咗好多對於我嚟講係完全衝擊我道德底線嘅嘢，咁mostly都係由警方嗰邊initiate嘅。即係(在6月12日立法會前)例如我見到個阿伯企係示威者同警方中間做和事佬，但警方就水平線咁向佢發射催淚彈。即係果嗰cancer伯伯⋯⋯嗰一刻我自己就180度轉變咗。

雖然她斷言，自己一定不會做出類似投擲汽油彈等傷害他人身體的行為，但警方的行徑卻大大觸動她的情緒，並成為她克服和年輕示威者在抗爭策略上的差異的轉捩點。現在的她尊重年輕抗爭者的決定，佩服他們的勇氣，亦被年輕人自我犧牲的精神所震撼。她認為「兄弟爬山」，每一種抗爭行動都需要有人堅持才可以使運動延續下去。總括而言，這三位受訪者均認為警方暴力鎮壓強度的增加驅使了中老年人去檢視自己對抗爭策略的看法，使到世代間可以跨越在抗爭策略方面的分歧，並建立一個跨世代的「抗爭共同體」。

打破世代矛盾的橋樑？

正如海生在本章一篇訪問文章中指出，要實踐跨世代的社運支援並非易事，過程中除了受傷及被捕威脅，也要小心翼翼的處理各種資源及關係，亦要知道人際關係的界線如何劃分。正如「社運家長」張瀚琪就多次指出自己在接受金錢捐獻及處理資源時特別小心，免得被指「食人血饅頭」(即以運動之名中飽私囊)。另外世代間有時難免會對彼此在運動中的參與會有不同期望。例如有些年輕示威者會認為年長人士給與他們的抗爭支援是為了減少他們自身沒有承擔起反抗不公義社會制度的內疚感，並嘲諷這種支援為「贖罪券」。遇上這種嘲諷，年長的參與者也不免會自責，並自問對於年輕示威者的支援是不是間接把他們推上前線並由他們承受抗爭的風險。就算是如張瀚琪那樣走上前線的年長抗爭者也是每一步也充滿矛盾：

其實嗰個矛盾感係好深……就係你畀錢佢，或者你繼續資助佢繼續呢個運動，「喂！某程度上，僱傭兵咩？」你明唔明呀？即係你就會引申到好多唔同嘅諗法，就係「咁點呀？」我哋好似畀錢，即係或者畀資源，就推啲年青人，或者繼續喺呢個運動裏面嘅示威者，去做一啲嘢嘅時候，你就好似，係囉，好似畀錢佢做嘢咁樣。即係每一秒，或者每一個scenario都會好掙扎，究竟……但係最終你就會諗，其實冇啱唔啱。即係冇話邊一樣一定係要點樣去選擇，或者點樣做先係啱唔啱，而係真係好視乎你自己個人點樣去睇嗰件事情囉。

不過對這些中老年人來說，他們最大的憂慮是香港的未來將會何去何從。年輕人，尤其是那些已被捕、被起訴，甚至已經身陷牢獄的年輕抗爭者的命運又將會如何？ 這些中老年的支援者認為自己的生活、年輕人的命運，以及香港的未來已經緊緊的扣連在一起。她/他們對香港的前景看法各有不同。方素好是悲觀的，希望有一日香港可以有真正的高度自治，人民可以有權利推選特首及立法會議員，並且廢除有違民主原則的立法會功能組別選舉制度，但是她並不認為這些願景會成真。她悲觀的認為，年輕人好像只有「掟磚、犬儒，或成為被洗腦的人」這三條路。不過方素好沒有想過要移民，而是下定決心要和年輕人一起「悲觀中積極的打下去」。

至於張瀚琪則說，她只希望可以盡力幫助年輕抗爭者避過被捕的命運，並在運動後重回生活軌道：「讀書嘅讀書、唔讀書嘅就搵工」。張瀚琪對未來是有盼望的，而她所展望的未來是由今天的年輕人所創造。她寄望在今次運動中被喚醒的年輕人長成為「位高權重」，能「主宰香港」，那時就是「香港重光嘅時候」。至於「守護孩子」的陳凱興則決志要留在香港和「一班走唔到嘅細路」一齊承擔，縱使是苦難。不過雖決志要和年青人一起承擔，但2020年底，警方指好鄰舍北區教會賬目不清，並以欺詐罪及洗黑錢罪拘捕兩人，身為三子女之父的陳凱興則在2020年12月8日透露已和家人離開香港，並表示因為自己及太太在港銀行戶口被凍結，導致一家五口生活陷入困境，並不知能否再回港。雖然外人無法得知事件內情，但在不少市民眼中，陳的例子也許顯示，中年人縱使以他們認為合法及非暴力的方式參與運動，仍可能要承受巨大代價。[19]

由這些不同世代的人一同構築的抗爭共同體在反送中運動中固然為無數的年輕示威者提供過各種的物質、情感及精神上的支持。但它對反送中運動還有另一重的意義——它向社會及世界展示，在世代的身份認同及價值差異裏，極具主體性的個人不斷尋找跨世代合作及支援的空間，建立了一個超越想像的抗爭共同體，在催淚彈、胡椒噴霧、汗水及淚水交織中一起為他們心中理想的香港未來而走上街頭。自那個悶熱的2019年夏天開始，向那不知會不會實現的「煲底之約」一直走下去。

---

19 香港電台網站。2020年12月8日.〈在港戶口被凍結　傳道人陳凱興稱一家英國生活陷困境〉。https://news.rthk.hk/rthk/ch/component/k2/1564193-20201208.htm

第七章

中學生

社會運動向來有較多青年人參與，甚至往往由他們來帶動，這部分可能是因為年輕人的熱情，也可能是年輕人有較多時間和空間積極參與社運(學術上稱為biographical availability)。但過往一般人的印象，是社會運動中的年輕人多為大學生，而反修例運動的一個特點，是見到很多更年輕的中學生參與。2019年9月初的開學時節，中學生在校門外拉起人鏈，堅定夾雜着青澀，更成為那段時間最重要的運動影像。

過去我們是辯論「中學生應否談戀愛」，但這一代中學生，是思考中學生應否抗爭，如何抗爭。鄭思思撰寫的訪問，也許不能解答中學生心智是否成熟、有沒有受蠱惑煽動這些疑問，但讀者會聽到一個又一個少年人的故事，會感受到學生的純真和率直，他們可以在十分鐘內便把自己最黑暗的心底剖開，可以把自己對家庭和學校的愛與恨盡訴。在這時代，少年人的命運竟然和香港這場運動捆綁相連，他們因為運動而成長和受苦，運動亦因為他們而改變了軌跡。林奕山的文章，則透過深入訪談以及社交媒體分析，重構中學生動員中的人際基礎、傳播途徑、象徵資源的挪用，以及集體認同建構。

十三歲的中學關注組

鄭思思

十三歲看這場反修例運動是如此直接率性。她說讀中一便加入學校關注組，因為高年級的成員「掛住拍拖」、「溝來溝去」；她說在地鐵站外貼連儂牆時連結了其他中學的學生，但後來有「中老搶光環霸場」，所以不了了之；她說自己衝上前線裝修私了火魔甚麼都做，因為她有情緒病想自殺，「不如死之前做一些有用的事」。她甚至覺得大部分前線勇武也是有情緒病而絕望出來。

我這「中老」被十三歲狠狠衝擊了對運動的想像，好想深入了解她的世界，但訪問的一段時間後，她的TG刪去，由她經營的學校關注組IG亦已刪去。我無法再聯絡她，只能基於大約一個半小時的訪問錄音和一些新聞剪報去拼湊她的想法，並盡量原話畢錄。希望有一日她會看到這本書，這篇文，能認得出十三歲的自己。

* * *

那唯一一次的見面，我趕到餐廳見一起訪問的學者和學生已坐下。學者尷尬地笑，說學生不要飲品不要食物，而我見穿着校服、紮馬尾的女學生低頭望着電話，姿勢僵硬頭也不敢抬。我坐到學生身邊自我介紹，她才微微抬頭望我，細聲說話。這便是「勇武」的十三歲阿晴(化名)。

阿晴是荃灣區一間中學的反逃犯條例修訂關注組成員。她們關注組曾經發起組人鏈，整個山頭也是學生手拖手，曾經發起在校園內巡遊唱反修例歌，試過有幾十名同學在學校門口「戴豬咀」靜坐罷課，還有聯同其他學校組織「和你翻」，一起由地鐵站步行回校，高峰期那次有二百幾人參加。我們在IG聯絡關注組的成員，結果只有阿晴出現。

最初「蚊滋聲」的阿晴說到關注組便慢慢放鬆起來，聲音開始大，表情開始多。她說去年關注組成立時有五名成員，很多活動也有學生響應，學校老師亦是「黃底」多，又關心學生，願意包容聆聽，但一年後的今日，關注組主要剩下她一人搞活動和經營關注組的IG。她說得很直接，指有兩名高年級「拍拖唔做嘢被踢走」，又有一位主要成員畢業：「原本他和另一間學校的女仔是情侶，所以就connect到好多唔同的人，但他和女朋友也畢業了。(拍拖)都幾多，聯校關注組、勇武的一班一樣是溝來溝去。」記者問她有沒有「溝」，她就說無，記者表示懷疑但不知怎追問。

阿晴說還有成員因為經歷理工大學一役後焦憂抑鬱，很少返學。她說時不見太多傷感，她說很多人也「情緒唔得」，份屬平常。活躍的成員都不再活躍，所以旁邊幫手的中一生阿晴就擔當了關注組成員，主要一人工作，但令她孤獨的不是籌備那一刻，而是活動的時候。

一個人的關注組

「每次關注組吹咁多活動，不介意企喺到被人懲處，見埋校長，但佢哋(學生)都仲係無所謂啦，要讀書啊。今年5月我們三間學校再搞『和你翻』，得幾個人出席，變咗好失望。615(梁凌杰死忌)我們發起放白花落紙船，IG出Story話，如果你放支花都唔夠膽，不如你做返藍絲啦，但就是一個人都無。」阿晴說今年開始運動氣氛冷卻，不單是自己學校，同區十幾間學校的關注組都益發沉靜，大家聯繫的TG谷已經幾個月無人出聲，尤其教育局年中出通告禁止學校任何人鏈唱歌等抗議活動，令大家更怕更無力。

「原本想(活動)最好有記者，搞到上新聞畀教育局睇，我們係唔會咁易低頭，但一個人都無，咁就算啦。唔會再有人出來，我以後都唔會再搞活動，搞來也無意思，不如自己出去好過。」她晦氣地說。

我問阿晴為甚麼要出去？她想也沒想，便在見面的大約十分鐘把自己家庭破碎、自小抑鬱有自殺傾向等等，沒有眼淚，毫不激動的全說出來。阿晴說父母感情不好，她自小不是和爸爸住，而媽媽支持泛民和本土派，去年6.9和6.12都有帶阿晴和家姐上街，所以她未入學接觸關注組前，已有上街遊行，不過最初也是「未進化」，「唔識諗」，「港豬Feel」，只會幫手急救和送物資。

她憶述元旦那天，有一位高年級的男同學哭着說：「點解會搞成咁？我想做前線，不如你陪我出去，出去做嘢。」於是她便跟他出去，她說：「我自己本身也有情緒病，都幾嚴重的，我自己覺得，我的心態是想自殺，咁不如在死之前做返啲有意義的事。然後便跟他一齊出去衝，覺得要死都無咩所謂。」那一刻，我對十三歲的突然沉重有些措手不及，偏偏餐廳混雜着杯杯碟碟的嘈雜，而小妹妹邊扒着飯邊說，處之泰然，說自己自小見精神科醫生有食藥，而每次行動前也有寫遺書。

絕望的十三歲勇武

「講真其實我覺得，衝得的勇武，很多也是情緒唔係好得，或者對香港絕咗望先出來。佢哋之所以做勇武係因為情緒影響，都是同我一樣，和我當初諗嘅嘢一樣，死之前不如做返啲有意義嘅事先出來。(佢哋都有自殺傾向？)大部分係。屋企應該是最大嘅原因，來自破碎或唔開心嘅家庭。(抗爭)做嘢嗰刻係開心架，因為覺得自己終於有返啲價值，但到做完見到咁多人被捕，嗰下會想喊，成日都失眠。」她的說話令我懷疑這小女孩和她認識的人，是透過「勇武」來尋找自己的價值，將自己的生命投射到這場運動上，但我未能確定，未能求證。

她又提到2019年12月「進化」為勇武的過程。當時她只是十二歲半，旺角，晚上十一點幾。她說自己當時是和理非，街坊裝坐在街頭準備有衝突時掩護勇武離開，坐着坐着，突然有一個陌生女孩走來問她：「咁樣等都唔係辦法，不如我們一齊做嘢，form一條team做嘢。」阿晴便跟女孩走，見他們已經有一袋一袋火魔，走上一間Salon的「竇口」。有人簡單教她點燃汽油彈，再帶她上街試掉。阿晴很仔細地覆述那一幕對話：「佢話而家啲狗好易衝過來，你要唔要掉啊？我覺得無所謂，如果你覺得我可以做，你就畀我做啦。然後他叫我，快啲快啲掉。(有無燒到人？)無，差啲燒着架車。」

之後她說form了十幾人的team，掉過數不清的汽油彈，還有設路障、裝修、私了，「你諗咩都做過」。我問瘦弱的小女孩怎麼私了？她竟一臉笑容，說自己操開拳，有玩跆拳和搏擊：「第一次喺港島，有人鬧暴徒暴徒咁，就全部人衝過去。佢好似郁咗手一下，跟住全部人就打佢，佢有流血，瞓低咗。第一次係有過唔到自己心裏嘅一關，但你唔可以對敵方有憐憫，對家都已經置我哋於死地，點解仲要對佢哋仁慈？(佢哋唔係警察？)但佢哋支持警察，所以都要打，仲有係佢先郁手，我哋先郁手。」

我問她參與運動的信念是甚麼，她說：「信念？我是近本土派的思維，覺得和理非只是用另一個名義掩飾港豬的身份。成日話和勇不分，無得唔分，勇武和和理非付出的根本無得比，無得比。勇武是付出自己的性命和前途，但和理非，可能是一時貪玩，或者是虛榮心令到他出去，而不是真的想為香港好。我可以話自己是勇武，因為我都不介意把自己一切押上這場運動。勇武的定義就是不顧一切，不會自私，不會只諗自己，會以自己的所有畀香港，而不是似和理非，我都是要返工返學，不要阻住我就得啦，嗰種心態。」

只有一次的訪問

我問媽媽支持你走上前線嗎？阿晴搖搖頭說兩人經常吵架，神情有點落寞。她又數一數，說已經有五十幾個朋友被捕，仍然安全的隊員，包括她，又經常思疑被跟蹤，惶惶不可終日。阿晴說很多次回家也見到有兩名男子在大廈門口，但又無法確定甚麼。她又提到一家人可能因此要去臺灣，可能是偷渡可能是飛，甚麼也不太落實。

我原本以為可以見多她幾面，了解更多她的世界，但訪問後兩三個月，我再約她見面，突然發現她TG已刪，就連學校關注組的IG也刪去了，不知道她身在何地。

十三歲的女孩究竟渴望怎樣的香港？「香港能夠重光，光復到。當香港不再受中共控制，香港政府，把這批人(官員)換過晒，警隊換埋個處長，咁我覺得成個香港先有希望。仲有釋放所有被捕的手足。」

而我最記得她訪問中有點氣憤，嬲大家甚麼也怕甚麼也不做：「成日話不了，不了，留力啊，留力啊，留到2047啦。」

「你媽死了」的關注組

鄭思思

受訪的學生來自一間港島左校，她形容一踏入校門便像過了邊境，迎面是播着中央電視台的大電視和慶賀七一回歸、支持國安法的大型標語，回課室一開始是閱讀文匯大公的半小時早讀課，到正式上課，初中全以普通話教授，而校內八九成學生也說普通話，有內地背景用微博微信。學校教中文，有老師會以「打死旺角暴徒」為議論文論點；到六四，又有老師質疑當年香港人P圖製造屠城假象，沒有真相。

在如此環境，她們六七個講廣東話的香港人仍勉力成立反修例運動關注組。她們戰戰兢兢，望着每個角落有收音加錄影的閉路電視，仍繼續搞活動唱反修例歌，但迎面撲來的是很多同學「你媽死了」「早不升天」的咒罵聲，是書枱被劃上「暴徒」「廢青」的侮辱字句。她的學校在運動中已解僱教師，迫令學生退學，絕不手軟。她說，我的學校便是今日的香港。

* * *

受訪女生十七歲，高中，面圓圓，樣子成熟，但笑起來又十分稚氣。她愛模仿大陸同學咒罵她的聲線和普通話，差不多要七情上面，而且字正腔圓，發音標準。她說一口純正的普通話苦練得來：「我小學是以英文廣東話為主，完全唔識講普通話，但本身學校，大陸人和香港人的比例是八比二或九比一，所以佢哋係覺得中國人至上的，成日覺得唔識講普通話是好廢的，因為普通話是全國官方語言，我們唔講普通話覺得我們好低下。廣東話是當方言咁聽，所以一直貶低。係咪鄉下來？唔識普通話是無讀過書，無文化。」她指的「大陸學生」其實都是香港人，不過很多是新移民，或者小學在內地讀書中學回流，說普通話不說廣東話。

學校初中都以普通話授課，她說就是因為太多學生不懂廣東話。她說曾經有一名體育老師要求學生說廣東話，當作練習，但被學生家長投訴：「學生話歧視普通話，唔得喎，不行(突然轉普通話)。但你來到香港，是否要尊重我們的語言文化？家長學生轟炸，投訴，投訴，學校想解佢約，佢亦想走。」最後體育老師都辭職了。

每天上課，第一課是半小時的早讀，讀物是文匯報和大公報：「高中你早讀課溫書無人理，但初中你不看報紙是會被人鬧，是一定要看。一派落來，頭條是我們的祖國(她又上身用普通話朗讀)。我會看娛樂版！睇范冰冰啊，都無咩特別。」她說中一時學校還派毛語錄，要學生上大陸軍訓：「一定要去，無得唔去，除非你身體有問題。」學校每年亦會播放日本侵華的紀錄片，這些教育方法，她曾經以為是很多學校的普遍做法，直至去年因為反修例運動認識其他學校學生，才恍然大悟並非尋常。

戰戰兢兢成立關注組

2019年8月，還未正式開學。同學說見到一些低年級學生在IG表達痛苦，對反修例運動感抑鬱絕望，甚至跳樓想死。她們六七個高年級同學便開了一個關注組IG，原意只想做一個「樹窿」支持大家：「我們香港人在學校是少數民族，但無論高form低form都好，見到你是香港人就想同你friend，就好似你去到外國見到香港人咁，所以很有歸屬感。整個(關注組)IG出來，除咗是團結香港人外，仲定時搞下「樹窿」心事talk咁來幫大家，同大家紓緩個心靈。」雖然最初只是一個傾訴平台，但她說自己都驚，打算在學校「死都唔認自己搞關注組」。

隨着中學生的校園運動升溫，她們的關注組亦開始逐步籌備活動，聯校人鏈，在學校唱反修例運動歌等等，但參加的都是屬少數的香港學生。她說試過十幾個香港學生在最高的走廊唱榮光，但樓下操場卻爆出大陸同學一浪接一浪的咒罵聲：「廢青」「暴徒」「港獨分子」「你媽死了」「早不升天」(全普通話)。她又沮喪地說，學校沒有連儂牆：「整唔到……就算自己貼了一張，都會被其他同學撕晒落來。」她們關注組曾經偷偷「走私」蘋果日報入校，放在課室書架分享，幾天後卻被同學舉報，被老師警告會查CCTV緝兇，嚇得她們偷偷收回報紙：「學校真係好多CCTV，每間課室都有，前樓梯後樓梯也有。眼見一層都有11、12個CCTV，每一個角落做咩都唔安全，被人監視咁。」

監視的眼睛無處不在。同學說她在IG分享了運動的文宣，立即被cap圖放上微博公審，亦有很多大陸同學投訴，然後她被老師訓話指影響校譽，要她收斂。她回校補課時，試過被同學咒罵：「信唔信我攞步槍射死你們，用坦克車轟死你們。Blah Blah Blah。」她甚至遭網絡欺凌，個人IG被轟炸，又有人用她的醜怪相片開幾個假IG account。

大陸同學的壓力

我問她如何承受這些咒罵，她說：「睇你點睇，唔係話唔嚴重，但都未嚴重到打到你殘。可能覺得佢哋有些智障，講笑咁講。他們覺得你們破壞國家，我們來香港係為拯救香港，係要光榮大陸文化，將文化spread開全世界。你們搞獨立就要搞你們，呢種思想。」她說那些大陸學生，法律上是香港人，但思想價值和香港人很遙遠。十幾歲人如何梳理有理說不清的身份認同？如何面對「小粉紅」式的狙擊？她只輕輕說「都有喊過的」，但她一班有幾個香港同學，已算過得去，另一班只得一個香港學生，被「蝦」得更慘，他的書枱都被劃花「廢青」「暴徒」。

我又問她為何堅持在自己IG分享文宣？她說正正是要讓大陸學生看到，因為他們吸收的資訊實在太扭曲，舉例有次尖沙咀遊行，示威者舉起不同國家的國旗，旗幟飛揚，請求國際社會關注香港抗爭，但在微博的世界，這是支持中國一國兩制，弘揚中國文化的行動。她氣憤說：「將啲嘢調轉晒來睇，唔係睇real的嘢。」誰主真相，她們的學校的確像極今日的香港。

在成立關注組的同期，她和幾個同學亦愈走愈前，由和理非遊行進化到上前線：「一定有掙扎，但我份人比較衝動，在學校打壓太多，老師同學又咁，成個氣氛就是你係垃圾啦香港，所以呢種憤怒和不公的情緒，驅使你去做呢樣嘢。除咗學校，社會氣氛，元朗7.21，警察食花生睇白衣人打人，仲有太子，都是好嬲架，點解佢哋打人無事，我們咁做又有事？」

她說自己投入反修例運動部分原因都來自學校的打壓：「因為我們是紅校、左校，所以中一來到已經有好多宣傳共產黨的方式，會好打壓。由中一開始不舒服，到反修例運動更不斷放大和踩低香港人的地位，令我們更唔開心，更多bully和侮辱事件出現，好辛苦，所以那種心特別強勁，好想出去。」

睇連登加油

在運動中，她說很喜歡看連登討論區，令她感受到未感受過的香港歸屬感：「在學校是不知自己存在的位置，只會互相杯葛，被邊緣化，完全唔知自己是垃圾？是屎？但睇連登，好有本地feel，手足互相加油，感到很溫暖，有一種人情味，是無感受過，有一種生存價值。」她說就像去遊行去前線，單單是大家叫一聲「香港人加油」、「香港人加油」，已經十分振奮，「原來我喺香港」，又或者遊行時簡單問大家熱不熱，要不要飲水，都是好濃濃的人情味。

和她做訪問時，她學校剛剛辭去一名老師，罪名是容忍同學在班房唱榮光。後來學校又罰一名學生停課及勸令退學，罪名是在網上教學平台展示了反修例口號。反修例運動在校園已成禁忌，關注組亦已沉寂。問同學怎樣在學校保存香港人的身份？她笑說：「保存不到的，收皮啦。剩係香港人的身份已經輸咗。」

我不知道她的說話有幾多成真，但感覺她充滿着頑強的生命力，在如此逆境，她說關注組在校內成功吸納其他新疆西藏的少數族裔加入，在校外又聯繫了很多校友去凝聚力量，記得她自豪地說懂得用面書connect校友，因為「好多老的人用Facebook」(滴汗)。但最記得的是她說：「好想快啲十八歲⋯⋯」為甚麼？因為連登討論區未夠十八歲不能註冊開POST留言。這竟然是她渴望成長的原因之一。渴望有一天在熱門看到她說着香港人香港事。

半山名校關注組

鄭思思

名校關注組是不同的，平常人鬧狗官，他們鬧「朽木為官，禽獸食祿」、「狼心狗肺之輩，滾滾當道」、「奴顏婢膝之徒，紛紛秉政」。講到有無大台有無外國勢力？他們會以free market的理論回應，又認同social capital解釋到名校聯署的威力。

年紀輕輕，才思敏捷，雄辯滔滔，本應是香港未來的社會棟樑，但關注組四人當中，有三人因為這場運動決心離去香港讀書。他們負笈外國讀法律政治，一人留港讀醫，前途光明，但在關注組最後的公開聲明中，他們說對未來的看法是，「與怪物相纏時，比怪物更怪物才可戰勝它」。

* * *

這間半山名校的關注組，成員說2019年8月「玩得又讀得」的「名校」都有關注組了，心想自己學校怎可缺席？感覺太有道理了……於是他們四人正式成立關注組，開IG，並組織第一次的罷課。而在罷課前，他們先去敲校長門。

「我們和校方的關係並非一個威權的對立。我們係…咁樣講好似好馮檢基，係有傾有砌，唔係啊！我們都無砌，齋傾。我行入校長房，絕對唔會覺得係行入中聯辦，我們覺得係一個完全可以平等溝通的關係，所以我們盡量唔會令校方難做。」成員Bill說，他主力負責聯絡校長、其他學校和師兄師弟。

他們的學校，學生愛戴校長，校長開明包容。校長容許學生在有家長信的情況下罷課，並呼籲各班主任和學生探討社會事件，同時跟關注組約法三章，要求避免產生衝突、不影響學校正常運作、不影響校譽，同學欣然許下三不諾言。結果第一次罷課在9月舉行，有二十八名同學參加。關注組說罷課的人太少，之後在IG發帖，題為「九州風氣恃風雷，萬馬齊喑究可哀」……他們翻譯廣東話為「屌票」，「道德捆綁」，文中批評同學不上前線不做文宣不罷課，單以念力抗爭，懇請同學不再缺席，齊上齊落。

校園火紅時代

關注組之後在10月舉行第二次罷課，有60人參加，後來的集會亦愈來愈多人，試過有二百人左右，大概是學校的三成人。Bill說這些活動，學校從無打壓，唯一一次是在蒙面法頒佈當天，他做了一些「過火」的事被校長苦勸：「我衝咗入廣播室，攞咗個咪，喊兩句口號，呼籲大家上街。我讀到最後一句，校長和高層就開門，跟住就講一堆，我們好信任學生，所以不鎖門，我都無阻你入去，你咁做係唔啱的。講完就算，都無罰我。」他說當時校長的訓話只針對他濫用校園設施，並無針對他宣言的內容：「(蒙面法)嗰日老師學生都好嬲，我嗰堂的老師係話，大家想自己睇直播就睇直播。我們的學校有無藍的老師？梗係有，但藍的老師都好疼錫學生，黃的老師更加唔會打壓你。」

他們關注組在校內搞過連串活動，包括砌字、唱《榮光》、便服日Black Bloc、周梓樂追思祈禱會等等。學校之外，積極和其他學校連結，例如人鏈、聯署，包括結合十三間名校的「黎明行動聯校聲明」，呼籲全港1111大三罷。Bill說：「點解要搵名校？是因為名校的IG多人follow，同埋social capital的concept，我們曾經見二百幾間中學聯署，但無人知，但九校聯罷是可以上到《明報》，於是我們之後就一直用呢個邏輯，寧願係十幾間名校出聲，個noise大啲。對運動，我們做一個推動的小小齒輪都是好的。」

他說每人每學校在不同崗位發揮自己，無大台但有最好的結果：「究竟是一個組織決定十把傘，十個豬咀，十個頭盔，然後買晒明天派畀抗爭者好啲？定係抗爭者各自計劃各自支援對方？自由市場係咩，就係你知道有幾多demand自然會搵到幾多supply。計劃經濟點解永遠失敗，因為個個人無可能預計得清楚。」

關注組沉寂淡出

運動在11月攀上高峰後下墜。理大一役後，學界沉寂下來，另一關注組成員M說：「和社會氣氛相約，都掩蓋唔到那一刻的冷感，係頹咗。你做咩都救唔到啲人，做任何嘢都係好虛偽的事。好多學校的關注組都靜晒。」Bill說自己因此毅然決定離開香港，一來逃避考DSE，二來逃避低迷局勢。他立即申請到外國升讀政治，一個多月後便離開香港。

他說自己因為怯懦無走上前線，但恐懼籠罩他：「就算我不是前線，我發夢被警察拉都超過十次，驚啦。」還有一名關注組成員早在811太古、葵芳地鐵站那一晚，覺得「香港不再一樣」，決心到海外升讀法律。再加上另一名成員到澳洲升學，四人關注組只有成員M留在香港讀醫。

走的走，留的留，但關注組仍然想傳承下去。他們曾經和一班有心的師弟食飯見面，安排過莊交棒。Bill年中因外國疫情返港，於是幫手面試，但沒想過最終計劃告吹。他說在六月，教育局連番發通告禁止校內任何抗議活動，有一間友校要處分兩名發起活動的學生，他們義憤填膺發起集會聲援友校：「我們知道集會未必有實際作用，不會一個集會令教育局不打壓友校，但就好似理大一役，做到圍魏救趙，其實唔係圍魏救趙，係將我們自己衝出來，去做一個目標，然後畀教育局一齊打，可以分散教育局的注意力。呢啲唔可以功利主義，話咁做唔符合效益。我們唔可以當佢哋係condom，無論是友校抑或理大，如果覺得自己做咗condom，因為我們本着效益主義唔幫你們，咁對運動係幾大的創傷。」

Bill說一如既往，他們集會前有通知校長：「知道校方唔會批集會，但我們都心存一絲希望，佢話唔畀，但我們監生集會，然後譴責我們，但原來扯貓尾的空間都無咗。」他說活動當天，學校提早放學，老師還"escort"每一個同學離開，操場、課室、飯堂內均有老師看守，所有學生不得留守在校，亦禁止舊生回校。他們的集會被迫取消。關注組之後發文表示失望及遺憾：「我們並不怨恨校方，亦理解校方為勢所迫，不得不為，但同時希望校方理解『今日割五城，明日割十城，然後得一夕安寢；起視四境，而秦兵又至矣』的道理。」

這一次令他們明白開明自由的母校都再容不下抗議聲音。Bill說：「係好失望，你記得我講過我學校是最自由的，但我們無辦法再在校內搞活動，把刀愈來愈近，現在校長話罩我們，新的校長都唔知點，最尾可能要交幾個人名(關注組成員)上去。我們唔想害到師弟，國安法又係到，所以決定唔過莊。」關注組之後發文宣佈停止運作。Bill對此並不絕望，他說有如2014年傘運，當年的關注組亦是「摺咗」，但五年後另一場運動，要關注的人便會乘勢而起，或者幾年後又一個時代，新關注組又會成立，他們這些老鬼一定鼎力相助。

比怪物更怪物才可戰勝它

Bill和M對時局對政治侃侃而談，但最深刻的還是他們取笑老師的英文名，完全忘我，笑到不能自控。這一代年輕人理應少年不知愁。翻看他們關注組最後一份、宣佈停止運作的聲明，寫着「千方百計調查他們身份的國家機器和許多藍營家長，有勞你們費神了，我們一切安好。四位負責人都成功升讀大學，奈何天資有限，只能修讀醫科、法律或政治等雜科。」叻得來串串地，反擊得來帶點孩子氣。

聲明的文末寫下其中一位成員對未來的看法，他說「與怪物相纏時，比怪物更怪物才可戰勝它；成為怪物後不要忘記當初面對怪物暴虐的恐懼；站在道德高地的人永遠是最沒有道德的。」Bill說這是他們一代回應和平理性非暴力，回應以武抗暴的說話：「如果我們的cause，我們的ends是正義的，我們的means是justifiable。」我又記得他說過：「香港人之所以建立，之所以我們情同手足，之所以我們的身份認同是香港人，是因為這些苦難。」

Bill現身處外國讀書，家人亦即將移居過去，但此時此刻，他卻申請返香港。他說最主要原因是在外國找不到志同道合的朋友，他希望能夠到中大升學，實踐他心中的抱負，成為他想成為的人。問他為何不留在外國，海闊天空？「唔好玩啦，我又唔係羅冠聰。」他說自己現在唯一做到的，只是和的士司機及當地人講解香港情況，以及天天看香港資訊(比我這位香港記者還要緊貼)，但他認為自己可以做得更多更多。他不想內疚，不想無力。

國安法已立，他的中學同學陸續上庭，真的要回來？他說：「無論我一年後回來，三年後回來，或者五年後回來，我都會回來，我亦有準備自己可能會被捕。」聽他說話，我大部時間想笑，是那一刻想滴下眼淚。

而留港讀醫的M說，自己根本無本錢走，但讀完書自己就有價值，就可以幫到手。他說留在香港會害怕，望到不公義的事會憤怒，但亦正正給他活在局中的感覺。走的走，留的留，但一樣同呼吸，共命運。

中學生身份構成與反修例運動的關係

林奕山

回顧各地歷史，學生都經常在社會運動扮演中堅角色，例如在60年代的美國民權運動、1989年的中國民主運動，以及近來席捲全球的反抗滅絕運動，他們不單單是參與者，更是行動者，甚至是組織者。香港作為國際城市，固然也置身於全球學運浪潮之中，由60年代的左派運動，1989年的中國民運，2012年的反國教示威，2014年的雨傘運動，以及2019年的反修例運動，香港學生都活躍於其中。

由於學生運動的歷史源遠流長，在學術領域中，也不算是新穎的研究題目。現時有大量文獻分析學生為甚麼會參與集體行動，譬如有研究指學生更容易接觸到嶄新思想，又有健全的社交動員網絡，加上有更多餘裕及更少成人責任，令他們更有條件參與社運。[1]可是，現存文獻通常分析大學生的政治參與，學者強調大學的制度和物理空間，如何孕育出自由思想，以及令學生結交到志同道合的朋友。[2]然而，現時專門探討中學生社運的文獻並不多，但他們的年齡，成長階段，以及面對的制度環境，都和大學生截然不同。

在深入訪談中，我們見到中學生在日常學校生活中，要面對

1 Weiss, Meredith, Edward Aspinall and Mark Thompson. (2012). "Introduction: Understanding Student Activism in Asia," in *Student Activism in Asia: Between Protest and Powerlessness*, ed. Meredith Weiss and Edward Aspinall, 1–32. Minneapolis: University of Minnesota Press; Altbach, Philip. (1982). *Higher Education in the Third World: Themes and Variations*. Singapore: Maruzen Asia.

2 例如 Conner, Jerusha. (2020). *The New Student Activists: The Rise of Neoactivism on College Campuses*. Baltimore: Johns Hopkins University Press.

來自校方的各種規訓手段，以及來自家長和同儕的壓力。在生理層面，學生還處於發育時期，瘦弱的低年級生卻要面對汽油彈、「裝修」、「私了」等各種街頭暴力。學生們沒有穩定收入，又要突破各種資源局限，而這些局限可能是微小而日常的，例如他們可能未夠年齡在連登留言，又要學習他們不熟悉的Facebook來接觸老一輩的舊生。與此同時，他們又要兼顧各種成長目標，例如公開試、課外活動，有些年輕學生只是想專心拍拍拖。

是次研究，我們把目光聚焦於中學生的政治參與，除了希望填補研究缺口，也因為中學生社運已是一股不容忽視的政治力量。在反修例運動中，中學生的動員之廣，是香港史上從所未見的，中學生成立的關注組與其他政治組織就如雨後春筍，他們以學生名義發起聯署、罷課、人鏈，在校內舉行論壇、設立連儂牆，在街頭組織集會。而不幸地，很多中學生因而面臨法律刑責，根據警方在2020年6月9日，亦即反修例運動一週年所公佈的數字，有1,609名未成年人士被捕，佔整體數字17%，有中學生更是飽受各種程度的身心創傷。[3]

以反修例運動做案件分析，我們提出一個很廣闊的問題：在「沒有大台」的抗爭時代下，中學生的集體認同(collective identity)是如何被建構出來？

中學生的政治參與情況

香港有長久的學運歷史，在上世紀50到70年代，學界已經經歷一場場左派愛國運動。[4] 到80年代，這股學運思潮轉化為支援

3 孔繁栩〈修例風波一週年，警拘千六未成年人〉，《香港01》2020年6月9日，摘自https://bit.ly/3ng0dy3

4 Wong, Benson Wai-Kwok and Sanho Chung. (2016). Scholarism and Hong Kong Federation of Students: Comparative Analysis of Their Developments after the Umbrella Movement. *Contemporary Chinese Political Economy and Strategic Relations: An International Journal* 2 (2): 865–884.

本地及內地民主運動的社會力量，至今依然發揮重要作用。可是在往日，中學生參政並不常見，少數例子是1967年的左派暴動，前民政事務局局長曾德成就因為在學校派傳單被捕。中學生過去甚少參與政治，其中一個原因是殖民時期去政治化的教育制度，並不鼓吹批判性思考，加上社會文化傾向考試導向的教育制度，在高度競爭的環境下，學生變得政治冷感。[5]

九七回歸後，學生運動主要還是由學聯和各大學學生會推動，例如2000年左右的居港權運動和反對《公安條例》運動，都是由大學生牽頭。要到2011年，學民思潮成立後，才開啟了中學生參政的新時代。當時，香港中學生大多已經是數位原住民(digital natives)，能透過網絡接觸到大量新聞資訊，同時擅長以社交網絡作連結工作。學民思潮成立初時只是關注德育及國民教育科，並成功透過群眾運動迫使政府撤回方案。後來，學民思潮成為一個推動民主運動的社運組織，並在2013年起推動「全民提名」方案。2014年9月，他們與學聯發動全港大罷課，召集人黃之鋒在26日更帶領100多個學生衝入政總旁的公民廣場，惹來市民聲援，事件引發兩天後的雨傘運動。

雨傘運動後，香港社運一度陷入低谷，但學運勢力沒有缺席於公民社會。到2016年，黃之鋒、周庭等學民思潮主力都已經是大學生，並決定解散學民思潮，轉而籌組政黨香港眾志，但一部分學生成員以新組織教育實驗學社，繼承學民思潮的工作。同時，香港本土浪潮興起，2016年2月更發生了旺角騷亂，香港及後也出現了主張港獨的學生組織學生動源，該組織一直運作至2020年國安法實施之前。由2014年到2018年，香港社會經歷多件重大的政治社會，例如高鐵「一地兩檢」事件，但是學生組織乃至整個公民社會都無力組織到大型反抗運動。

5　Leung, Wing Yan and Sun-wing Ng. (2006). Back to Square One: The "Re-depoliticizing' of Civic Education in Hong Kong. *Asia Pacific Journal of Education* 24 (1): 43–60.

直到2019年反修例運動，香港中學生學運可說真正進入高峰期。這場運動起因是陳同佳臺灣殺人案，香港政府希望修訂引渡條例，授權政府向中國大陸、澳門和臺灣等司法管轄區，移交疑犯及進行法律互助；而整場運動的參與者遠不限於學生和年青人，而是一場跨年齡、階級和職業的全民總動員。不過學生在當中扮演極為關鍵的角色，在3月至4月，民間人權陣線舉行的兩次遊行分別有一萬三千以及十三萬人參與，社會參與度在當時仍遠未達到後來的高峰。直到5月27日，殺人案死者潘曉穎母校赤柱聖士提反書院，其校友、學生及教師發起聯署，成為運動轉捩點。[6] 大批中學的校友和師生仿效聖士提反書院，發起自己的聯署和成立自己的關注組。這場由中學團體掀起的聯署運動，後來更拓展到不同界別，例如專業組織、宗教團體和地區社群，根據眾新聞報導，直到6月9日大遊行當日，有超過二十七萬人次簽下聯署。[7] 聯署不單為匯聚人氣，鼓動抗爭，也把過往沉默的反對聲音形象化起來，令人意識到身邊有很多「同路人」。

除了中學聯署成為運動初期的分水嶺，中學生的政治活躍程度亦是前所未見。在6月9日的兩百萬人示威，至少有30個中學生團體以團體名義參與。到了8月份的開學前夕，學生相繼成立關注組，也令抗爭手法變得多元化。在各大傳媒，也不難看到中學生在街頭抗爭的畫面，令人心痛的例子有中五男生曾志健在10月1日被警察以實彈擊中。

集體認同理論

社會運動研究最根本的問題是：人們為何會參與集體行動？

6　林景輝〈潘曉穎母校聖士提反師生聯署　批「假借公義之名」〉，《香港01》2019年5月28日，摘自https://bit.ly/36x2cYd。

7　〈反引渡修例聯署合集」〉，《眾新聞》2019年6月9日，摘自https://www.hkcnews.com/FOO-petitions/#/。

過往，很多人會從政治機會結構(political opportunity structure)去理解社運，例如政制的開放程度或精英間的矛盾，如何為集體行動帶來契機。[8] 亦有很多人會從資源動員(resource mobilization)的角度切入社運研究，了解公民社會組織如何動用資源，支援和鼓動示威。可是到近代，尤其在網絡誕生後，不少研究社會運動的學者都轉而以身份建構角度，分析人們的集體認同如何得以構成。換句話說，要理解人們為甚麼參與示威，就必須知道人們為何會有一種集體感，會認同自己是抗爭共同體的一部分。

集體認同可以被理解為個體與其所屬的群體所建立的認知、道德和情感聯繫，這種聯繫會令個體們在某些事情上同喜同悲，在一些議題上唇齒相依，繼而驅動他們參與集體行動，捍衛共同利益。[9] 學者通常認為，集體認同是經過個體之間的不斷互動而產生出來，依據意大利社會學家Alberto Melucci的講法，集體認同的誕生是「反複觸動群己關係」的結果。[10] 整個建構過程是動態而開放式的，建基於人與人間的關係網絡、情緒感通，以及對未來願景的共同認知，並非單純圍繞着種族、性別、職業和階級等社會特徵而展開。

在網絡世代，社交媒體進一步簡化集體認同的建構過程，令個體之間很快就能群集在一起。[11]人們以電子方式連結，如透過主題標籤、網絡迷因(memes)、限時動態、照片分享和留言點讚等來抒發意見和情感，甚至呼籲行動。這班人在現實世界可能互

---

8 鄭煒〈欠缺政治機會和組織的香港，為何突然走出社運低潮？〉，《端傳媒》2019年6月11日，摘自：https://theinitium.com/article/20190611-opinion-no-china-extradition-protest/

9 Polletta, Francesca and James M. Jasper. (2001). "Collective Identity in Social Movements." *Annual Review of Sociology*, 27 (1), 283–305.

10 Melucci, Alberto. (1989). *Nomads of the Present: Social Movements and Individual Needs in Contemporary Society*. London: Hutchinson Radius, p. 793.

11 Juris, Jeffrey S. (2012). "Reflections on #Occupy Everywhere: Social Media, Public Space, and Emerging Logics of Aggregation." *American Ethnologist*, 29: 2: 259–279.

不相識，亦未必共同擁有某一社會特徵，以Scott Hunt和Robert Benford的講法，集體認同就透過網絡，在片言隻語之間空談出來。[12] 因此這批學者會更關心人際互動、情感、語言和文化在集體認同的過程之中發揮甚麼作用，相反，種族和階級等社會特徵的重要性已不如從前。

然而，與現時集體認同的主流研究不同，這篇文章正正希望提出，即使在網絡世代，社會特徵依然影響人們如何構成集體認同，也影響他們如何介入整場社會運動。為此，我們會利用兩組理論資源來闡明社會特徵和集體認同的關係。

第一組是框架理論(framing theory)，在社會學領域，框架即是人們接收、分辨、演繹事物時的思維架構，令人可以簡化接收過程，理解到事情之間的聯繫。[13] 在社會運動中，人們會透過各種框架，為周遭發生的事賦予意義，生產文化符號，築構集體回憶，以鼓動同路人一起行動，以及打擊對手。David Snow和Robert Benford提出過三個意義生產任務：(1)診斷框架(diagnostic framing)即是診斷社會問題成因，(2)預後框架(prognostic framing)即提出問題的解決方法，以及(3)動機框架(motivational framing)即提出接收者要行動的理由。[14]

第二組文獻資源是社會資本理論，根據社會學大師Pierre Bourdieu的講法，社會資本是在一個人們彼此相識和認可的關係網絡中，實際和潛在資源的總和。[15] 因此，社會資本有兩重概

12 Hunt, Scott A., Benford, Robert. D. (2004). "Collective Identity, Solidarity, and Commitment." In David A. Snow, Sarah A. Soule and Hanspeter Kriesi (eds.), *The Blackwell Companion to Social Movements*, pp. 433–457. Oxford: Blackwell.

13 Goffman, Erving. (1974). *Frame Analysis: An Essay on the Organization of the Experience*. New York: Harper Colophon.

14 Snow, David and Robert D. Benford. (1988). "Ideology, Frame Resonance and Participant Mobilization." In Bert Klandermans, Hanspeter Kriesi and Sidney Tarrow (eds.), *International Social Movement Research*: pp.197–217. Greenwich: JAI Press.

15 Bourdieu, Pierre. (1986). "The Forms of Capital." In John Richardson (ed.) *Handbook of Theory and Research for the Sociology of Education*: pp. 241–258. New York: Greenwood Press.

念，第一重是能夠聯繫各人，作為動員基礎的關係網絡，第二重是關係網絡產生的互信、團結感和共同規範。這些共享價值能協助行動者建構集體認同和解決內部糾紛，令社會運動延續。在香港中學生的語境，社會資源的例子可以是他所屬學校的聲望和舊生連結，也可以是聯校網絡，這些資源不單成為學運動員的基礎，也影響學生們參與社運的方式。

本文就結合了上述兩組文獻，分析中學生在反修例運動中的政治參與，我們嘗試論證中學生們的社會特徵會為他們提供一個個思維框架去理解政治威脅，從而令他們融入抗爭共同體當中；當集體認同建立後，中學生的社會資本差異，亦會影響他們投入社運的方式。

聯署分析：學生如何理解政治危機

我們首先希望了解在反修例運動前夕的聯署熱潮中，中學作為一種香港人基本的身份認同，如何協助抗爭者詮釋逃犯條例修訂，融入整個抗爭共同體之中。為此，2019年5月尾至6月初的中學聯署，就成為重要的研究素材。這些聯署起草人未必是在讀學生，而很多聯署就沒有列明起草人的身份，很多學校當時尚未成立關注組，要到2019年8月後，中學生才更主導整場學運。但是在這一波聯署，就有大量的新畢業生，應屆文憑試生和各級在讀生參與其中，這可讓我們理解到中學生是如何理解逃犯條例修訂為對自身的政治威脅。

這些聯署體現了社會特徵的重要，雖然訴求和格式相近，但是每封聯署的語調、選字和具體內容各異，起草人會把反修例抗爭放諸於學校社群的歷史脈絡，以學校理念、核心價值和宗教理念，把學校社群連結到更大的抗爭網絡。我們按照了Snow和Benford的理論為藍本，為中學聯署進行了框架分析，從他們的文字當中，我們不難找到起草人利用學校的價值，生產對逃犯條例修訂的診斷框架和動機框架。

診斷框架即是學生如何詮釋逃犯條例修訂為對自身的政治威脅，例如對個人安全的威脅。如同其他抗爭者，很多學生會稱逃犯條例為「送中惡法」，「送中」一來取廣東話「送終」的諧音，二來直接觸動人們可能會移交內地受審的恐懼。一些聯署會把這種恐懼扣連到學生自身，例如聖母書院的聯署就提到：

> 面對惡法，任何人都不能倖免，即使你只是社會中的一粒小螺絲，甚至只是一名普通的學生，也可能誤墜法網。倘若修訂通過，身在香港的市民及旅客都有機會被移交大陸受審。我們十分憂慮，香港將會淪為極權司法的中轉站，威脅新聞界、商界、政治異見人士，甚至普羅大眾的安全。[16]

聯署強調學生也不能倖免於逃犯條例修訂帶來的政治風險，並把學生和新聞界、商界、異見者的命運聯繫起來，把條例描繪為對普羅大眾的集體安全威脅，營造出一種人人自危的感覺，以喚起讀者關注。

除了強調個人安全的威脅，這批中學聯署也有非常強烈的道德色彩，它們會引用一些校訓以及集體片段，來引證逃犯條例修訂如何威脅學生共同的核心價值，例如真理、公義和良知。譬如，中華基督教會基元中學的聯署就引用到該校的辦學宗旨：

> 記得我們學校的辦學宗旨嗎？願景宣言：「建立愉快校園，提供優質教育，發展個人潛能，共創美好人生。」你覺得現在的學生在這荒謬的教育制度下校園愉快嗎？老師在這高壓的環境下能提

16 〈聖母書院校友、學生反對修訂《逃犯條例》聯署聲明〉，摘自https://bit.ly/2IARY0G。

> 供優質教育嗎？學生在這環境成長能發展個人潛能嗎？我們下一代失去了自由，人生還能美好嗎？[17]

聯署以反問形式，質疑逃犯條例修訂的道德理據，並視之為對個人自由和美好生活的威脅。聯署人把逃犯條例修訂描繪成對共同價值的威脅，把反修例運動昇華到一場黑白分明的對壘，強化抗爭者之間的情感聯繫，塑造出強烈的集體認同。

診斷框架可以讓人們詮釋政策，而再下一步，動機框架就是為人們提供行動動機。在中學聯署中，起草人會重新詮釋共同價值，把反對條例修訂視為一種社群責任，然後作出行動呼籲。例如九龍華仁書院的聯署就寫道：

> 眼見香港法治、自由核心價值受到侵犯，國際城市地位隨時因此不保，作為秉承耶穌會men for others精神的我們絕對不能袖手旁觀，有必要站出來發聲。

起草人形容群體各人是秉承耶穌會精神，並把「發聲」視為一種必要的義舉，聯署就繼續提到：

> 呼籲保安局局長李家超及同為校友的立法會議員謝偉俊、何啟明回頭是岸，毋忘母校教導，以民為本，與民同行，捍衛香港核心價值……感謝校友李柱銘、涂謹申等人向外發聲，喚醒國際社會對《逃犯條例》修訂的關注，並鼓勵他們堅守母校校訓「在此徽號下，汝可克敵」(By this sign, we shall conquer)，為反對《逃犯條例》修訂奮戰到底。[18]

---

17 〈中華基督教會基元中學的校友、教職員及學生要求立即撤回《逃犯條例》修訂之聯署聲明〉，摘自https://bit.ly/3puq5Il 。

18 〈九龍華仁書院校友及師生反對《逃犯條例》修訂聯署聲明〉，摘自https://bit.ly/36AQiN0 。

起草人把知名舊生官員和建制派議員是違背母校教導的人，同時又讚揚反對條例修訂的民主派政客是堅守校訓的戰士，透過「英雄—惡人」(hero-villain)的敘事框架，喚起群體各人的道德衝動。

而創知中學(前稱：旺角勞工子弟學校)的聯署也是一個有趣例子，顯示動機框架如何運作。不同於九龍華仁書院等由宗教團體營運的學校，該校是傳統的左派學校，早在1946年就成立，在回歸後一直鼓勵愛國主義。然而，聯署就嘗試重新定義何謂愛國：

> 雖然我們的母校素來推行愛國愛港教育，但我們深明愛國不等於愛黨，愛香港亦不等於盲目支持執政者，學生理應如校訓般，以積極、誠懇、求真、創新的心態，令中國及香港變得更進步、開明，讓香港人享有自由和民主，令我們引以為榮的司法系統繼續得以保留，讓香港成為可以安心立命的安樂窩。

聯署聲明把反對逃犯條例修訂，包裝成一種理性愛國的取態，藉以希望遊説接受愛國教育的師生們，再繼而呼籲行動。

上述的聯署都反映，即使在網絡世代，社交媒體能夠令一班互不相識的人連結起來，但青年抗爭者所用的語言，了解問題的框架，都會受一些最貼身的社群經驗所影響，例如他們就讀甚麼學校，接受甚麼意識形態的教育，學校有甚麼舊生網絡。他們會把政治問題，翻譯成自己日常社群的語言，再消化並遊説身邊人，然後把周遭社群連結更大的抗爭共同體當中。

Instagram網絡：學生如何參與政治的模式

雖然反修例運動在6月初開始後一直不乏中學生的身影，但是他們真正以中學生身份投入抗爭卻是8月以後的事情。為了迎接9月初的開學，關心運動的中學生紛紛與志同道合的同學們組成關注組，並着手在開學後組織罷課和其他校內的抗爭活動。通常這些關注組大約有十多名成員，多數由高年級同學牽頭，各成員有一定的分工，但成員之間並沒有上下級的領導架構。學生「成立」了關注組後，都會立即為關注組開設Instagram賬戶，以便向校內同學發放信息，同時聯絡友校關注組組織聯校示威活動。

我們的訪談對象，便是這些中學關注組的成員。我們特別希望了解中學生參與政治的具體模式，因此我們在Instagram上開始搜尋這些關注組，發現它們的數量比想像中要多，當中不只為人熟悉的傳統名校，還有左派學校、地區學校和國際學校。我們進一步透過幾組關鍵詞在Instagram平台上進行搜索，直到2019年10月1日為止，我們找到了逾400個中學生關注組。

我們以關注組Instagram賬戶的數據，進行了一個簡單的迴歸分析(regression analysis)，以理解不同面向的社會資本，會否影響同學們的政治參與情況。我們第一個分析點是各個關注組的粉絲人數，我們列出了兩個應變項(dependent variable)，分別是被其他學校關注組專頁追蹤的數字，以及是學校關注組以外的粉絲人數。同時，我們設定了兩類型的獨立變項(independent variable)，第一類是該專頁的數據，例如貼文數量，以及追蹤了多少賬戶；另一個類型即是專頁所屬的學校資料，比如是屬於甚麼級別的學校，在香港的說法是甚麼Banding，還有授課語言是甚麼，又究竟是男校、女校抑或是男女校，辦學團體有否宗教背景。

我們估計學校的名望會影響關注組的影響力，即是學校的成績級別愈高，其關注組的專頁就有愈多粉絲人數，其學生在運動之中就變相有更大的話語權。而迴歸分析也引證了我們的想法，所屬學校的成績級別愈高，無論是來自其他關注組，抑或是校際網絡以外的粉絲，兩個數字都會愈高，而且當中的關聯性很強。

有趣的是，我們發現性別因素，都可能影響學生參與社運時的話語權，男校和女校的比起男女校均傾向有更多來自其他關注組的粉絲，而女校來自非學校關注組粉絲人數亦會更多。不過背後的因果關係尚待考證。

在群眾動員上，學校聲望較佳的話，關注組的同學可以享受更多的社會資本。其中一個是校友網絡，有很多研究分析過，精英名校生通常擁有更多人脈，便利職場就業。其實放諸社會運動的語境，人脈同樣重要，舊生既是中學生的動員對象，也提供人力資源。一間港島女名校的學生就憶述：

> 7月7日的九龍遊行，關注組組織了街站，樹立了流動連儂牆做心聲交換。不少舊生校友來當義工，當中不乏上年紀的校友。這些校友是透過聯署組織而來的，聯署累積了500多個contact，有些是老校友自己的網絡snowball出來的。[19]

對於中學生而言，舊生可以幫他們壯大行動規模，也偶爾擔當顧問角色，他們了解學校運作，可以建議學生如何和老師打交道，甚至可以提供小額的資金援助來印刷文宣，以及處理不反對通知書等程序，令他們的計劃得以實踐。

除了校友網絡，聲望本身就是一種文化資本。學生能夠就讀成績級別高的學校，一般有更佳的求學和就業機會，在考試文化盛行的香港，更猶如被賦予一個精英形象。在社運中，這個精英形象可以成為有用的文化資本，去對抗政權，尤其是不少政府高官和社會名流都出身於名校，名校生的精英形象正好成為對照。因此，名校學生會更容易吸引媒體，而且他們也會更在意與同級別的學校去合作。而早在反修例運動之前，名校學生們就透過聯校活動，例如舞會、運動會和辯論比賽，建立好緊密的名校網。

19　匿名受訪者，學生，訪問在2019年10月26日進行。

這些聯誼網絡在運動期間轉化成行動網絡，例如2019年9月2日中學生集會，就有十二間港島名校牽頭。

可是，這種精英形象，也可能令運動存在排他性，例如排名稍遜的學校，可能參與機會會較少，在與半山名校關注組的深入訪談中，受訪者會意識到名校身份能令他們得到更多關注，而排拒非名校的學生：

> 點解要搵名校？是因為名校的IG多人follow，同埋social capital的concept，我們曾經見二百幾間中學聯署，但無人知，但九校聯罷是可以上到《明報》，於是我們之後就一直用呢個邏輯，寧願係十幾間名校出聲，個noise大啲。對運動，我們做一個推動的小小齒輪都是好的。[20]

也有其他受訪者直接從具體的合作問題，抗拒與排名較低的學校學生合作：

> 有時好難同佢哋(非名校)合作，佢哋唔係好識寫聲明，我地自己搞，會少D拗撬。

總結

在這次研究，我們透過學生訪探、問卷和社交媒體分析，了解社會特徵如何影響學生對社會運動的集體認同，以及他們的政治參與方式。我們發現「中學生」作為香港人的共同經驗，在反修例運動前夕形成了一種中介性的群體身份，並與其他植根於不同社會領域的群體身份——例如大學生、專業人士、新移民、家庭主婦——連結，建構出有利社會動員的集體身份認同

20　匿名受訪者，學生，深度訪談「名校關注組」。

(collective identity)。通過在中學聯署中對校歌、校訓和學校生活的敘述，「中學生」身份的道德感和純潔性，能夠凸顯逃犯條例對社會——尤其是年輕人——的切身威脅，令上街成為一種道德責任。

另外，我們亦發現，社會資本(例如學校水平和舊生網絡)對中學生在社會運動中的話語權，以至如何以及有多大能力參與在活動之中，有很重要的影響。名校生擁有的校友和聯校網絡，令他們比其他來自名氣稍遜的學校的學生更有資源組織集體行動。這次研究是回應了近年學術界盛行的集體認同理論，強調即使在網絡世代，社會特徵(例如階級、人脈、學校背景)依然形塑我們的集體認同過程。

經過反修例運動以及國安法生效後，校園已經變得不再一樣。從訪談中，我們看到有左派學生，因為融入抗爭共同體，而感到情感共通，從過往學校加諸的枷鎖中解放開來：

> 在學校是不知自己存在的位置，只會互相杯葛，被邊緣化，完全唔知自己是垃圾？是屎？但睇連登，好有本地feel，手足互相加油，感到很溫暖，有一種人情味，無感受過，有一種生存價值。[21]

又有名校學生因為感覺香港不再一樣，而遠赴外國升學；也有已經人在海外的學生，看到中學同學陸續上庭，因為不想內疚、無力，而執意回港：「無論我一年後回來，三年後回來，或者五年後回來，我都會回來，我亦有準備自己可能會被捕。」[22]

但無論政局如何變化，學生運動都很可能是強大的社會力量，現時還有很多值得研究的路向，例如當學校成為政治動員的場所，學校運作會如何受衝擊，校方會如何應對？而在與13

21　匿名受訪者，學生，深度訪談「邊緣香港人」。

22　匿名受訪者，學生，深度訪談「名校關注組」。

歲女孩的訪問之中，我們看到學生示威者都可能面對嚴重的情緒問題：

> 我自己本身也有情緒病，都幾嚴重的，我自己覺得，我的心態是想自殺，咁不如在死之前做返D有意義的事。然後便跟他一齊出去衝，覺得要死都無咩所謂。

香港大學團隊在2020年1月發表的研究指出，在2019年社會衝突期間，21.8%的受訪成年人疑似有抑鬱或PTSD問題，即是約每五位香港成年人就有一位，雖然研究並非針對青少年，但結果很可能同樣在青少年群體中成立。[23] 究竟階級和學校背景影響青年人政治參與的同時，又會否影響他們如何處理情緒？這些是作為教育工作者值得深思的問題。

23 Ni, Michael et al. (2020). Depression and Post-traumatic Stress during Major Social Unrest in Hong Kong: a 10-year Prospective Cohort Study. *The Lancet* 395 (10220): 273–284.

第八章

國際線

近年，中國與西方主要國家的關係出現了重要轉向，2018年中美貿易戰開展，「新冷戰」之說隨之冒起。反修例運動在這國際大環境下發生，不少參與者主動向外國講述香港的狀況，尋求國際輿論支持，甚至遊說外國政府制裁中國及香港政府。這些工作構成了反修例運動的「國際線」。過往，香港的民主運動也有主動面向國際的時候，但說到規模和被重視的程度，反修例運動中的「國際線」，應該是史無前例的。

在中國政府眼中，國際遊說工作也許有勾結外國勢力之嫌，需要制止和撻伐，港區國安法的設立，亦令國際線工作變得異常敏感和危險。不過，從分析的角度看，要了解反修例運動，還是不能忽略國際線這一環。

和反修例運動的其他「戰線」一樣，參與國際線的有不同背景的人，包括知名度高的政治人物，也有名不經傳的社運素人，以連結型行動的方式進行相關工作。三個由記者夏木撰寫的專訪，描寫了旅居德國十年的石賈墨、在美國長期進行國會遊說的前香港眾志成員敖卓軒，以及反修例運動中的匿名輿論及行動領袖攬炒巴的個人故事，也展示了不同地區不同層面的國際線工作的一些異同，李立峯的分析文章則從政治機會、動員結構，和身份認同三個層面解釋國際線的出現。

敖卓軒：沙田到華盛頓

夏木

2019年9月17日，反修例運動正持續燃燒，在太平洋另一邊，鎂光燈對準了赴華盛頓的香港代表團——黃之鋒、何韻詩等人出席國會聽證會，呼籲通過《香港人權與民主法案》，冀以香港的特殊地位，反逼北京改變對港政策 。

當「中國人權」執行主任譚競嫦(Sharon Hom)發言時，她身後有個頭髮GEL高、瀏海九一分的年輕人，引起網民注意。有「連登仔」口直心快：這個後生的「長蔭MK」是誰？

回憶起這幕，敖卓軒笑起來：「我襯頭髮被人見到啊嘛……」

兩個月後，美國總統特朗普正式簽署法案。有別於90年代對華「交往」政策下所通過的《美港關係法》，新法案更關注香港的自治地位，以制裁等方法向北京施壓。

從2014年的無人問津、到五年後獲得近六十名兩黨議員做共同提案人，新法案背後重要的推手之一，是歷史學博士生、二十五歲的香港青年敖卓軒。

乘兩黨對華之勢，巧推香港議題

2014年11月，雨傘運動尾聲之前，《香港人權與民主法案》第一版推出，連黃之鋒都不知道這法案的存在，敖卓軒已經因為在紐約組織港人示威，而獲邀參加法案的聽證會，接觸到議員。

這是敖卓軒赴美讀書的第二年。傘運結束後，香港社運低迷，這法案失去政治能量，在每年數以千計的立法提案競爭下，它從未衝出過參眾議院的委員會，浮沉五年。

由於在美港人網絡，敖卓軒在2015年認識了訪美的黃之鋒，又在2017年加入「香港眾志」。那時候，黃之鋒已意識到傘運帶來的國際關注，想藉此推進香港議題。

彼時敖卓軒從紐約大學畢業，到華盛頓的喬治城大學攻讀博士，做遊説可説是近水樓台。於是他開始嘗試跟進法案。

2019年之前，關注香港議題的議員可謂少之又少。敖卓軒一邊藉黃之鋒等人訪美、或美議員訪港的機會，與議員辦公室建立聯繫；一邊透過處理中國議題的CECC (國會及行政當局中國委員會)，認識議員。「前輩」李柱銘亦為他帶來人脈。

敖卓軒接觸美國政治，可能要比普通香港年輕人多一些：他出身於沙田一個中產的家庭，中學開始讀國際學校，用他的話來講，同學了解奧巴馬，多過知道曾蔭權。不過，敖説自己很不「國際學校」，七歲就跟父親上街參加遊行，反高鐵、六四集會從未缺席，比身邊同學更了解香港時事。

2008年和2012年兩屆美國總統大選，敖卓軒和同學好似追劇一樣，在Facebook洗版討論。那時敖卓軒like了幾乎所有美國主流大報的Facebook，看得不亦樂乎。他支持羅姆尼，認為共和黨對華更強硬，看着各州份陸續開票，敖卓軒為羅姆尼焦急：哎呀，又輸一個州！當美國人老師走入課室高興宣佈奧巴馬獲勝時，台下同學全部歡呼：「噢——！」敖卓軒也跟着亂叫：「噢——！」

當真正踏足華盛頓政策圈時，敖卓軒發現，現實是，兩黨都一直有鷹派和親中人物；更重要是，兩黨共識，已從冷戰後與中國「交往」、支持貿易全球化，轉為強硬對華。

面對這樣一個國會，為香港議題爭取兩黨支持，敖卓軒説，這是「自然而然」的做法：以法案向中國施壓，符合跨黨派的對華共識。

敖卓軒很勤奮，本着天性裏的好奇心，他每日大量閱讀美國新聞；作為香港眾志在華盛頓的代表，他一有空就到國會「打躉」，與幕僚談話，嘗試以美國人視角，把香港議題打入政治中心。

他借用中國因素凸顯香港問題的重要性：香港討論「明日大嶼」時，他去見保守右翼共和黨議員，說：這件事大鑊了，中國為了和美國打貿易戰，不夠錢，想借用香港庫房，因此做此方案，這亦損害香港的財政健康。

他又把大嶼山與其他議題扣連：見民主黨議員，他就說：氣候暖化下，幾個島一個浪蓋下來，加上起高樓大廈，水位上升就會沉，這是一個完全反科學的project。

還有西藏、新疆、臺灣等議題，敖卓軒統統擁抱，「你連結越多和中國其他議題有關的事，香港議題才顯得relevant。」

他強調，遊說訴諸的，歸根到底仍是民主自由的普世價值；但具體到見議員及幕僚時，必須用對方關心的角度來闡釋香港。

四年間，敖卓軒不僅將中國事務相關的委員會、兩黨議員及國務院官員認識了一遍，還把他們的政治路線、利益關係記得爛熟於心。他有歷史學家的記性和敏銳，一次大學做新書發佈會，他稍微翻書，便馬上指出教授寫錯了印度「博帕爾事件」的年份。對，國際遊說只是副業，他正職其實是歷史學博士生，要教書、做研究。他稱自己為“activist historian”。

中港關係轉變，兩代人的國際遊說傳承

2019年5月，美國的議員計劃6月13日重推法案。沒料社運率先爆發，一百萬人上街，敖卓軒說，這機遇是「屎忽撞棍」。他

馬上與眾志商討，再寄電郵予CECC的議員助理——那正是2014年第一次參加聽證會後認識的那一位，幾年間早已熟絡。幾封電郵，9月聽證會就此敲定。

三個月後，9月16日夜晚，敖卓軒、黃之鋒、梁繼平和羅冠聰，四個社運青年聚在華盛頓一間酒店房，為翌日的聽證會寫稿、練稿，吵吵鬧鬧。一直以來，黃之鋒在美國不同公開場合的講稿，均出自敖卓軒手筆。

這一次，敖卓軒在講稿裏寫：「北京不應魚與熊掌兼得，在消除我們的社會政治身份的同時，收穫由香港環球經濟地位而得來的利益。」

他們推動的法案，在1992年《美國—香港關係法》基礎上，增加制裁、凍結官員資產等多種方法，令美國不只有取消香港特殊待遇的選項，在盡量不損害香港利益的情況下，向中國施壓。

與二三十年前李柱銘這一代相比，敖卓軒他們所秉持的遊說立場及對華取態，似乎不一樣了。

1989年6月，李柱銘曾到美國國會聽證會，促請制裁中共；但其後，他改變了立場。這或許源於當年香港民主派對中港利益唇齒相依所生出的顧慮，以及對中國民主化的正向設想。

1990到1992年，美國國會熱議應否取消中國大陸最惠國待遇，以貿易制裁倒逼中國改善人權狀況。據學者林碧雲記錄，當時香港民主派面對兩難：一方面，他們想利用美國的經濟槓桿(附加條件的最惠國待遇)，迫使北京在處理對港關係時更加開明；另一方面他們害怕，這類措施將傷害香港經濟。

這仿如2019年反修例運動中遊說者所面對的「攬炒」難題。90年代，李柱銘選擇的，是明確反對取消中國最惠國待遇，及後支持中國加入世界貿易組織。他認為中國發展、開放，將導向民主，對香港有好處。李柱銘還參與推動1992年《美國—香港關係法》，確立香港特殊待遇，讓美國監督一國兩制狀況。

「1992年美港關係法，其實建基於中美『交往』的共識：支持一國兩制，讓香港成為美國liberalize中國的方法。」敖卓軒說。時至今日，像敖卓軒這一代國際遊說家，在中國對香港的進逼下，看法早已改變。

「最大改變在2014年。2014年之前，(香港國際遊説者)仍未100%把中國視作一個對立者。」他說，「2015年開始……這(中國是對立者)已是一個established fact。」

現在，他們認為香港退無可退，因此轉變對美訴求，想設立更強硬的制衡機制，若一國兩制不保，便制裁相關官員，取消1992年確立的香港特殊待遇是最後一步，以此損害中國利益。

今時今日，有網民埋怨李柱銘一代人沒爭取到普選甚至自決，敖卓軒不同意，說要理解歷史脈絡：

「1992年，任何一個香港的民主派人士，他要講的東西，一定是爭取國際社會監察九七後會否兑現一國兩制的承諾。……當時自決都未進入香港政治語言，沒這個agenda。」

他對李柱銘敬仰有加，說自己對美港政治的了解，不少來自李。李柱銘訪美，敖卓軒有時會駕車載他、一齊吃飯。敖卓軒愛發問，而李柱銘愛講故仔，有一次他告訴敖卓軒，2000年討論中國加入世貿，Nancy Pelosi曾對他說：Martin (李柱銘英文名)，我認識你這麼久，我每件事都很支持你，這是我第一次覺得，你支持中國入世是錯的。李柱銘當時說，不，我覺得我是對的。

李柱銘與Nancy Pelosi私交甚篤。Pelosi現在是民主黨眾議院議長，自六四起關注中國人權問題，強烈反對中國加入世貿。

近二十年後，李柱銘對敖卓軒說：啊，其實我當時是否真的看錯了呢？

「如果他覺得自己看錯了，他就承認。」敖卓軒說，「李柱銘八十二歲，但他對於我們這一代接納的程度是最高的。」他因此很尊敬李柱銘。

在右左翼批評之間，在大國角力之間

聽證會兩個月後，美國總統特朗普正式簽署法案。眼見特朗普在貿易戰的對華態度較從前強硬，不少香港抗爭者把希望寄託在他身上。

然而，長期浸淫美國政治，敖卓軒認為，兩黨對華共識已形成，不會因總統而改變。他為人率直，向外媒坦白說出這意見，結果被「連登」網民罵得狗血淋頭，理由是擔心他的言論影響美國對港支持。

敖卓軒一度感到沮喪。「如果你明白跨黨派的運作，」他說，「……我公開批評你，轉頭我們就一齊去canteen食lunch。」他周旋於華盛頓政策圈，說自己懂得拿捏批評總統的尺度——他知道共和黨議員也有不滿特朗普的時候。

不久他發現，自己面對的批評，不僅來自連登仔，還來自左翼團體。

香港左翼團體「流傘」裏有一位敖卓軒認識數年的友人A，他質疑敖尋求美國幫助，是接納美國霸權下的世界秩序。敖則堅持，在無法改變局面的情況下，依靠美國「有實際作用」。

敖卓軒明白，一些美國左翼對香港運動的取態猶疑，覺得「又是Macro Rubio、Tom Cotton呀？」這些在同性婚姻、墮胎或移民議題上持保守態度的右翼共和黨議員，正大力支持香港運動。

於是，敖卓軒接受友人A的訪問，從左翼角度，辯論香港的國際路線，文章刊在左翼媒體*The Nation*上。敖想呈現，香港運動有豐富面貌，而非令人停留在親美(指政府)、右翼的印象，令中間偏左的支持者卻步。

友人A 曾質疑，尋求美國幫助，對香港有反效果。2020年，美國宣佈香港特殊地位不再、制裁官員，中國也祭出港區國安法，一時之間，香港似乎被「攪炒」了。

其實敖卓軒清楚，兩國角力，香港確是一張牌。他坦承，對於如何求存，他沒有很好的答案。但他始終被一件事所震撼：「香港人在一個被打壓的情況下，在整個政治制度都與你為敵，在國際系統中你沒有代表性⋯⋯你仍做到比過去更多的事。香港人在2019做到的事，是遠超於香港歷史上任何一刻對整個國際系統的影響。」

石賈墨：在德國的香港時間

夏木

回想起來，在德國按計劃走了近十年的人生，就在那個夏天拐上了另一條路。

2019年6月，遠在大陸另一端的故鄉爆發浩大的社會運動，四個月後，身在德國的石賈墨辭去機械與自動化工程師的職位，正式從「Engine佬」轉行，全身心為運動開拓德國國際線。他幫G20團隊聯繫德國報章，又製作短片討論水炮車的危害性，之後受邀出席國會聽證會，發言呼籲德國政府向港府施壓。

在美國，香港議題不僅有1992年美港政策法的歷史法律基礎，同時正乘着美中爭霸戰的新冷戰之風，獲取兩黨共識，催生出各種法案及制裁中國的機制；然而，在作為歐盟領頭羊的德國，香港議題顯得更遙遠和棘手：缺乏可推進的法案基礎之餘，德國需要平衡歐盟各國對中港議題的態度不一，並且在經濟上受中國牽制更大——中國已經連續四年成為德國最重要貿易夥伴。

用石賈墨的話來講，在德國開拓香港國際線，就好像那個民間流行的故事：賣鞋子的商人去非洲開拓市場，卻發現當地人都沒有穿鞋的習慣。

2020年5月，港區國安法消息出來後，德國似乎進入一個調整階段：國會進行了一場針對香港問題的辯論。執政聯盟仍主張「對話」的對華態度，不過在港區國安法正式實施後，德國政府研究推出反制措施，包括簡化港人來德手續、中止與港引渡協議等。

在賣鞋子的故事裏，去非洲的兩個商人，一個説要開拓非洲市場，是癡人説夢。另一個則説：太好了！原來非洲沒人穿鞋，如果可以改變他們的生活習慣，肯定財源滾滾。

石賈墨就是後者。

香港時間

與石賈墨聊天，令人開懷大笑。他愛講笑，寬厚、坦率，不吝於剖析自己；常梳大光頭，在腦後扎成長長的馬尾，深色細邊框眼鏡裏是一雙笑成彎月的單眼皮眼睛。

在二十九年的人生裏，石賈墨拐了兩個大彎，似乎總做出讓身邊人驚訝的抉擇。

十年前，2010年，在香港中文大學剛讀了一年的他，決定退學，跑去德國重新唸書——原來，他入學時愛上了一個德國交換生，交往一年後，對方回到千里之外的奧芬堡。

十九歲的石賈墨並不就此罷休。研究一番後，他發現去德國讀大學可以免學費，加上自己從小嚮往成為工程師，到德國讀書可説是難得機會，權衡之下，他退掉了學籍，申請德國巴登符騰堡州的曼海姆應用科技大學。

身邊有朋友咬牙切齒：我們這麼辛苦才考上的學位，你説退就退？回憶及此，石賈墨哈哈大笑：「吹咩？爛命一條，挑，我去到德國唔掂，咪再返來讀過咯！有乜咁巴閉！」

就這樣他坐上了去德國的飛機。臨別，朋友送了一隻手錶給他，叮囑他好好保存香港的時間。

生活從此圍繞德語、工程學課程、實習打轉，當中最難的，還是德語。即使有個德國女友，剛到德國的他，發現自己和一個嬰兒無異，甚麼都聽不懂。

分秒不停，年月過去，香港的手錶漸漸走到耗盡電量，而他也憑努力逐漸掌握了流暢德語。他畢了業，順利找到工作，也和女友成了婚，生了可愛的兒子。他越來越喜愛這個國家，甚至成為義務消防員；與此同時，那個「香港的時間」，並沒有因為手錶沒電而停止在心裏流動。

他從前不關心政治，是到德國後，才體悟到一個民主的體制能帶給普通人如此充裕的機會。他每年至少回一次香港，想着若果香港能變成民主社會，該有多好，甚至想像以後兒子回港讀書，看看他和太太年少時相識的地方。

生活在2014年雨傘運動時曾掀起波瀾：那時候石賈墨連公司都不回，天天在家看香港的直播。他剛畢業，自覺德文不算好，迷茫不知能怎樣幫忙，只在Facebook開了一個「香港人在德國」的群組，聚集在德港人。

直到2019年6月，當催淚彈再次在香港土地上爆開，一切和五年前不同了。他德文早已進化到開了「石賈墨德語補習社」，專門教香港人；而運動曠日持久，一些港人開始串連，醞釀吸引國際關注的行動。

在一個早上，他收到了一條信息：「知道你有教德文，我們現在做全球登報計劃，你可不可以幫手？」

「沒問題，可以幫到甚麼就幫。」他答。

二次拐彎

石賈墨的生活好像上了高速公路。

他每天下午收工，回家照顧兩歲的兒子，晚飯過後，開始做和香港有關的工作，蒐集資料、翻譯報導、和不同團體協調，如此這般到凌晨兩點，睡不到五小時，第二天七點就要起身上班，沒有間歇。

「G20」團隊想在2019年6月底G20峰會召開之際，在不同國家的主流報章刊登廣告，呼籲支援反修例運動。石賈墨的德文幫了他們的忙，他直接打給報館，像德國本地人一樣和編輯溝通，又幫忙做翻譯校對。

德國法律規定，廣告要有當地人署真名做負責人。公開姓名參與登報，可說是一種政治風險，石賈墨答應了。最終在《南德意志報》刊出的廣告，最末署的是他的名字。

這件事讓他開始反思，在香港行得通的抗爭策略和敘事方式，在國外未必如此。例如運動強調「無大台」，但石賈墨發現，要在德國寫公開信或者登報，如果沒有真實的代表人物，別人不會理會；再如有香港網民批評德國政府「舔共」，而石賈墨認為，不能脫離德國的歷史脈絡來提出要求和批評。作為浸淫德國文化十年的人，他感覺香港的政治敘事難以進入歐洲的政治語言環境，需要更進入德國情景，從中德經濟關係入手，拉近香港故事與當地人的距離。

石賈墨自認「不是很政治的人」。在德港人的網絡群組，不時也有抗爭的路線之爭，他都不太參與。他總是抱着「做咗先」的想法，工作亦越來越多。2019年9月，石賈墨推動註冊了「香港人在德國協會」。

2019年年底，當公司有更大的項目想他參與，而國際線的工作又令他感覺已「放不低」的時候，他明白自己要作出一個決斷。

其實石賈墨很喜歡做工程師，可他也着實不想放下香港的運動。

「可能是會有少少戲劇性⋯⋯我都不知怎說⋯⋯可能有那種，『時代的召喚』。」語畢，他不好意思地大笑起來。

像十年前退學跑到異國他鄉那樣，他再次權衡利弊：放棄專業人士的高薪厚職，收入銳減，但太太同樣是專業人士有較高收入，而自己可以靠德語補習社幫補，也多出時間陪伴兒子，「兒子現在兩歲，有些時間過了就過了，還是想陪他。」他聲音柔軟起來。

於是，石賈墨真的辭了職，全身心投入國際線，人生第二次大轉彎。

歸期遙遙

石賈墨的太太曾在中大讀書，她最近做了一場惡夢，夢見回到旺角，卻人事全非。石賈墨的腦海則經常出現一個畫面：年少時在旺角地鐵站等人，那時還未有手提電話，不能隨時聯繫朋友。等着等着，新聞裏那些催淚彈、警棍、血跡的畫面就出來了，旺角的畫面被污染了。

「好無奈，好像你有一個保存了二十幾年的花樽，你打碎了，那種懊惱，那種記憶粉碎了，怎麼黏都黏不回去……」他繃緊臉作「肉赤」狀，眉眼揉皺在一齊：「就是嘶——啊——那樣子。」

辭職後，他連續兩個月沒有收入，太太都覺得有點害怕。直到他的德語補習社稍微穩定，他才心安。

石賈墨不再與機械臂、電腦程式打交道。2020年1月27日，他從黑森林穿過大半個德國來到柏林，參加國會關於香港問題的聽證會。聽證會源自在德港人發起超過五萬人的連署、要求政府採取行動制止香港警暴，而能夠講流利德文、願意公開露面的在德港人，寥寥無幾，最終石賈墨接下了這個邀請，成為發言代表。

他做了一桌子的筆記，又和同伴準備了十張圖片，希望能夠有說服力地呈現警察武力的問題。事前他掙扎了很久：究竟如何說明運動的性質和香港主權問題？

他認為自己要做的是反映民意。由於香港民意研究的民調顯示，不到兩成受訪者支持香港獨立，加上他判斷德國政界對獨立問題敬而遠之，於是，他最終在聽證會表明，反修例並非獨立運動。

這在媒體的水花不大，卻惹來同路人極大爭議，有人批評他與港獨「割席」。這一役，令石賈墨開始反思身為素人的限制。

他感覺自己未夠有政治家的敏感度，又擔心自己的政治參與可能為協會帶來壓力。他退出協會，放更多時間在「黃色補習社」，教來德國的港人德語，為他們提供當地資訊。有一段時間，他覺得國際線容易被香港發生的即時衝突牽着走，於是，他嘗試用更長遠的目光看待香港的運動，做一些「揼石仔」的工作——幫助香港人融入、參與德國社會，就是其中重要的一環。

他從未想過，有一日自己不再能夠回港。

港區國安法在一個多月時間急速通過，2020年6月30日夜晚11點，政府宣佈，法例生效。至落筆之時，至少二十一人在國安法名義下被捕，六人被跨國通緝。

看到《蘋果日報》梳理的被通緝人士四大標準，「有沒有去過外國聽證會，有沒有見過外國議員，有沒有在Facebook發表違法內容，有沒有接受外媒訪問⋯⋯」石賈墨大笑起來，「剔剔剔，喂我嘅剔仲多過黃台仰！」

十年前，石賈墨坐上往德國的飛機，在空中拍下一片香港的剪影。那時他想，有朝一日自己達成目標，會懷着感激的心返回家鄉。朋友送給他的手錶，一直在心裏嘀嗒，彷彿提示一個無形的歸期，直到2020年6月30日。

他的書櫃上放着一張照片，是十年前離開時的香港海景。

註：「石賈墨」是筆名，是他在德國住過的一條街道Stegermatt的譯名。

劉祖廸：連登組隊，打出草根國際線

夏木

> Fire is catching, and if we burn, you burn with us!
>
> —— *The Hunger Games: Mockingjay*

係咪咁就一世？

咁樣一世係咪值得？

倒在地上時，劉祖廸在心裏問了兩個問題。血腥味瀰漫開來，右眼睜不開了，腎上腺素正在飆高。被三個人圍毆了，重點攻擊的是頭部，不知眼睛是否會盲，他如此意識到。

用「我要攬炒」為名在連登發出第一個帖文，是2019年6月10日，那時劉祖廸沒想過，「攬炒」論會捲起反修例運動的輿論浪潮，甚至引來國務院、中聯辦點名批評。

他更沒想過，自己此後把人生都賭在「攬炒團隊」上。那時他還未公開真名，人們稱他為「攬炒巴」。

種子

生於1993年，劉祖廸像所有香港這一代人一樣，在小學的常識堂上跟老師背誦「港人治港」、「高度自治」、「五十年不變」，學習洋紫荊圖案。在那個遙遠的下午，他舉手問老師：

「那五十年後怎麼辦？」

對於人生裏發出的第一個政治問題，在他看來，老師沒能解答。從那天開始，這個問題留在心裏，成了一條刺。

他成長於草根家庭，從小到大，父母疼惜他，努力供書教學，曾有段日子，家人需一日打兩份工，維持生計。

讀大學以前，他夢想成為氣象學家。夢想的起源已經模糊，或許是兒時從課本第一次看到「風」字，旁邊畫了一把風扇，只有幾歲的劉祖廸好奇：世界有風，是否在某個遠方架設了一排風扇？

一心想讀氣象學，但A Level成績差了一分，跌入第二志願測量學。2012年入讀大學，正是社運風起雲湧的年代，從反國教到雨傘運動，他從不缺席。銅鑼灣佔領區形形色色的人物，還有漂亮的千紙鶴，至今印在他腦海。

傘運之後，胸膛裏是無盡的無助與失落，當本土派崛起，他成了支持者。2015年旺角「魚蛋」事件，大多數港人並不支持本土派的行動，他卻堅持「以武制暴」是對的，和朋友爭執起來，討論無疾而終。

2016年，梁天琦曾給他帶來希望，但梁受政權打壓後，隨之而來是本土派內部分裂，劉祖廸取消追蹤所有本土派有關的Facebook賬號，眼不見為淨。

雖如此，他仍留意到香港民族黨的冒起。2018年，民族黨去信美國總統特朗普，倡議取消《美國—香港關係法》下香港所獲特殊待遇。這個用香港地位打擊中國的想法，從此像種子一樣留在劉祖廸的心裏。

他覺得有趣：「既然共產黨要破壞一國兩制，我覺得不如乾脆搞成一國一制。」

招兵買馬

在讀到許穎婷的文章以前，劉祖廸沒想過，平民也可以打國際線。

那是2019年4月，反修例運動正值醞釀階段，在美國唸書的許穎婷寫了一篇名為"I am from Hong Kong, not China"的文章，一時之間成了海內外華人圈子的熱話。

彼時劉祖廸接受公司調派，到英國工作第二年。他看到「草根」打國際線的可能——原來不止是傘運年代的政治明星才能對外媒侃侃而談，普通人也憑一篇文章讓香港獲得關注。「世界各地的人都可以做些事去幫忙，如果可以將這些力量連結，也許是個出路。」

6月9日夜晚，第一輪反修例運動的衝突爆發，政府打算繼續將條例修訂送上立法會二讀。6月10日清晨近七點，在無力感的壓迫下，劉祖廸第一次用「我要攬炒」的賬號在連登發貼文，題目是：「[招兵買馬]召集所有未放棄嘅連登仔，認真分工，幫港共官員同建制派取消外國護照」。始料不及，這個貼文獲得了約一萬七千個「正評」。

這或許是之後「攬炒論」的起點：在阻止不了情況變壞的時刻，確保對手為此負上代價。

劉祖廸從法理切入，寫公開信給不同國家的政府，要求他們凍結香港官員和建制派的外國資產、取消他們的外國護照，以此逼迫他們轉變態度 。作為素人，他沒有政治行動的人脈，決定在連登尋找夥伴。

他在連登請有意加入的人留下Telegram的ID，逐個去問背景資料：在哪裏唸書、有甚麼技能，最重要的，還有所在時——二讀就在三日後的6月12日，為了爭分奪秒，劉祖廸想找分佈在亞太、歐洲、美洲三大區域的人，如此一來，只要他不睡覺，就可以把一天二十四小時用盡。

6月10日成軍，6月11日就推出第一次行動，「攬炒團隊」去信美國、英國、澳洲的政府機構和官員、議員，還有前港督彭定康。

那時還未流行「國際制裁」一說，第一次有人作出針對親中官員和建制派利益的行動，支持反修例的連登網民反應熱烈，暱稱劉祖廸為「攬炒巴」，又稱他是“hero”。不過，劉祖廸也承認，這次行動成效不算大，一百多封電郵僅有數封回應，唯一值得留意是彭定康回信了。

隨後，攬炒團隊馬不停蹄：「6.12事件」後去信聯合國要求徹查警方行為、在《金融時報》撰文、7月在英國就《中英聯合聲明》登報、8月聯同香港大專學界發起「英美港盟、主權在民」集會、和G20團隊在全球報章刊登廣告……

更進一步，攬炒團隊在北美、歐洲的分隊開始接觸政客，希望打入當地政界。劉祖廸說，依靠的方式，是花錢請當地專做遊說、倡議的事務所，透過他們聯繫政客。

打國際線同時，團隊繼續在香港推動「攬炒」概念。劉祖廸每次在連登發貼文，都配上《飢餓遊戲》電影截圖，上面是女主角Katniss說：“If we burn, you burn with us!”

他認為「攬炒」不是bluffing，而是來真的，相信香港若被摧毀，損失最大的會是中共。他擔心，假以時日中國真的出現能取代香港的城市，那就連攬炒的籌碼都沒有了。

分裂人生

直到2020年10月5日主動公開身份前，劉祖廸都過着不為人知的蜘蛛俠式生活。在英國，他早上返工，夜晚回家進入抗爭狀態，一心撲在「攬炒團隊」上，而這一切，家人都不知道，身邊朋友以為他不理抗爭。真正知道他身份的朋友，只有兩個。他說，這是「割裂」的身份。

儘管過去團隊众籌獲得175萬美元，但劉祖廸表示，這些錢用來支援各地集會，自己和團隊成員一直沒有酬勞，是「貼錢」、「貼肝」工作。

在攬炒團隊裏，劉祖廸說，只有自己一人可接觸全球不同地方的團隊，他就像「防火牆」一樣隔着所有團隊，團隊A可能只與團隊B交流，但不知團隊C的存在。大家彼此不知對方真正的名字、職業，團隊的網絡會議至今從未開過視像。

形勢正在惡化。2019年9月，國務院新聞辦批評抗爭者以「攬炒」為口號追求「港獨」，又點名批評8月的「英美港盟」集會，這都令劉祖廸緊張起來。

2020年5月，劉祖廸發佈錄音影片，指有人出一百萬買兇殺他。

他更加小心行事。然而，在某一個夜晚，他獨自在外，發現有三個人走近。他馬上跑開，那三人也衝了過來，其中一人抓住他的腳，三人開始不斷毆打他，尤其衝着他的頭部。劉祖廸倒在地上，右眼被打得完全睜不開，他於是用手掩住眼睛，以為自己會盲。

回憶及此，他一直平靜的聲音顫抖起來：「抱歉，我可能有點PTSD。」

三人走後，劉祖廸馬上跑回家，那是他當時認為安全的地方。他對鏡用電話拍下全身傷勢，頭上全是血，發給團隊成員。他開始頭暈，於是叫了救護車，一摸後腦，腫了一塊。他被送去急診，用了三、四小時止住血。傷勢除了後腦，手腕也折了。

受襲後，他嚴重失眠，每天只能睡兩、三小時，要不停吃止痛藥，否則頭就會痛。他無法確定這是政治恐嚇，還是疫情下針對華裔的襲擊。他稱警察告訴他，所住小區近幾月均無同類事件發生。

他開始經歷更孤獨的生活。就算見到朋友，受襲、失眠的事，也不能告訴他們。

其實2019年年底，他已經有抑鬱症狀，掩着不就醫。他說看着前線示威者的遭遇，令自己感覺「雙手沾滿鮮血」。他渴望回香港，到前線，於是飛了回來。2020年元旦大遊行，他與近三百名示威者一同被捕。

在警署等待期間，他十分緊張，擔心身份暴露，一度覺得生命走到盡頭。幸運「踢保」後，他穿着警方發的灰色衫褲走出來，父母一見到他就哭了。那夜淩晨，一家人到宵夜餐廳吃了頓飯，再一起回家。

從警署出來後第三日，劉祖廸飛回了英國。起飛的時候，他有一種感覺，這一次，或許很久都無法回來。

2020年8月，《大公報》《文匯報》揭露他的真實姓名；10月，他決定公開身份。那時他看過了醫生，有朋友陪伴了一段時間，自己也開始做運動，在吃藥、運動、與朋友聊天的日子裏，他思考出人生想要之事，就是尋回鬥志。

國際線：政治機會、動員結構和身份認同

李立峯

社會運動從來有其國際面向。在全球化時代，公民社會和運動組織連成跨國網絡，分享經驗和資源，面對共同議題時一起動員，早成常態。其次，國際社會對一個國家內部出現的抗爭行動表達關注，亦絕不罕見。香港是國際都會，長期在國際媒體的鎂光燈下，2014年雨傘運動之所以用「雨傘」為名，也源於外國媒體先把佔領行動稱為「雨傘革命」。

不過，過往香港的大型社會運動中，並未見抗爭者特別主動和着重爭取國際支持。相比之下，2019年下半年展開的反修例運動的其中一個特別之處，就是出現了所謂「國際線」。由6月26日的G20集會到7月底至8月中的機場行動，從親身到海外進行民間外交到官方遊説，反修例運動參與者主動向國際宣傳香港的狀況，希望利用國際力量向香港及中國政府施壓。2019年11月底，美國國會通過《香港人權與民主法》，法案通過固然有其宏觀背景，但也跟國際線的工作不無關係。

從另一邊的角度看，中國政府向來強烈反對境外勢力干預香港事務。傘運期間，「被外國勢力操控」也是政府用來批評運動的三大框架之一[1]。2020年6月底港區國安法設立後，國際遊説更可能成為犯法行為。但無論我們把它視為正常不過的跨國連繫工作抑或是抵觸法律的行為，國際線都是值得分析和理解的現象。本文嘗試回答一個最基本的問題：為甚麼2019年反修例運動會有

1 Lee, Francis L. F., and Joseph M. Chan (2018). *Media and Protest Logics in the Digital Era*. NY: Oxford University Press.

國際線的出現？造就國際線的出現和影響的因素是甚麼？

自90年代起，社會運動研究中一個較為人熟悉的分析框架，是把社運的成因歸結於政治機會的出現、動員結構的建立，以及意義建構的工作[2]。政治機會指的是政治環境和制度的轉變，會否提供機會，讓社會運動的聲音可以對政治決策產生影響。動員結構則指向社會運動內部的組織工作和人際網絡，能否讓社會運動更有效地聚合和分配資源，以及動員人們參與行動。意義建構則指向社會運動的組織者和參與者如何建立集體身份認同和論述運動所關注的議題，讓大眾可以產生共鳴。有學者使用過這框架來研究離散社群(diaspora community)的政治動員[3]。本文也建基於這框架，從政治機會、動員結構，和身份認同三方面對上面提出的研究問題進行探討。分析資料主要來自二十個深度訪談以及筆者與學界朋友合作進行的遊行集會現場調查數據[4]。深度訪談的被訪者包括學者、知名社運人士、不屬正規組織但積極參與國際線的「素人」，以及海外港人組織的參與者和負責人。

國際線冒起背後的政治機會

反修例運動中「國際線」的範圍沒有明確邊界，但籠統地說，三類行動可以被視為國際線的主要組成部分。第一是在香港進行，但以國際社會為目標受眾的行動，包括6月26日的G20集會、機場靜坐、8月16日呼籲美國通過《香港人權與民主法案》

2 Doug McAdams, John McCarthy, and Mayer Zald (eds.) (1996.). *Comparative Perspectives on Social Movements*. NY: Cambridge University Press.

3 Sharon M. Quinsaat (2013). Migrant mobilization for homeland politics: A social movement approach. *Sociology Compass*, 7(11), 952–964. Martin Sokefeld (2006). Mobilizing in transnational space: A social movement approach to the formation of diaspora. *Global Networks*, 6(3), 265–284.

4 Lee, Francis L. F., Samson Yuen, Gary K. Y. Tang, and Edmund Cheng (2019). Hong Kong's summer of uprising: From anti-extradition to anti-authoritarian protests. *China Review*, 19(4), 1–32.

的集會等。第二是前往外地的運動參與者以及本就身在外地的香港人進行的「民間外交」，即是向世界各地的媒體和民眾解釋香港的狀況以爭取支持。第三是遊說外國政府和議員，爭取他們關注香港，以至通過法案支持港人爭取民主自由。三類行動互相扣連，正如多到歐洲進行遊說的Mike (化名)指出，外國議員關心金錢和選票，所以爭取外地民眾支持和爭取外國政客支持是相輔相成的。

為甚麼反修例運動那麼看重國際線？首先不能不提的是，逃犯條例本身就受到國際關注，商界對逃犯條例修訂有一定的疑慮，例如香港美國商會在2019年3月已經表明非常關注修例，5月底更發新聞稿反對倉卒通過修例。不過，特區政府在6月15日宣佈暫緩修例，應可舒緩國際社會的疑慮。然而，國際線的工作在那一刻才剛剛起步。所以，國際線的出現，需追朔至更大的背景，就是香港人開始了解，在國家機關與香港社會之間「強弱懸殊」的情況下，國際社會的制衡力量變得非常重要。學者A指出，就算2003年港人成功反對國安法立法，也部分是由於國際社會對國安法有疑慮，而比較2003和2019年，中美關係在2018年開始惡化，使美國政府以至國際社會更有動機去關注和強調香港和中國的人權議題，這有利國際遊說的工作。

在反修例運動之前幾年，不少學者均有在媒體發表關於中港關係和地緣政治的評論。在運動開始後，個別學者亦繼續發表相關評論[5]，所以一些運動組織者對國際格局如何影響中港關係的論述並不陌生。如香港大專學界國際事務代表團發言人張崑陽就能頗流暢地解釋：

> 在政治經濟學層面，就是中國如何利用香港去做集資，那時想，其實中國需要香港多過香港需要中國……今時今日中國有一連串

5 如孔誥烽(2019)〈攬炒政治經濟學〉。《明報》，2019年11月8日，觀點版。

經濟問題，但人民幣始終不能夠自由化，[中國]一定要靠香港，till now。*Economist*都講過，七成中國外匯一定要經過香港……香港如果玩完，國際如果不喜歡香港，那麼她就是親手扼死了自己的[會生蛋的]雞，調轉來，維持他們所說的一國兩制、河水不犯井水，才是對中國來說最好的。

以上論點也可以被視為反修例運動中「攬炒論」的基礎。鄧鍵一分析，攬炒論可以被視為一場理性博弈[6]：香港人堅持下去，中國政府會進退兩難，因為若中國用上極端手段鎮壓，會觸發國際社會制裁，香港固然身受其害，但大陸經濟危機四伏，失去香港這個國際金融中心，也會造成中國自己承受不了的負面影響。誠然，攬炒論是否成立是可以商榷的。不過，對這裏的分析而言，重點不是攬炒論是否正確和中國政府到頭來會否顧忌國際社會。重點是，放到2019年，國際社會的力量和中國內部的不穩定是被認知的政治機會(perceived opportunities)。當人們認為某些政治機會存在時，他們就會採取相應的行動[7]。

對國際政治機會的認知不只存在於部分活躍組織者之中。從遊行現場調查可見，很多普羅運動參與者都認同國際力量的重要性和攬炒論。8月31日的遊行現場調查中，59.2%被訪者認為「中國政府內部的派系之爭」很有或頗有可能使政府作出重大讓步，73.8%認為「運動的堅持」很有或頗有可能使政府作出讓步，68.7%認為「國際社會的取態」很有或頗有可能使政府作出讓步，75.9%認為「中美貿易戰的發展」很有或頗有可能使政府作出讓步。亦即是說，遊行人士認為中美關係和國際社會的取態跟參與者自己的堅持同樣重要。另外，在8月31日、9月15日、10

6 鄧鍵一(2019)〈所謂攬炒，其實是一場理性博弈〉。《明報》，2019年9月8日，星期日生活。

7 Doug McAdam, Sidney Tarrow, and Charles Tilly (2001). *Dynamics of Contention*. NY: Cambridge University Press.

月1日、10月20日，以及12月8日的調查中，有82%至86%被訪者同意「若香港出現極端情況，北京政府的損失比香港更多」。同時，70%至75%的被訪者同意「在國際社會關注下，香港局勢更壞其實對運動更有利」，可見攬炒論在當時已經深入民心。

當然，不是每一位運動支持者都同意攬炒，也不是每一個參與國際線的人都能説出一番關於國際政治經濟格局的見解。例如Stand with Hong Kong Journalists的發起人Jay和Jacky (化名)，就坦言對國際政治不甚了了。參與全球報章登廣告行動的Tania (化名)，也只是很籠統地指出香港是重要的國際金融中心。對宏觀層次政治機會的認知不是參與國際線的必要條件。另外，不同國家也不一定給予反修例運動同樣的政治機會，多倫多港加聯的馮玉蘭就認為，相比美國，遊説加拿大政府是很困難的，因為執政的自由黨跟中國關係向來不俗，而現任總理Justin Trudeau的父親，也曾任總理的Pierre Trudeau，更在1973年訪問過中國大陸，也是首位訪問中華人民共和國的加拿大總理。

不過，也有運動組織者強調，如果外國關注是一種政治機會，有些政治機會是要自己花時間和精力去開發的。例如前香港眾志成員，從雨傘運動已經開始負責「日本線」的周庭指出，日本媒體和政界本身不特別關注外國的狀況，但經過幾年工作，一些日本媒體開始關心香港，「本來沒有人覺得日本線很重要，但現在我們調轉頭覺得日本好關注，是因為你開發了這條線，引起了人們的關注。」

值得指出的是，除了宏觀層面的國際關係之外，國際線的參與者也可以在較微觀的層面有其他的機會認知。例如張崑陽認為，香港的一個獨特優勢，是外國政界中有不少對香港有認識，甚至有感情的人：「我入白宮見過彭斯的一些顧問……那個國家安全委員會的人，原來他在香港住過十二年，我跟他一見面，他識講廣東話……我見(蓬佩奥)的staff，以前是一個外媒記者，在香港做了三年，他住西環，有點掛住西環。」在張崑陽眼中，這些都是香港的「本錢」。

對每位國際線參與者來說，「機會」也可以指個人參與國際線工作的機會。對有組織背景或既有社運網絡的人來說，參與機會自然不成問題，但一般素人又如何呢？2019年時仍在美國讀大學的許穎婷，因為在校內刊物上發表一篇題為"I am from Hong Kong, not China"的文章而成為新聞人物，其後亦開始投身民間外交。她認為人們可能把參與國際線的門檻想像得太高，「其實只要你想就做得到，我不是美國公民，所以在遊說方面會比較吃虧……但你約一個議員辦公室的人去談，email他們，只要你有耐性去和他們聊，個個都做得到。」

「素人」們的工作表現或成果也能鼓勵其他人參與，在反修例運動中被視為重要意見領袖的攬炒巴就指出自己見到許穎婷的文章，很認同其內容，「覺得世界各地的人都可以做些事去幫忙，如果可以將這些力量連結，也許是個出路」，於是開始參與國際線的工作。Stand with Hong Kong Journalists的Jackie則指自己是受了攬炒巴有份策劃的全球報章登廣告行動的影響。行動者之間互相啟發，吸引了更多人出力。

國際線的動員結構

談國際線的動員結構，可以從「無大台」講起。在很多運動參與者和評論者眼中，無大台是反修例運動的主要特徵之一。簡單地說，無大台即是沒有中心領導者，沒有一個或少數的人物或組織來負責聚合和分配資源、建構議題框架和論述、動員市民參與、製訂策略，和在有需要時跟政權交涉。過去十多年來，沒有中心領導者的社會運動在全球各地並不罕見，Lance Bennett和Alexandra Segerberg對連結型行動(connective action)的分析就指出，在數碼傳播科技普及以及公民概念轉型下，當人們共享着對某事情的義憤時，他們自我表達的意欲，配合簡潔有力而包容度高的個人行動框架，再加上數碼傳播的便利，可以使集體行動在短時間內爆發。在行動開始後，人們也可以通過數碼媒體連結他人，選擇以自己的方式參與，行動模式因而亦變得多樣化[8]。

反修例運動中有很多連結型行動的影子，例如機場靜坐和人鏈行動，都有強烈的網民自發的意味。在國際線上，全球登廣告行動可以說是一個經典案例。有份參與行動的Sonia回憶說，6月在連登看到一個匿名網民突然說G20快來，香港人應該爭取機會告訴國際社會香港發生了甚麼事，然後網民提出登報的想法。她逐版追看，去到最後見到有人放了Telegram的連結出來，於是加入了Telegram群組。加入時是香港深夜，只有幾十人，但到第二天中午突然有幾百人，於是最早加入群組，已經開始實質討論的人就開了另一個Telegram群組，「揀選一班比較核心的人去組成一個真正的team」。Sonia指，群組內的人都素未謀面，在設立了新的Telegram群組後，他們甚至不肯定那位最早在連登帖文建議登廣告的人是否在群組裏。

有了核心群組後，人們開始通過人際網絡找他人幫忙。身處德國，也有參與登廣告行動的石賈墨認為不是每個參與者都有同等的影響力，他認為掌握着眾籌得來的金錢的幾位始終有較大權力，然後每個地區有一個負責人，負責人用不同渠道去聯絡他認識的人，然後「搭上搭上搭」，願意參與的人會自動「埋位」，行動亦得以順利進行。

Stand with Hong Kong Journalists的工作是另一個連結型行動的案例。7月時，Jackie和Jay寄了一份運動文宣給一位瑞士朋友，該位瑞士朋友是藝術家，反過來邀請Jackie和Jay到瑞士搞展覽。

8 W. Lance Bennett and Alexandra Segerberg (2013). *The logic of Connective Action*. NY: Cambridge University Press.

他們覺得其他類別的運動參與者都已有不少人關注，加上自身工作經驗和網絡，決定以記者和新聞攝影做焦點。他們想過找香港記者協會合作，但覺得可能會令展覽失去民間自發的味道，於是自己籌錢和策劃。做完第一個展覽後，透過出外時遇上的人，朋友的朋友，或者一些主動聯絡他們的人，擴闊了連繫，「例如10月15日有個random的email，稱想在維也納幫手，問我們做不做，就是這樣。而這位其實只是個師奶。」最後他們在維也納、多倫多等地總共做多了五次展覽。

連結型行動令國際線百花齊放。不過，在社會運動研究中，也有學者認為Bennett和Segerber高估了連結型行動的力量，以及低估了社會組織的重要性[9]。的確，在各大大小小的社會運動中，較傳統的社運組織仍然存在。反修例運動沒有中心領導組織，但負責舉辦最大規模遊行的民間人權陣線仍然非常重要，不同組織也在不同「戰線」上承擔重要職責。在國際線，海外的民間外交和連繫工作，往往建基於既有的海外港人或華人組織，有些組織已經有超過二十年的歷史，例如1997年在多倫多成立的港加聯，1990年成立的洛杉磯香港論壇等。另一些組織或非正規的群組則可能有較短的歷史，例如石賈墨在雨傘運動後建立了一個「香港人在德國」Facebook群組，那群組在2014年時有大約一千人，到了2020年時有幾千人，群組建立時並不是為了討論政治，而是為在德國的港人提供各種各樣的生活資訊，但到了有需要時，這種群組可以成為運動資訊的有效發放渠道。

所以，參與國際線的海外港人，有不少是經驗豐富的。例如身處英國的Calvin (化名)在2012年反國教時參與過一些當地港人舉辦的行動，在傘運時也參與了Hong Kong Overseas Alliance (HKOA)。「2016年11月人大釋法，DQ，我們都搞，大約五十人左右，那次我們去對住英國White Hall、唐寧街門口。」後

---

9 Christina Flesher Fominaya. (2020). *Democracy Reloaded*. Oxford: Oxford University Press.

來，HKOA改名為D4HK，「當年搞反國教的人一直過渡到HKOA，也有過渡到D4HK」。

海外港人組織可以說提供了民間外交工作和集體行動動員時的人際網絡基礎。這些人際網絡基礎部分是由恒常的溝通和互動維繫的。例如紐約的NYforHK是另一個在北美的海外港人社群。前香港眾志的敖卓軒在2014年時剛到美國讀研究院，也參與了NYforHK的工作，因此有機會認識到不同年齡層和不同領域的香港人，在雨傘運動之後，NYforHK一直有間歇聚會：

> 在15-17年三年間，最多兩三個月就會有泛民主派的人來，例如梁家傑來，我們又會舉行飯局，這些很容易請來五六十人……有些阿叔阿嬸可能也會在飯局見下面，八九十後比較年輕，也會偶然出來唱K，平時吃飯吹水，加上我們有些幾十人的Facebook chat，有時有些政治新聞share出來聊天。

除了一般的人際網絡外，當工作涉及遊說外國政府時，需要的是知名度、知識、人脈，和經驗等「資源」。港加聯的馮玉蘭長年參與當地公民社會的工作，也是全加華人平權會的一份子，平權會關注的是華人在加拿大的權益，通過平權會的工作，她跟不同黨派及議員建立了關係。當港加聯要就香港事務遊說加拿大政府時，這些連繫便非常重要。敖卓軒把與當地政黨及議員建立連繫的工作形容得更具體：

> 我第一次見議員就是2014年秋天……價值是甚麼，就是和他們的幕僚有恒常的connection，例如Marco Rubio, Josh Hawley的staff，基本上全部最關注香港的議員或助理，我都和他們whatsapp message，不需要長期講很正經關於香港的事，甚至有時評論美國的趣事，純粹keep一個connection... 真正寫發言、寫法案、跟進議題、推進各事

件、去看香港新聞、了解發生甚麼事，全部都是議助做的事，而我的貢獻一定是在這個層面去推進，不斷和政治助理相熟，而這件事我是由2014年開始做。

從上述的討論可見，國際線的動員結構包括由素人組成的網絡、香港的社會團體和政黨，也包括正規程度不一以及歷史或長或短的各種海外港人組織。筆者在過往的一篇學術論文中曾指出，在理想的狀態下，市民自發的行動和正規組織的行動可以互補不足。自發行動較有彈性，不受機構的規條或既有計劃規限，但正規組織始終擁有一般市民沒有的各樣物質或象徵資源[10]。反修例運動中的國際線，也有類似的互補不足的情況，例如攬炒巴認為國際線有兩條路線：

一是政治明星，一是草根路線，政治明星，例如李柱銘黃之鋒羅冠聰，他們的優勢是繼承了一些人脈，有國際關注，但他們人力資源比較有限，一個人接幾十個訪問⋯⋯草根人數可以多很多，香港人只要打開手機，派傳單，其實已經在做國際線草根路線的工作。缺點是沒有人脈和知名度，外國議員不知道你是誰，cold call或email，發一百封只有五個願意理會你⋯⋯但manpower很多，可以解決政治明星分身乏術的問題。

人多勢眾之外，「草根路線」參與者也可能更貼近街頭抗爭的前線，更受部分抗爭者信任，所以，兩條路線可以共享資源，例如攬炒巴的團隊也跟美國的Hong Kong Democracy Council(HKDC)合作，嘗試找一些街頭抗爭者、急救員、醫生、被捕人士等，飛去美國，然後由HKDC介紹他們會見議員，讓美

10 Lee, Francis L. F. (2015). Internet, citizen self-mobilization, and social movement organizations in environmental collective action campaigns: Two Hong Kong cases. *Environmental Politics*, 24(2), 308–325.

國政壇除了見一些政治明星外，能真接從前線抗爭者口中了解運動。連結型行動跟組織工作互相配合，幫助了一場運動更有效地取得成果。

國際線與身份認同轉變

在政治機會和動員結構之外，國際線的冒起也伴隨着香港人身份認同的轉變。在反修例運動的過程中，不少學者和評論者均提到共同體和香港人主體意識的建立，是推動運動發展的重要因素。事實上，香港人身份認同2008年起出現「本土轉向」，是廣為人知的現實。香港大學民意研究計劃的調查顯示，在2008年上半年，18.1%香港市民選擇認同自己為「香港人」，42.5%市民選擇認同自己為「中國的香港人」或「香港的中國人」，38.6%認同自己為「中國人」。這也是香港人國族認同的高峰。但到了2013年上半年，經歷過反國教運動之後，38.2%香港市民選擇認同自己為「香港人」，36.3%市民選擇認同自己為「中國的香港人」或「香港的中國人」，23.0%認同自己為「中國人」。到了2019年上半年，反修例運動爭議開始時，選擇認同自己為「香港人」的市民比例已上升至52.9%，選擇兩個混合身份之一的有35.8%，只有10.8%香港市民選擇認同自己為「中國人」。

除了全港性的民調外，參與不同類型遊行集會的市民的身份認同或歸屬感也在轉變之中，筆者跟中文大學的陳韜文教授從2003至2007年時曾對七一遊行進行追縱研究，在2007年的七一遊行現場調查要求被訪者以0至10分表達對香港和對中國的歸屬感，結果遊行人士對香港的歸屬感平均分為7.2，對中國的歸屬感平均分為5.0。在2013年的六四燭光晚會，筆者亦有進行現場調查，集會人士對「今天香港」的歸屬感是7.0分，對「今天中國」的歸屬感只有4.1分。值得留意的是，六四晚會紀念的是北京的民主運動，支聯會多年來亦強調愛國精神以及為中國爭取民主的重要性，但在社會政治環境轉變之下，連六四晚會參與者對中國的歸屬感都有下降的趨勢[11]。

到了2014年雨傘運動開始，筆者在10月初於金鐘佔領區進行現場調查時，示威者對「今天香港」的歸屬感為7.4分，對「今天中國」的歸屬感低至2.4分，再到2019年6月9日百萬人大遊行的現場調查中，遊行人士對「今天香港」的歸屬感為7.4分，對「今天中國」的歸屬感只有1.8分。值得一提的是，遊行人士對「今天香港」的歸屬感並不特別高，很可能是因為很多支持民主的市民對近年香港社會的實際狀況有很大的不滿。在10月1日的遊行現場調查中，我們轉換了問題，要求被訪者以0至10分表達他們在多大程度上分別認同自己是「香港人」及「中國人」，結果遊行人士的香港人認同平均分達9.5，中國人認同的平均分則只有2.2。

以上描述的身份認同轉變可以被理解為國際線冒起的條件之一。學者A便認為，過往仍然有較多香港市民視自己為「中國人」，當「中國人」這個身份仍然被重視時，遊說外國及爭取外地民眾支持，就有邀請他人干預自己國家事務的意味，不少香港人在心理上可能仍有顧忌。但當越來越多香港人不再重視「中國人」這個身份時，他們對進行民間外交和國際遊說工作也少了一重心理上的顧慮。

當然，個人身份認同轉變的程度可以不一樣，而不同世代的香港人的身份認同亦有明顯的差異。世代差異的問題在香港過去十年的社會運動中有重要的呈現[12]，尤其在紀念六四的問題上，支聯會和由年輕人主導的「本土派」之間出現過頗為嚴重的對

11 李立峯〈支聯會、本土派不了解的六四集會〉，《端傳媒》，2016年6月5日，https://theinitium.com/article/20160605-opinion-francislee-64/

12 Ku, Agnes (2019). In search of a new political subjectivity in Hong Kong: The Umbrella Movement as a street theatre of generational change. *China Journal, 82*, 111–132.

立[13]。不同世代之間的身份認同和政治觀點差異也出現在國際線上。上一輩移居到外地的香港人多視自己為中國人，例如港加聯的馮玉蘭指自己年少時在香港開始參與公民社會和社會運動，也是從「認中關社」的理念開始，洛杉磯香港論壇的Charles在1989年時是中學生，他承認自己深受六四事件的影響，而當年洛杉磯香港論壇的成立，也直接跟六四事件相關。HKDC的楊錦霞更直言自己「師承華叔」(已故支聯會主席司徒華)。

在訪談中，屬於「八九一代」或更年長的受訪者往往帶點自嘲的說自己曾經是「大中華膠」，但他們都指出，自己對身份認同的看法在過去十年隨着中國政府對一國兩制的破壞而逐漸轉變，部分被訪者指這改變是一點一滴地發生的，但也有被訪者認為如雨傘運動等個別事件對他們有特別大的影響。固然，這些轉變並未使得他們對特定問題的看法跟年輕一輩一模一樣，但至少令他們對年輕人的看法抱持着較為開放和同情的態度。例如楊錦霞在談到跟年輕一代的互動時就說，自己不會支持港獨，也仍然是一個「和理非」，但覺得前幾年由香港眾志提出的「自決」的說法可以接受。

需要指出的是，不同世代的運動參與者在身份認同和意識形態上的磨合，也不完全是上一輩越來越理解年輕人的處境和想法。在國際線上，年輕的組織者和參與者也要調整自己的想法或公開的言論。例如在反修例運動前幾年，一些本土派組織者和支持者給大眾一種印象，就是決意跟中國「割蓆」，所以完全不願意談論中國。但國際社會對香港的關注始終源於對中國的關注，所以在國際線上，一定要將香港問題納入到中國問題來討論。幾位年輕的受訪者均同意這點。過去多年一直因支聯會和工會工作跟外地社運組織有連繫的李卓人以身在德國的本土派人物黃台仰為例，指黃台仰也公開放棄了支持港獨，在德國媒體上也會談論

13 李立峯〈支聯會、本土派不了解的六四集會〉。

六四的重要性。他觀察到，面對着「國際市場」的時候，世代差異是會收窄的。

結論

2019年反修例運動中的國際線，是香港的社會運動首次大規模面向國際進行宣傳工作，本文分析了反修例運動中國際線的緣起。總而言之，在反修例運動開展前及期間，不少關於中國經濟狀況以及國際格局的論述已廣泛流傳，使很多運動組織者以至普通參與者都視國際社會為重要的制衡力量。中美關係近年趨向負面，亦為國際遊説提供了政治機會。同時，不少運動組織者亦積極拓展國際線工作的空間。在動員結構方面，資訊科技和連結型行動邏輯為「運動素人」提供了參與的可能性，較早期出現的一些成效顯著的行動觸發更多人作不同嘗試。同一時間，在外地的民間外交及遊説工作亦建基於現存的海外港人組織和一些行動者在過去多年積累下來的資源。在過程中，新出現的行動者和既有組織之間可以互補不足。在身份認同方面，參與民主運動的市民以至整體香港市民在過去十多年來越來越不重視「中國人」的身份，使大家拋下了包袱和顧慮，隨着政治環境轉變，縱使原本非常關心中國大陸的一些海外港人，在認同和觀點上也慢慢變得更接近本土意識較強的年輕一代，而年輕一代在面對國際社會時亦要在想法和言論上作出調整。

隨着新冠肺炎疫情持續，警方以特區政府的限聚令為由拒絕為各遊行集會發出不反對通知書，再加上港區國安法的成立，反修例運動自2020年2月開始沉寂下來，投入國際線的工作，更可能被視為勾結境外勢力。正如這篇文章之前的幾個專訪裏提到，堅持繼續進行海外遊説的香港人，可能都要負上「歸港無期」的代價。不過，從全球各地離散社群動員的經驗看，[14] 一方面，威權主義國家可以通過不同手段減弱離散社群動員的能力，以及盡量切斷離散社群和原居地社群之間的連繫。但另一方面，離散社群的成員既然已經身在外地，始終有一定程度的行動自由，所以，不是原居地政府可以完全控制的。可以預期，通過雨傘運動和反修例運動的推動，香港民主運動的「國際線」和海外動員會繼續存在，而用本章的分析框架去看，國際線的持續發展，將視乎國際關係和地緣政治的演變，如何替香港民主運動的海外工作塑造政治機會，視乎在國安法及政權的其他回應之下，國際線的動員結構如何演變，也視乎海外港人如何繼續建構自己的身份認同以及跟運動有關的「香港故事」。

14 Marcus Michaelsen (2017). Far away, so close: Transnational activism, digital surveillance and authoritarian control in Iran. *Surveillance & Society*, 15(3–4), 465–470; Dana Moss (2016). Transnational repression, diaspora mobilization, and the case of the Arab Spring. *Social Problems*, 63(4), 480–498

第九章

新聞工作者

持續數月的反修例運動，記者們承受着政治壓力，暴力攻擊，讚美和批評 。在現場，隨着示威者和警察之間暴力升級，以及警察採取強硬手段控制前線記者，採訪危險性不斷增加。同一時間，供職媒體的政治立場，資源多寡，也讓記者守護真相的使命，變得更加具有挑戰。

每一場社會運動都需要真實和全方位的紀錄，才能讓公眾可以基於準確以及充分的資訊做出判斷和選擇。記者作為真相的守護者，只希望能夠在不受干擾的情況下履行職責。但是這一場持續數月的示威運動，記者不斷變成新聞主角，而記者的角色和形象，在公共輿論場中不斷轉換，因為公眾對這個職業的誤解，因為強加在記者頭上的光環，因為刻意的貶低。

本章節展現三種不同類型媒體記者的經歷。獨立記者鄭佩珊採訪了了立場新聞總編輯鍾沛權，城市大學學生城市廣播記者王樂行及謝朗，以及兩名在傳統報章，不方便具名的記者阿鍾和Wendy，透過文字，展現他們在報導這場運動過程中的感受。閻丘露薇則分析了記者在示威運動中的角色以及表現，探索不同因素如行業經驗、身份、意識形態、媒介形式、國家和資本力量等對於記者示威報導所產生的影響。

主流記者的掙扎

鄭佩珊

文字記者Wendy和攝影記者阿鍾在主流報章工作，反修例運動期間分別自費逾千元購入隨身攝錄機，各有不同考量。

Wendy記得，一次衝突現場，玻璃樽爆裂的聲音此起彼落，催淚彈就在她腳邊炸開，「伸手不見五指，第一次感受到生命受到威脅」。她不想離去，找個安全位置就繼續工作，後來添置一部攝錄機記錄混亂現場，目的卻不是純粹為了報導，「我不怕死，我是想知道自己為何死。」

阿鍾則關注被捕風險，「可能碰撞了，他覺得是襲警就拉你。」他說，2014年佔領運動已有先例，電視台工程人員拿着鋁梯，卻被警員按地制服，以襲警之名拘捕。2019年6月始，他目睹不少記者被警方無理襲擊，事後只能看看有否畫面剛好記錄相關情況。「我們做攝記，為何不能有部cam影住來保障自己？」

2020年的母親節，阿鍾的隨身攝錄機記錄了以下瘋傳的畫面：警方驅散示威者期間，突然「包抄」多家傳媒，記者在無退路情況下遭噴射大量胡椒噴霧，又被要求蹲下；阿鍾繼續拍攝，警員斥令停止採訪，更帶他到後巷搜身及查問。阿鍾這樣形容警方的行動，「每次你以為是底線，但對方的底線低到想不到，即股票不可以估底。」

「針拮到肉了」，事後公司主動為員工準備器材，但在業界內尚未普及至人人一機在手。二人以個人身份受訪，未有公開所屬機構，他們分析主流與非主流傳媒之別，講述前線記者如何在傳統操作中掙扎。

從跳探戈至無底線

佔領運動期間，阿鍾在另一報章當攝記，他形容那些年傳媒與警察關係猶如跳探戈，「你進時，我們退」，例如：警方在旺角佔領區清場，傳媒能夠像一面人牆橫跨彌敦道緊隨記錄；激烈場面如速龍小隊衝入添馬公園追捕示威者，情況混亂，但記者某程度仍能拍攝。他說，行家當時也曾遇過言語及肢體襲擊，與警察縱有對立，「但(關係)未至於無法修補」。

一年後，警方正式成立傳媒聯絡隊，阿鍾以香港攝影協會執委身份出席對方舉辦的培訓。「他們會叫前線同事盡量不要阻礙記者採訪，但現在是放任。」時至今日，把記者推往幾條街之外的遠處，手執盾牌擋着鏡頭的例子比比皆是。「衝警盃」不時上演，警察會突然無預警下狂奔，阿鍾說，根本捉摸不到警方武力升級的章法，示威者"be water"的游擊形式也增加了採訪難度。

按其觀察，近年湧現的網媒亦是關鍵。他說，有部分記者或無基本訓練，或不知道行業共識，未能拿捏「有些位要去到幾前？有些位要step back少少？」甚至沒有以盡量克制的態度應對警方，反以語言回擊，變相易生衝突。然而，Wendy強調，即使業界參差不齊，也不代表警方能藉此收窄現場採訪空間，否則無法監察當權者，受害的是整個社會。

與網媒的距離

多個鏡頭多份真相，非主流媒體的表現有目共睹。阿鍾感歎，「好多critical的畫面，傳統媒體甩了，或者cover不到。」運動如水，人人也無所適從。地理面積大，有些位置變了盲點；Telegram消息滿天飛，孰真孰假無法確定。要捕捉新聞畫面，記者在現場只能押注。

綜合Wendy和阿鍾所言，報館坐堂會在辦公室指點江山，高峰時期，能派遣在外的文記連同攝記只有十四人。資源緊絀，他們沒有專責人手拍攝短片或直播。Wendy說，公司初期甚至沒有安排專人看直播，直至前線同事反映，「不行了，在現場真的不知道隔離街發生甚麼事」，內部才改變策略。後來衝突遍地開花，有記者會專門跟着示威者，「他去哪，你去哪」，甚至率先向對方查問下一個目的地，嘗試部署。

但有時候，預先規劃可能意味着不夠靈通。阿鍾說，報館重視團隊合作，「坐堂安排你在某個zone，很難走去別處，因為你知道有其他同事在另一位置」，也試過衝突場面過多，抱着「唔甩得」的心態，將攝影人手分散各地，相片效果反而不及某些小型媒體將2至3人集中在一個最重要的場口。

思前想後，他們分析網媒取勝關鍵在於「長Roll」直播，只要派駐記者到現場，「不停機」直播便相對容易捕捉到衝突期間千鈞一髮的畫面。Wendy解釋，直播模式對於記者來說相對無負擔，因在現場亮着屏幕某程度就是「工作的全部」。但文字記者則要兼顧多項工作，如：提供素材給即時新聞的部門，席地寫稿是常態，報章要求嚴格，記者不時要遊走現場尋找各類受訪者，為報導「找角度」，難以時刻盯着眼前狀況。

「長Roll」做法雖好，但Wendy說，公司沒提供相應資源，「無法漁翁撒網盡攬現場畫面，這方面是輸蝕，我不會用我張數據卡去做live。」阿鍾補充，一個直播還需要公司電話、社交媒體賬戶等配套。他說，問題癥結在於報館心態仍是「報紙內容先行」，沒想過往網絡方向發展。

廣告、社評與報導

資源匱乏是問題，但媒體賣廣告也是問題。這間報館刊出過反修例聯署的廣告，也登載過政府官式文宣，接收廣告的準則是來者不拒，看來客觀，但變相有資金者可以在頭版天天下廣告。阿鍾說，無論報導有多中立，沒讀過內容的人們會容易因廣告誤解報館的立場，公司便成了「紅媒」，「這很冤枉。」

引申下去，是行業架構的議題。「社會風氣不習慣給錢看新聞，問題是你不付費，但你鬧我收錢賣廣告。我們食甚麼呢？難道真的茹毛飲血嗎？」按Wendy理解，報章的訂閱數字不太理想；即使運動掀起一股贊助媒體的風氣，但礙於報館在坊間的形象，「大家說捐錢，都是給《立場》《蘋果》。」

廣告以外，社評及報導或更能反映報館取態。2019年6月13日，報章社評指，6.12應為「暴動或騷亂」，須「強烈譴責暴力攻擊」。一群員工先在辦公室內貼標貼，後發公開信表明「社評不代表我們的立場」。公司發聲明稱，社評反映其對社會時政的看法，「不反映採訪同事的意見」，形容在前線採訪的記者緊守崗位，呼籲公眾「不要干擾他們，有需要時還請提供協助」。Wendy說，有部分讀者會理解前線的努力，但報章難免給予外間「撐警」的感覺。

8月31日，警察衝入太子站無差別追打乘客，翌日這報章頭版引述「消息」，有人擲煙霧餅入車廂，警方接報後到場。惟事後有影片證實，煙霧來自滅火筒，煙霧餅一說亦無其他媒體引述。

Wendy說，報章過去沿用的原則是，要引述消息須有兩個來源(double sources)，事關重大更要triple sources。「如果無double sources，如果你不confirm，或者這source往績不是太好，是否要盡信？」她補充，當日報館攝記也在場，質疑引述消息者有否先向對方求證。Wendy理解，傳統媒體與「消息人士」建立一定程度的關係是既有操作，但強調這不應該影響記者判斷，「我都要confront，並非照單全收，我不會被你spin」。

至2019年末，她構思一個有關創傷的專題，找來在運動不同場口的傷者，訴說受傷之後的生活。故事題材獲批，她如常採訪，排版已預備妥當。「突然有人說，為何沒有警察受傷？」最終，報導出來了，但角落附加「下期預告」說明將有受傷警員講述得與失。Wendy覺得，本來想要「呈現平民」的概念被「蹂躪」了，她不明白，為何不能獨立寫一篇警察故事，而選擇在原有的專題「強行加插一集」？「這樣硬要平衡，信奉官方講法，迷信權威人士的做法，摧毀了這份報章搖搖欲墜的公信力。」

甚麼是記者？

凡此種種，在公眾心裏建構一個難以洗脫的形象，開始有人拒絕受訪，Wendy說，「你不肯跟我說，我就缺乏一邊(聲音)了。但也無法，很無奈，他不肯講，就再找下一個受訪者。」

報館變得兩面不是人，「黃絲」會斥責這是「紅媒」，記者去了「藍絲」集會，倒被罵是「黑記」。前線難免沮喪，Wendy說，「我無做錯事，但為何去到現場就要被人鬧？是否真的要兩極化？你要不做《大公》《文匯》紅媒，要不做《立場》《蘋果》？否則你站在中間，你無地位，你不是記者？」

「以立場行先，你不夠紅，你不夠黃，你似乎甚麼也不是。」在大學就讀新聞系，Wendy說一直學習的概念是，「並不是去幫任何一方，當然記者要監察政權。雞蛋與高牆，要關懷雞蛋、監察高牆。但到了現場，職責也要呈現現場情況。」

主流媒體看來有點進退失據，但在有時候也發揮重要作用。傳統機構一般會指派不同記者跟進某個特定範疇的新聞，例如：政治、保安、房屋規劃等等，俗稱「跟Beat」，讓記者能夠累積經驗、建立人脈，藉此植根議題深入報導；各界別的「消息人士」也傾向與有機構加持的記者打交道，在網絡臆測滿天飛之時，主流記者多一分求證功能。

11月4日凌晨，科大生周梓樂墮樓。Wendy平日主力醫療新聞，當時本來跟同事在食宵夜，她馬上聯絡不同的消息人士，「已經知道他昏迷不醒了，瞳孔已dilated (放大)了，腦重創」。一夜無眠，Wendy早上再查詢，已知情況不妙，「但醫護人員鍥而不捨不放棄，安排他去深切治療部，做了兩、三次手術，希望救他。」最終，周梓樂延至8日不治，成為在反修例運動警民衝突期間的首名受傷身亡者。

幾日後，Wendy累得在沙發倒頭便睡，早上醒來，她大驚，「吓？為何西灣河會開槍？」又是一輪查證，得知傷者的右腎及部分肝臟已被切除，其時人還未踏進公司，她便催促即時新聞的同事盡快刊登報導。

「這些很細微的位，一路聽不同的東西，拼湊整個故事，會令到反修例運動不同傷者形象更加立體。」Wendy說，各家媒體受眾不同，這些報導或有機會傳達至每日讀報的官員，讓對方知道傷者情況。「不是你以為看到網上消息道聽塗說，我們是經過幾重求證去知道傷亡慘重。」

不過，入行數載，Wendy說慚愧，「沒甚麼驚天地泣鬼神的報導」，只搜集過一些「有血有淚的故事」。她道來筆下的故事，有義務急救員及元朗遇襲的傷者與家人關係疏離，同一屋簷下，兩代之間因政治而決裂。「在那個時空，我盡力了，以這報章記者的身份，呈現運動對每一個社會階層的創傷是怎樣。可能十年後看剪報，原來有這件事發生，我也覺得有少少意義。」

在立場與新聞之間

鄭佩珊

「同事在直播，有示威者叫他不要影，問他是哪間(媒體)的？」

「《立場》記者。」

「《立場》更加不要影，是自己人。」

「同事回應，我們不是自己人，我是記者。」

《立場新聞》總編輯鍾沛權記得這一幕，他多次提醒前線採訪的記者最好像幽靈，「不要因為你的存在、行為，而令現場氣氛或不知哪一方的行動會改變。」這一家在2014年末成立的網絡媒體，在反修例運動期間平地一聲雷，現場直播與深度訪談雙線並行，緊接蹿紅而來的是記者明星化、報導有立場，或者被要求刪文等爭議。在立場與新聞之間，要拿捏、要平衡，鍾沛權覺得，好像沒那麼多「天人交戰」，要守着的是「事實」的界線不可逾越。

無限的網絡

數字會說話，Facebook專頁的like數從運動前的二十四萬，一年多後，翻了幾倍達至一百二十四萬，團隊人手由十四變四十，還開始涉獵視像及英文報導。根據香港中文大學傳播與民意調查中心2019年的調查，《立場新聞》在網媒之中公信力最高，若以全港所有媒體計算，則排行第三。

成功搶佔讀者眼球，看似應運而生，實際蟄伏已久。鍾沛權快人快語，先一口氣道出網媒與傳統媒體的不同，公司人少、輕階級，「新聞節奏無時無刻發生……無閒暇朝早開會、下午開會，再定頭條」，同事要討論新聞題材，「newsroom不大，大家說話會聽到，對着新聞嗌出來傾。」

他說，有些編採方針，早在《主場新聞》年代已訂下。2012年，商人蔡東豪牽頭成立《主場》，兩年後突然宣佈結束，同年年底以《立場》之名捲土重來。他解釋，因早年資源有限，運作主打兩條腿走路，一是快狠準，若某些資訊重要且可信，毋須記者自行採訪，後台會以「炒稿」形式先行發佈；若不確定，「同事慣於在社交媒體找材料，很快找素材認證，如有需要就打電話問人求證，故仔就可以成形。」至運動爆發前，《立場》近八成的員工來自《主場》，彼此共事數載，默契好，速度高，能夠生產大量即時新聞。另一條腿則是深度報導，透過深刻書寫將議題深化，一個長篇專題往往以萬字起跳。

編輯部有兩個Facebook群組，是他們發掘新聞的地方。其中一個群組內有前任及現職同事，「甚麼職級也好，鼓勵他們把有趣、有重要性的新聞擺出來，其他同事有感覺、有意見的會交流。」另一個群組累積幾百個博客，運動爆發之前，鍾沛權已有感公司人手無法應付，早在群內發帖，呼籲眾人有任何新聞材料或觀察，可以隨時提供。人際網絡、社交媒體的資源，也讓他們能夠更能把握時局。

運動初期，人手不足，公司全民皆兵，主力文化藝術新聞的同事、在歐洲讀書回港當兼職的記者也要統統上前線，嘗試留下多一分的記錄。網絡自由無框架，「無版位要填，無timeslot，無main cast」，內部更沒有設定每日文章產量，鍾沛權說，「網媒的capacity是無限」，只要有人手，可以花無限篇幅，把重要新聞放出來。「會否令讀者attention沒了？我掉轉，如果讀者認為重要或感興趣，自然會找出來，social media有你控制不到的網絡。」

幽靈直播

結果，率先跑出的是與社交媒體環環相扣的直播，「開Live」成了標記。《立場新聞》曾統計，自2019年6月9日開始至翌年10月的五百天內，共直播了2787次，最多人收看的是7.21元朗站白衣人襲擊片段；其次為6.9遊行後，大量示威者留守，凌晨在立法會大樓外與警方爆發衝突，後退至灣仔一役，兩次直播分別獲得逾500萬及逾 150萬的觀看次數。

直播不是新鮮事，《立場新聞》稍早已在不同新聞場口嘗試過，發現可爭取讀者關注。在大部分的媒體中，主導直播的權力集中於編輯部高層，衝突期間《立場新聞》則交由前線採訪的記者自行決定。鍾沛權説，他只跟同事交代，「如果有事發生，覺得適合做直播，就自己執生開直播。」起初，記者只用手機記錄，然而訊號不穩，若遇上大型遊行或集會，畫面不是起格就是中斷，後來才增添器材應對。

與此同時，內部針對直播的指引也越來越多。「不是事實不要講，不知前文後理、來龍去脈，不要亂揣測。總之不可以有錯訊息出去。」隨着運動升溫，負責採訪的記者也開始走紅，被冠上「立場哥哥」、「立場姐姐」等稱號。有一段日子，人們看到《立場》記者在場，就會拍手歡呼，鍾沛權多番提醒，「不要給任何回應，不要參與起哄」；若記者要與警方交涉採訪自由，「可以據理力爭，但不要有任何語言挑釁，不需要硬碰。」

「你最好做到像幽靈，現場無人知道你的存在，你一直旁觀記錄事件，不要因為你的存在、行為，而令現場氣氛或不知哪一方的行動會改變。」

被問及記者明星化現象，鍾沛權靜默片刻才說，這是一個「始料不及的結果(unintended consequences)」，公司容許記者可以有個人風格，甚至流露對某些議題的看法，而他的關注點主要落在直播有否不符事實，「後來出來的結果，我其實不太關心」。

至於讀者對直播反應熱烈，鍾沛權分析，運動本身備受關注，有些人不在現場，最直接同步就是透過直播理解或參與事件，也有很多人以這種即時資訊來決定自己在運動當日的崗位及角色。但他強調，「我們不是想影響運動，不是有任何行動建議及介入。」

我們不是手足；我們是手足

但無可否認的是，《立場新聞》真的有「立場」。一直以來，不少報導的封面圖未有採用新聞相片，而是以美術部設計圖代之，譬如在官員、警察的相片配上特別或誇張效果，可堪玩味。鍾沛權強調，圖片猶如《頭條新聞》，戲弄、嘲諷的對象主要是權貴，文字內容則與傳統報導無異。

「我們對某些議題有傾向、有看法，但在新聞上不會compromise事實。」他判斷，「讀者知道，圖片有少少類似政治漫畫的感覺，但內容我仍信任你，不損害你內容的公信力。」

再進一步，鍾沛權不諱言，傳統媒體自詡中立實是「自欺欺人」，怎樣揀選題材、如何編寫內容也不免流露立場，一般只是透過包裝隱藏。他說，《立場新聞》對議題有看法，明顯較傾向無權者及弱勢，「我們不掩飾，呈現出來，可能讓讀者更加能判斷報導及分析是一回甚麼事。」

2019年6月8日，《立場新聞》Facebook專頁換了頭像，黃色底圖上有「反送中抗惡法」六字；一週後的6月14日，刊登一篇題為「為何我們『針對』警察」的社論，説明警隊是香港唯一可以對公眾使用武力的執法部隊，其武力及權力與示威者絕不對等，審視監察他們的工作，是傳媒最大的使命；同年7月28日，頭像轉為「STAND WITH HK」。

《立場新聞》被視為支持運動的「黃媒」，坊間不時高呼要課金贊助。同一時間，社會氣氛急劇敗壞。截至2021年2月底，逾萬人被捕，超過二千多人遭檢控，隨時要面臨以年計的牢獄，編採決定似乎變得困難了。按照鍾沛權的觀察，開始有呼聲要求《立場》不要直播，不要刊登被告的姓名，甚至刪除報導。

「公眾場合，公眾事件」，鍾沛權把這句話掛在嘴邊，說上好幾遍。他認為，「關乎重大利益，是事實就報。無需要保護或隱瞞。現場鏡頭有幾十個，你只針對一個媒體叫他刪po是無實際作用。有人需要保護自己，他們真的要去到現場之前，自己保護自己。」

運動衍生「手足」概念，部份群眾提出的要求，大抵源自《立場》與參與者之間互相支持的前設。鍾沛權先說明，歡迎公眾贊助《立場》，但只會接受「不附帶條件」的捐款，「金主不可以影響我們的編採立場」。他總是提醒前線記者，「(記者)與現場的參與者(之間)，我們的關係不是手足。」

追問下去，鍾沛權倒也認為，「廣義來說，我們與全香港人都可能是手足，大家是命運共同體」。他說，《立場》追求甚至倡議人權、自由、民主、法治等普世價值，因為媒體的生死也依賴着政治制度是否開放，「傳媒並不超然，脫離不到那個大環境。」

然而，在他看來，這一切並不應影響報導的專業操作；甚或

支持某種價值，也不代表全盤接受所有手段及行動。他把焦點放在呈現「為何群眾走到此步？他們怎樣想？」《立場》記錄了運動參與者的同異，和理非處於人生某階段決策的限制，攬炒巴如何推動國際線，運動激化後，屠龍小隊及V小隊等勇武派有甚麼考量。鍾沛權感歎道，「很多訪問之後未必能夠再做了。」

未來

《立場新聞》在行內幾乎獨領風騷，但鍾沛權說，競爭心態不過讓同事有動力，他老早已不想甚麼對手了。「誰是競爭對手？我想我們最大的對手是政權，最大壓力是圍繞政權，或政權認可，或者那班有權有勢的人士。」

《立場》辦公室現時隱身在鬧市工廠大廈，刻意沒有掛上門牌。2014年7月《主場新聞》「非正常死亡」，網站驟然結束，文章頃刻下架，創辦人之一蔡東豪的告別文沒有詳細交代原因，當中曾提及「我恐懼」。同年年底，近乎原班底歸位，創立《立場新聞》，鍾沛權亦是其中一名發起人。「2014年結束是有原因的，那個原因令我們回來時，知道風險很大。」

經此一役，公司不再以個人股權形式持有，轉為信託安排，邀請社會人士包括前立法會議員吳靄儀及《信報》前總編輯練乙錚等加入董事會，監察運作。鍾沛權坦言，要有心理準備，政治壓力隨時撲面而至，「就算做齊所有防範措施，你對手收你皮，冚你檔，是彈指之間。」他說，從無低估或輕視《立場》再次面臨倒閉的可能性，「如果用國安法，結束公司登記、凍結資金、拉人封鋪，無任何媒體可以頂得住。」

在鍾沛權幻想的新聞世界裏，沒有獨大平台，只有十幾個中小型媒體，各有各特色及觀點，生態活潑多元，「那就沒那麼容易被人打壓、打死，你打一個，還有第二個，還有十幾個，這是最好的局面。」

不受認可的學生記者

鄭佩珊

學生記者王樂行和謝朗說，他們要懺悔。

反修例運動示威衝突期間，二人曾在城市廣播的專頁發佈過一條影片：有警員遺下一支警棍，記者在地上拾起喊道：「嘩，阿Sir，你漏咗喎。」網民欣喜若狂，王樂行拍攝一刻只覺有趣，但思前想後，「覺得唔對路」。他在意自己混淆了行動者與記錄者的角色，「involve了，自己的行動干預現場。」

事隔半日，自行把影片下架。如今回想，他接連說「慚愧」、「瘀到喊出來」。後台編輯謝朗記得，當日按下滑鼠把影片推出去後，持續忐忑不安，「的確有錯，我是最後把關，我是有得揀的。」踩界言行可一不可再，念茲在茲，劃清界線，只因他們知道，在現行機制下，學生記者的身份不受認可，一切最緊要自律。

從網絡花生走到社運新聞

學生媒體是這一波運動的異軍，無薪水、無保險、無法律支援，但屢次記錄關鍵畫面。學生媒體可以分為自行組織的媒體、新聞院校的學生，以及學生會組織，如：編輯委員會、校園電台、電視台等，成員來自不同學系的學生，組織幹事一般經由校內學生投票選出。

城市廣播(City Broadcasting Channel，簡稱CBC)是香港城市大學的學生會電視媒體，王樂行是創意學院的學生，謝朗修讀公共政策與政治，廿歲出頭，二人分別擔任城市廣播的會長及副會長，自2019年1月1日上任，任期一年。要報導怎樣的新聞，某程度全由應屆當選學生主理。謝朗說，「上莊的人想拍Ocamp，可以全年也拍Ocamp，只要他得到民意授權。」城市廣播過往主力關注校園新聞，學生是主要讀者，也會「報導」宿生與舍監爭執等「網絡花生」，偶爾跟進社會議題。

踏入2019年5月底，社會各界聯署反對政府修訂逃犯條例，呼籲人們參與6月9日的遊行。這股氛圍，讓他們想起了2014年佔領運動的前夕，「這是將有大事的感覺」。

謝朗說，學界經歷佔領及旺角衝突，幾乎已有共識，「將來一定不是2014年的態度，不會有和理非的狀態。」王樂行補充，當時甚至有「最後一鋪」的說法，學生組織之間流傳「當日可能有事發生」。

民意一觸即發，他們想記錄。除此之外，謝朗說，「我的選民在街，我有甚麼理由不理他們呢？他們是我的同學之餘，我真的是有民意授權，我的民意在那裏，我也要跟着他們。」

二人隨即着手自費購入反光衣、頭盔及口罩等裝備，比很多主流媒體準備得要早；還參考記協的指引，制定前線記者的採訪守則。這種勒着言行的操作，來自往日經驗及對媒體的認知。早在2014年，王樂行仍是個中學生，已自發採訪佔領運動向報館投稿，「驚有第一次(做記者的人)，不知道自己做甚麼，癲起來或內心激動的，會自己跟着嗌口號，但這樣不行。」

6月9日迎來首次百萬人大遊行，其時團隊有十人出動，事前還準備港島地圖，指派各人捕捉不同位置。6月12日之後，警民衝突之間的武力及危險同步升級。對於是否繼續報導，城市廣播內部一度有分歧，最終還是選擇繼續走到現場記錄。他們說得理所當然，「6.12已知很多暗角影不到，群眾規模太大，好需要我們去補位。」

補位

運動如水，計劃趕不及變化，城市廣播的人手編排轉為隨意補位，主要編採成員由初期的十人，逐漸增加至高峰期約三十人，「打個(示威地點) list出來，有空位就補自己名，大家也有那種使命感，不會計較哪個影，最緊要那個位有人。」

幾天不回家，採訪後回校稍息再整理報導是平常事。謝朗曾經清晨五點便衝出家門報導，也試過「只食得力素(葡萄糖)頂大半日」，「做記者好亢奮，我也理解不到，當時只瞓四、五小時就做(報導)。身體頂不住就做後面的，你啉夠就出去。」

學生媒體的運作與新聞部無異，前線採訪，後台編輯，還會盯着即時新聞及連登、Telegram，將第一手消息轉發給記者，唯一不同的是彼此沒有從屬關係。謝朗說，「我們分配工作的自由度很大，不會要求記者做甚麼、影甚麼。他有甚麼料，我就寫甚麼。與大台不同，我們沒有task：你今晚要做一個六點半新聞報導。」

初期他們嘗試即日總結示威要點，重組衝突過程，但剪接起來有點力不從心，結果兩日後報導才面世。沒有傳統新聞訓練，初生之犢走得前，不時拿捏不到距離，需要行家提點。但團隊成員倒過來也捕捉了一些主流鏡頭未及的關鍵畫面，包括：7.14沙田新城市衝突，示威者被制服期間，涉嫌咬斷警長手指；10.1警察在荃灣以實彈射擊學生。不過二人強調，「影到其他台影不到的，都是運氣」。

自言能力及不上「專業」，「做不到大製作」，他們的報導主要以相片或短片配上簡單文字說明便放到Facebook專頁，焦點趨向細碎畫面，選材貼地，其中一個重點是發掘群眾之間的對話。8月11日，警察在太古站內先近距離發射胡椒球，再在電梯以警棍揮打示威者。謝朗記得，後來太古街坊到場「迴腸盪氣」

指罵警員，對方則在警車內亮着強光電筒回應。他覺得，這個畫面值得記錄，因為能夠充分呈現民情。

但按其觀察，在衝突過後，部份傳統媒體的工作者便會暫停拍攝稍息。即使對方有捕捉相關畫面，但因為定位及篇幅的限制，盡其量只能在報導留下一句：「事後街坊指罵，幾多分鐘後離去」。謝朗説，相比大故事，這類畫面與讀者的距離「更近，更有人性」，迴響甚大。

2019年6月前，城市廣播的Facebook專頁約有八千個like，日常帖文的like數不過一百上下，相對而言，時事比「花生」新聞的觸及率較低。他們説，後來運動爆發，專頁like數與市民關注及衝突暴力的程度成正比，截止2021年5月，數字已一躍超過十三萬，讀者群由學生推至中年專業人士。

學生？記者？示威者？

隨着運動發展，政權與傳媒的關係升溫，圍繞記者身份角色的討論也鬧得火熱。

這也是城市廣播在校內招攬人手的面試題目，例如：曾有記者在沙田以身護警，若警察角色變為示威者，你會否做同樣的事？朋友在眼前被捕，你會救他嗎？要成為城市廣播其中一員，不是易事，面試過程會篩走言行偏激者；若成功入選，還要經歷「以舊帶新」的過程，由有經驗者陪同新人在前線採訪，歷時近一個月，表現過關方可獲發記者證。門檻甚高，他們甚至要求同學在示威者與記者的身份之間二擇其一。

公民社會，理應人人可採訪，但現行機制下，學生記者不受認可。王樂行解釋，若學生記者一方面手執記者證，另一方面參與示威，擔心會影響警察對記者的觀感，採訪工作或受阻。最終有成員自行交還記者證，也有人在衝突現場以義務急救員身份被捕，被收回證件。

謝朗補充，「一直也跟自己人講，這張嘢(記者證)無用。要有心理準備，有證不是護身符。」城市廣播有成員在理大圍城一役被捕，其後獲釋；惟同校的城大編委，有學生記者被控於2019年7月1日，進入或逗留在會議廳範圍及暴動。

要討論身份界線，不只在於一張證，記者怎樣報導也是課題。

翻看城市廣播的報導，早於運動6月萌芽之時，已經會「打格」處理部份相片及影片。王樂行及謝朗解釋，2018年參選競逐城市廣播的幹事席位，同學在諮詢期間已經關注，他們會怎樣處理涉及示威衝突的新聞素材，當時討論後的共識是盡量避免記錄、甚至遮擋當事人的明顯面部特徵，有需要可以遠景代之；若對方自願公開容貌，報導便不會刻意加工。

踏入11月，警方多次在校園與示威者爆發劇烈衝突，城大是其中一個場口。王樂行坦言，那刻眼前人皆是自己的同學，難免有顧忌，「會否影了就是入罪證據？令到我記錄上有掣肘。」事後檢討，他覺得自己沒有捕捉細節，報導不全面。「這是對學校重要的歷史，但當時無盡全力記錄」。

與此同時，城市廣播有不少帖文也記錄前線警員的工作「花絮」，例如：前線警員大叫香港警察加油，或以舞步回應市民歡呼，文字筆調譏諷。謝朗強調，採訪期間沒有刻意挑釁對方或故意捕捉惹笑舉動，「街上不是示威者，就是警察，你(警方)這邊如此hyper就影，很多時候不是特別想影。」

為何那個不是我？

理性可以為記者言行規劃界線，但情緒無法輕言控制。

暴力不時在眼前發現，「的確好嬲，但我要繼續on duty，繼續做嘢。那刻hold到，飲啖水，recover，吽吽，繼續。」謝朗說，2019年7月28日上環衝突，多名示威者遭按壓在地，「一看都是細過我、孱過我的人，狀態好難受。我可能受得起那些痛，那個細路受不起，但要影，要繼續影。我角色是這樣。」

8月11日，他緊隨示威者由銅鑼灣至太古地鐵站，沿途聽着他們稚氣的對話，後來警察到場追捕。謝朗形容，「就這樣，他們碌落樓梯了，不知道他們去哪了。」情緒總在工作後才湧現，他會質問自己，「我安然無恙拿着機，為何那個不是我？」

示威者被毆被捕，記者身位看似相對較安全，也帶來一份內疚。謝朗後來這樣想，「我不是無做嘢，只是在第二個崗位。」王樂行會嘗試釐清情緒源頭，「分得開是blame落政權，不是blame落自己。」業內也有記者掙扎，到底要否摒棄自己的角色，轉投成為示威者。王樂行笑言，自己無體力又孱弱，但擅長拍片，「我去記錄的幫助，大過作為示威者。」

2019年12月底，他們離任了，還未想清楚日後要否繼續做記者，但揚言接任的新一批學生還是希望繼續記錄運動，「反正幫不到甚麼，不如盡自己所能，在自己崗位做到就做。」

反送中運動中的香港記者

閭丘露薇

從2019年6月開始，香港的反送中抗議活動連續數月主導了香港本地新聞。在本地新聞機構工作的記者，包括傳統媒體和網絡媒體，持續在街頭進行現場報導。和2014年雨傘運動不同，這一次，有更多的公民記者，學生記者出現在街頭，他們透過社交媒體以及其他的網上平台，提供常常和主流媒體不同視角的信息。

記者們一方面受到政治壓力、暴力攻擊和批評，但同時也因為他們堅守在一線進行報導而獲得公眾支持、尊重和贊揚。隨着抗議者與警方之間的衝突升級，以及警方採取越來越強硬的人群控制策略，包括針對前線記者，報導街頭抗議活動的風險也隨之增加，甚至使得記者本身常常成為新聞主角。同時，媒體機構的政治立場以及記者獲得的資源支持通常有限，這使得記者報導事實變得極富挑戰性。

在二十多年的記者生涯中，我報導了世界各地的抗議活動，因此我很清楚，記者在報導大型街頭抗議活動時可能會受到各種因素的影響和制約。我依然清楚記得自己採訪生涯中第一次遇到催淚瓦斯和橡皮子彈的情境。1999年，我被派去報導西雅圖舉行的世貿組織部長級會議。起初，街頭大規模示威顯得很平靜。很快，一些抗議者和警察之間發生了衝突。我和我的同事以前並沒有報導大規模抗議衝突活動的經驗。我和我的攝影師一起努力尋找抗議者和警察之間的適當位置進行報導，一方面為了躲避胡椒噴霧和橡皮子彈，同時盡量確保能捕捉到現場。

每到晚上，當我在酒店房間看美國的電視新聞對抗議活動的報導時，我不斷看到一群黑衣人打砸幾家連鎖店的鏡頭。如果不是因為我一直在現場，親眼見證和平示威者的人數遠遠超過這群黑衣人，我肯定會因為媒體的報導而造成一種印象：這是一場騷亂，示威者是暴力的，需要警察盡快採取措施恢復秩序。當我看到有警察，面對手無寸鐵蹲在地上的示威者，近距離對着對方的眼睛噴射胡椒噴霧的時候，是極度震驚的，但是同時又覺得，這並沒有新聞價值。事後總結自己的報導，問題太多：我沒有向聽眾準確地描述這場世貿組織的抗議活動，過多的呈現警民衝突的場景，畫面集中在對暴力的描述；沒有告知觀眾，這些來自世界各地的抗議者在全球化背景下的具體訴求；此外，沒有討論警察進行人群控制的手法是否恰當，個別警察對待抗議者的行為是否存在濫用武力。在我的報導裏面，和很多英文媒體的報導一樣，先是把這場抗議活動框架為「狂歡」，之後又框架為「暴亂」——事實上，這些框架在社會抗議活動的報導中被普遍使用， 被學者定義為新聞報導的「抗議範式」(protest paradigm)，主流媒體在報導社會運動中，往往會將挑戰權威的群體暴力化邊緣化，從而達到穩定社會現狀的目的[1]。

之所以花費篇幅回憶過去，是因為作為一名有過前線工作經驗的新聞學者，對於記者在新聞生產過程中的角色以及受到的種種限制和不同因素的影響感同身受，因此期待公眾，能夠對於記者的工作流程和方法有更多的了解，增加關於新聞是如何生產的，新聞是從而何來的知識，從而對於記者以及新聞媒體的期待，以及對於新聞自由的理解，可以進行深入和理性的討論，而不是基於議題，或者自我喜好，甚至是利益。

新聞媒體在動員政治進程方面發揮了重要作用，包括與街頭

1 McLeod, D. M. (2007). News coverage and social protest: How the media's protect paradigm exacerbates social conflict. *J. Disp. REsOL.*, 185.

示威有關的進程。事實上，媒體對抗議活動的報導方式已成為其合法性的可靠指標，從而影響到公眾對社會運動的理解和評價。職業道德要求記者在報導時對事件的發展提供公正的觀點，並準確和平衡地陳述事實和證據。然而，在實踐中，各種因素，包括機構和組織的限制，機構和個人的意識形態，專業水準的差別和新聞生產程序等，不可避免的影響着記者報導。而近年來，世界各地報導街頭抗議活動的記者面對越來越多的暴力，他們發現自己被夾在發洩憤怒的示威者以及警察暴力之間，政府對媒體不斷施加壓力，使得他們首當其衝，成為被國家機器針對甚至霸凌的對象，而不同政治立場的公眾對於新聞媒體信任度不斷下降，則讓他們成為了替罪羊，替代媒體機構承受來自公眾的批評。

記者個人因素和示威報導

記者作為新聞生產的重要部分，那麼個人的世界觀，是否會對新聞報導產生影響 ? 有研究顯示，記者的個人政治意識形態會影響專業決定 。比如記者對於某一項事業或者團體的意識形態的認同，記者個人對某一項事業或者團體的依戀，或者出於記者個人的道德責任，認為記者有責任報導和幫助受害者，以及對於示威運動提出的訴求，有感同身受的經歷，這些都會讓記者挑戰既定的報導觀念，抗拒傳統的「抗議範式」[2]。

而在這場反送中運動的報導中，可以看到，記者的個人因素、世界觀、政治意識型態和道德感等，也在一些記者對這場運動的態度當中有所體現 。舉例來說，記者個人對於民主價值觀與法律和秩序需求之間的平衡，可以預期會成為他或她個人對運動訴求的認同程度。同樣，在現場和示威者的個人互動也可能使

2 Shultziner, D., & Shoshan, A. (2018). A journalists' protest? personal identification and journalistic activism in the Israel social justice protest movement. *The International Journal of Press/Politics*, 23(1), 44–69.

記者在被拉入抗議者的世界時，對他們產生認同感，有時甚至與他們合作創造出有新聞價值的信息。此外，在抗議活動期間，記者可能會提供關於抗議者的情感報導，以符合自己所認同的，媒體應該發揮倡導作用的信念，其中可以包括動員公眾支持無領袖運動。最後，作為被警察採取強硬甚至暴力手段的目標的共同經歷，加強了記者和抗議者之間的認同感，因此可能會使得記者至少認同這場運動中的五大訴求中的其中一項：成立一個獨立委員會調查整個抗議活動中的警察行為。

不過，在和前線採訪的記者進行訪談的過程中，可以清晰的感受到，這些經過我們的挑選，也願意接受訪問的記者，不管是為主流媒體，網絡媒體還是學生媒體供稿，主觀上，都對個人態度可能對新聞產生的影響保持極大的警惕，時刻提醒自己以及同事，甚至也提醒示威者，不要因為在現場的個人互動，或者是對於某些媒體的報導而產生的信任感和認同感，從而混淆了示威者和記者之間的關係。比如因為對於反送中運動持有鮮明的支持立場，從而受到運動參與者喜愛的《立場新聞》，編輯部對記者有明確的要求，記者要確保和示威者之間保持明確的界線，恪守新聞專業主義，守門人的角色。也因此常常會發生這樣的情況：記者會提醒那些用「手足」稱呼自己的示威者，確定兩者的邊界。

這種情況也出現在即使是沒有接受過新聞訓練的學生記者身上，尤其是現場示威者當中，常常會有學生記者的同學和朋友。城市大學學生媒體城市廣播就對參與報導的學生記者有嚴格要求，即使是在沒有報導工作的時候，也盡量不要參加遊行集會，而這一點，來源於他們對於記者這個職業專業性的理解和想像。而這種要求，比一些新聞機構對於自己的編輯和記者，或者是新聞系對於外出採訪的學生的要求還要嚴格，因為通常的建議，是不要混淆記者和示威者的身份，只能二選一。

對「客觀性」的挑戰

在自由主義新聞制度中，客觀性長期以來被認為是記者的基本原則，其假設是記者在職業生活中應抑制自己的政治觀點和自我表達。然而，在20世紀80年代末和90年代初，一些美國的媒體學者提出重新審視這一假設，認為記者是一個自主的道德代理人，能夠在工作中做出道德決定，促進公共利益[3]。美國著名的新聞學者約翰梅里爾更是早在七十年代提出了「存在主義新聞」，以對抗他所認為的，商業媒體以專業客觀性作為膚淺報導藉口的傾向[4]。他認為，記者僅僅進行採訪，公正地呈現信息，讓受眾做出自己的判斷是不夠的，記者還應該探尋被採訪者的意圖和事件的大背景。而通過採取存在主義的方法，記者和編輯就超越了社會責任，成為個人的道德責任。與客觀性不同的是，客觀性是以防禦性和結果為導向的，而存在主義則是以過程為導向的，記者要為他人負責，注重自己和他人行為的道德性。再往前看，六十年代和七十年代，正是美國經歷政治，社會和經濟變化的時代，而這種變化也反映在記者們的寫作風格上，「新新聞主義」興起，記者們試圖通過語言和態度，來紀錄和評價歷史[5]。民權運動，反戰運動，女性運動，都推動了六七十年代新聞發展，倡導性新聞報導，就是一種被視為關於觀念的報導，是政治動員的型態，目標是通過報導來提升大眾或者是社會中某個弱勢群體的權利，透過推動制度性建設來更好的回應公眾的訴求[6]。

對於供職於媒體機構的記者來說，除了恪守新聞專業主義約

3 Stoker, K. (1995). Existential objectivity: Freeing journalists to be ethical. *Journal of Mass Media Ethics*, 10(1), 5–22.

4 Merrill, J. C. (1977). *Existential Journalism*. New York: Hastings House

5 Murphy, J. E. (1974). The new journalism: a critical perspective. *Journalism and Communication Monographs*, 34.

6 Waisbord, S. (2009). Advocacy journalism in a global context. *The Handbook of Journalism Studies*, 371–385.

束了個人因素對於新聞報導的影響，還有則是來自媒體機構的限制。從機構內部的權力關係角度出發，記者很難發揮其個人意志，記者的稿件，最終需要透過編輯的審核修訂，很多時候，記者本身想要的採寫角度，並不符合編輯的組稿思路，或者和媒體本身的意識形態或者既定的議程設定有衝突。當然，這種機構性限制也存在侷限。由於一線記者大部分時間都在新聞編輯室之外，管理層沒有能力通過官僚手段控制他們的行為，於是記者在某種程度上成為機構權力的延伸，也因此對於如何撰寫報導，擁有一定的自主權。也因為這樣，建立新聞業行為標準和規範以及專業獎勵制度，一方面被視為為新聞業提供專業標準，進行行業自律，但是另一方面，也產生了控制記者的效果[7]。

不過，互聯網的出現，尤其是社交媒體，讓記者能夠提供沒有在報導中提供的一手資訊，甚至是個人觀點。這些資訊，因為篇幅或者是專業媒體對於稿件框架的要求而無法展現， 而根據傳統的新聞專業標準，記者的個人觀點不應影響其發表的報導的內容或框架。於是，記者在社交媒體平台上的發言，成為受眾獲取額外信息的渠道，包括記者的個人意見，以及他們發表的報導中沒有的觀察和細節。在許多社會運動中，社交媒體已經成為活動家、記者和公眾聯繫的網絡化平台[8]。在這場香港抗議活動中，可以看到不少記者在社交媒體上非常活躍，特別是在Facebook和Twitter上，他們除了播報新聞，在突發事件中提供即時資訊，還對警方和政府宣傳提供評論。社交媒體的興起極大地影響了媒體對抗議活動的報導，幫助記者擺脫了機構限制，同時

7　Soloski, J. (1989). News reporting and professionalism: Some constraints on the reporting of the news. *Media, Culture & Society*, 11(2), 207–228.

8　Mourao, R. R., & Chen, W. (2020). Covering Protests on Twitter: The Influences on Journalists' Social Media Portrayals of Left-and Right-Leaning Demonstrations in Brazil. *The International Journal of Press/Politics*, 25(2), 260–280; Poell, T., & Rajagopalan, S. (2015). Connecting activists and journalists: Twitter communication in the aftermath of the 2012 Delhi rape. *Journalism Studies*, 16(5), 719–733.

也為記者、抗議活動的主要參與者以及新聞消費者之間提供了直接互動的機會。

新聞客觀性就是在香港的政治環境下，某種程度上成為媒體抵抗政治壓力和爭議性的武器，比如有記者提到，所供職的報紙在刊登她所採寫的，原本是關於這場運動中的市民生態的稿件同時，也特別加插了對警察採訪的版面，成為同一系列報導。身為記者，對於這樣的版面操作感到不理解，認為完全可以對警察進行獨立系列報導，沒有必要和平民故事放在一起，質疑是不是高層在表現一種姿態。而對於這樣的編輯決定，從受眾可能的反應來看，在當下社會兩極化的政治氣氛下，這種相當明顯的想要展現自我不偏不倚立場的努力，減少了報紙被一部分受眾批評的概率，但同一時間，也可以理解為報紙的一種自保方式。

多項關於香港新聞自由的研究發現，「客觀中立」的報導無法讓大部分香港市民感到滿意，相反認為媒體這樣的做法是在自我審查，削弱了媒體監督公權力，作為第四權的功能[9]。而在這場運動中，香港也出現了一批進行倡導性新聞報導的記者，他們同樣追求報導的準確性，但是並沒有像客觀性報導那樣，把事實和觀點分開，充當積極的解釋者和參與者。而他們的報導，不會把正反雙方的意見都寫出來，強調客觀性，目的是避免模糊新聞重點。這些記者主要來自非商業化和非盈利性質的媒體組織，還有一些則是獨立的公民記者。他/她們把報導本身看成是運動組成的一部分，在這場反送中運動中，這類記者透過互聯網，尤其是社交媒體，充當運動的動員和倡導者。這類記者的報導在運動中受到歡迎，因為他們更為符合支持運動的大眾對於媒體在社會中充當角色的期待。

但是這種不同於傳統新聞專業主義的理念和方式，常常會在

9　陳韜文，李立峯 (2007).〈再國族化，國際化與本土化的角力：香港的傳媒和政治〉。《二十一世紀》。6月號，總第101期，43–55。

活動家和記者兩者身份之間產生灰色地帶，尤其是當記者在採訪現場，用不同的方式為自己爭取採訪權益，從而和警方產生衝突的時候，會在公眾當中產生頗具爭議性的形象。支持者認為，當記者的採訪空間和安全遭到威脅的時候，只有使用這種表現出對警方極端不信任的方式，才能夠產生足夠大的噪音，引發公眾關注，造成壓力，從而迫使對方改善。批評者則認為，這些做法，徹底破壞了記者的專業形象，會損害公信力。而這些行為，客觀上確實成為官方和他們的支持者用來批評記者的理據，用來證明記者在報導這場運動的時候，並沒有恪守客觀中立的原則。

主流記者和另類記者

在傳播學中，框架定義了新聞媒體的報導能夠如何通過使用特定的框架來塑造大眾輿論，幫助和引導受眾理解社會現象和社會事件。記者利用媒體框架來簡化信息流向讀者的過程，將文字組合成句子來講述故事，從而向受眾提供信息。不少研究顯示，主流媒體和另類媒體在展現同樣的新聞事件的時候，呈現新聞的方式會出現很大的區別[10]。在對這場反送中運動的報導中，同樣可以看到這樣的現象。一些在社交媒體上受到關注的新聞事件，往往不是來自主流媒體記者的報導，而是來自學生記者，網媒記者或者公民記者，這些被稱為另類媒體記者的紀錄。比如有學生記者就舉例，在太古城採訪現場，當警察和示威者的衝突告一段落之後，主流媒體的攝影師們會暫停手中的工作，對於緊接着發生的街坊們和警察的對抗場景並沒有顯示出興趣，但是對他來

10　Boyle, M. P., & Schmierbach, M. (2009). Media use and protest: The role of mainstream and alternative media use in predicting traditional and protest participation. *Communication Quarterly*, 57(1), 1–17; Cissel, M. (2012). Media Framing: a comparative content analysis on mainstream and alternative news coverage of Occupy Wall Street. *The Elon Journal of Undergraduate Research in Communications*, 3(1), 67–77.

說，直覺這是非常有新聞價值的場景，因此會進行拍攝。當然他也承認，正是因為自己是學生記者，無法和主流媒體在主要新聞上進行競爭，因此會對這些在主流媒體記者們看來可能是花絮的場景和事件特別留意。

衝得前以及人手多，也是另類新聞記者在報導這場運動時特別突出的原因。和雨傘運動不同，這場遍地開花和流水式的運動，對於主流媒體來說，即使前線記者和後方編輯保持緊密溝通，限於人手數量，註定不可能保證採訪到所有重要的新聞事件，出現在所有重要的新聞現場。而這種情況下，依靠的是另類記者們，在不同的地方進行紀錄。儘管他們不是為某一些媒體機構工作，但是正是這些散兵游勇式的報導，以及對於哪些才是值得報導的新聞的不同理解，透過社交媒體和互聯網，展現了一個靠主流媒體無法展現的，相對完整，及時和準確的運動面貌。

記者承受的暴力

在香港，外國記者會和香港記者協會多次譴責針對記者的暴力，使得記者本身在這場運動中，時不時成為新聞本身。讓我們來簡單回顧一下反送中運動，為討論新聞工作者受到的各種暴力和騷擾做好鋪墊。反送中運動從2019年6月開始，出現以警方與抗議者之間日益頻繁的暴力衝突為特徵的大範圍示威活動。示威活動從夏季持續到秋季。10月初，政府發佈禁止市民戴口罩的禁令後，警方與示威者之間的緊張關係進一步加劇。根據香港警方的數據，從6月開始到11月底， 五個月的時間內，警方共發射了一萬枚催淚彈，四千八百顆橡皮子彈，這意味着前線記者，持續暴露在催淚彈，橡皮子彈以及水炮車之下進行採訪工作。而警方對於記者的態度也變得強硬，多次發生警方攻擊，挑釁以及侮辱前線記者。除了存在警方對記者過度使用武力的情況，記者在現場採訪時，也受到各政治派別抗議者的身體或言語攻擊。與此同時，北京也一直在加大對香港記者和新聞機構的管控力度。國家級媒體批評將鏡頭對準警察的記者，同時將向官方提出尖銳問題的記者成為「黑記」。

當然，香港記者對報導群眾抗議活動並不陌生。香港的公民抗命歷史悠久，即使是在1997年英國將主權移交給北京之後，也是如此，因為香港的市民已經習慣了一個開放的社會，珍惜自由、法律面前人人平等的價值觀，積極行使他們認為不可剝奪的權利。因此，抗議被認為是表達各種訴求和批評包括執政的中國共產黨在內的地方和中央政府的正常渠道。每一次試圖改變生活方式和現行制度，都會引起恐慌和大規模街頭抗議，因為市民擔心香港會變得中國大陸一樣。

但是，僅管香港被稱為「示威之都」，本地的街頭示威以及集會都是和平的，警方也一直採取相當寬鬆的人群控制策略，大部分的香港記者，並沒有報導如此激烈和危險的警民衝突的經驗。自1997年回歸以來，記者首次遭遇香港警方使用催淚彈和水炮，是在2005年的世貿部長級會議期間。2014年雨傘運動期間，香港警方投下了主權移交以來，針對民主運動的第一枚催淚彈。警方使用武力的行為引起了本地和國際媒體人士的批評，但七十九天的佔領運動，總體上是和平的，警方主要使用警棍和胡椒噴霧來驅散人群。但是到了2019年，前線報導抗議活動，已經變得像在戰區一樣危險。公共衛生研究社及中文大學醫學院收集的二百三十名前線記者的資料顯示，有三分之二的被訪記者表示，在2019年6月至10月期間，他們每週至少接觸過一次警方使用的人群控制武器，絕大多數(94%)表示，由於在報導示威活動中接觸過催淚彈和胡椒噴霧以及水炮車，出現了健康問題。

針對記者的暴力，不管是來自哪一方，以怎樣的方式，目標都是為了製造恐懼，讓記者保持沉默。近年來，在世界各地報導不斷發生的抗議活動的記者，正在警察和示威者手中遭遇越來越多的暴力。對於警察來說，不希望讓記者記錄到任何可能涉及到濫用武力的行為，對於示威者來說，往往會因為敵視對於一些媒體的立場，而把怨氣和憤怒發洩在記者身上。聯合國多次發佈警告，採訪示威的記者被騷擾、拘捕，甚至殺害，對記者的暴力已經成為一個全球性的人權問題[11]。

誰是記者？

一國兩制下，香港的媒體環境與內地完全不同，香港以西方自由主義新聞制度為基礎，而內地則一直沿用前蘇聯的新聞制度。在香港，個人可以擁有新聞媒體，在內地，所有的新聞媒體都由中國共產黨宣傳部管理。香港也沒有官方記者證登記制度，為新聞媒體工作的機構記者、自由記者、公民記者以及學生記者， 都可以自由採訪街頭抗議活動。而在內地，記者證由官方機構，中國記者協會統一頒發，記者必須通過國家統一考試，才有資格獲得。然而，事情似乎正在迅速改變。香港警方一再抱怨「假記者」，聲稱有抗議者用記者身份隱藏在媒體成員中，目的是攻擊警察。與此同時，親北京政客和內地的國家媒體，不斷呼籲特區政府對香港記者進行監管，要求記者必須獲得政府頒發的標準化記者證才能夠在街頭採訪示威。

香港警方在2020年9月宣佈修改《警察通例》下「傳媒代表」的定義，只有在「政府新聞處新聞發佈系統」登記的傳媒機構，以及「國際認可及知名」的非本地新聞通訊社，報章、雜誌、電台和電視廣播機構才得到警方認可，這意味着很多網絡媒

11　UNESCO (2020). Safety to journalists covering protests: preserving freedom of the press during times of turmoil. Retrieved from https://unesdoc.unesco.org/ark:/48223/pf0000374206

體記者、學生記者和公民記者不被警方承認為記者，會遭到警方驅趕而無法進行現場採訪。

政府審核和頒發記者證，或者由官方來承認記者身份，這是極權政府以及不少威權國家的做法。極權國家之下，記者是經過篩選的國家宣傳機器，責任是宣揚官方政策，規避敏感內容和文字禁忌。威權國家有所不同，因為允許有少量由私人擁有的新聞媒體，於是政府可以透過發牌制度來進行控制。港英政府在1970年停發官方記者證，改為由傳媒機構自行為記者提供名片。這樣的做法，一方面向英國的政策看齊，另一方面也是因應香港報紙業的蓬勃發展。香港作為一個施行資本主義制度的開放社會，媒體制度和內地有着本質不同，記者的角色並非政府喉舌，承擔宣傳中國共產黨和政府政策的工作，而是監察社會的「看門狗」，監督政府，促進社會進步。 也因為這樣，當用內地的思路和觀念來看待香港的新聞媒體和記者的時候，自然會出現不可調和的矛盾。而唯一可以避免這種矛盾出現的解決方案，就是對一國兩制的堅持。

香港回歸至今，北京已經透過直接和間接的方式，實現了對於香港主流媒體的控制。在這場運動之後，兩家電視台的管理層的變動，也可以看到這種管控的延續。對於在這些機構中工作的記者來說，未來面對的，是越來越多的機構限制，個人因素對於社運議題報導的影響會不斷減少，意味着受眾獲取資訊的來源會變得單一。而可以彌補這種單一，擴寬資訊獲取渠道，為公眾提供更全面資訊，需要非主流媒體記者的存在，尤其是公民記者。或許現在，記者在一些公眾的眼中是「黑記」，「假記者」，或者是破壞法治和秩序的麻煩製造者，但是有一天，當這些人自己的權益遭到損害，他們會發現，沒有人可以為他們發聲，因為只剩下做政府喉舌的「真記者」了。

結語

這場曠日持久的示威運動，對於身在前線的記者來説，挑戰是巨大的。一邊緊盯現場，生怕遺漏重要的場景以及線索，一邊快速整理新聞素材，完成報導，還需要眼觀四方，保障自身安全。 但正是絕大部分記者敬業以及專業的表現，為公眾了解這場運動的面貌，傾聽不同利益方的聲音， 提供了多元和充分的視角，也贏得了公眾對於記者這個職業的尊重和讚賞，更加理解記者這個職業。儘管也遭遇敵意，不管是因為記者富有挑戰性的提問，還是因為拍攝到讓某一方覺得不適的畫面，這些敵意，甚至攻擊，只會讓公眾更加明白新聞自由的重要，因為只有這樣，才能讓記者行使職責，不成為任何一方的代言人。

新聞報導不是宣傳，目標不是引導和操控受眾， 記者的職責，只是告知公眾，到底發生了甚麼，有哪些還沒有被看到，被聽到。也因為這樣，這場運動體現了非主流媒體記者的存在的必要性。在主流媒體記者受到的各種約束不斷增加，使得他們的報導越來越拘泥於傳統的「抗議範式」或者是被指定框架的時候，這些非主流媒體記者提供的另類視角，得以讓運動的面貌展現的完整一些。雖然在非主流媒體記者中，一些有情緒化的表現，一些採訪和報導方式不夠專業，但是一個正常的社會可以容納參差不齊的媒體，這樣才能提供不同角度，甚至不同立場的報導，讓公眾在享有充分的知情權的前提下，自行判斷。